O Cavaleiro da Ilha do Corvo

Joaquim Fernandes

O Cavaleiro da Ilha do Corvo

1ª Edição

São Paulo

2010

Copyright© Joaquim Fernandes 2010. Todos os direitos reservados

Todos os direitos desta edição reservados à
BÚSSOLA PRODUÇÕES CULTURAIS E EDITORA LTDA.
Rua Iranduba, 33 São Paulo – SP – CEP 04535-030
Tel: (11) 3845 7061 – Fax: (11) 3167 3689
www.editorabussola.com.br

Título Original
O Cavaleiro da Ilha do Corvo

Capa
Dora Levy Design

Imagem de Capa
Dora Levy

Revisão
Joca Levy

Tradução
Fabio Galvani Furtado

Editoração Eletrônica
Dora Levy Design

Dados Internacionais de Catalogação na Publicação (CIP)
(Câmara Brasileira do Livro, SP, Brasil)

Fernandes, Joaquim
    O Cavaleiro da Ilha do Corvo / Joaquim
Fernandes. -- São Paulo : Bússola, 2010.

    ISBN 978-85-62969-00-3

    1. Ficção portuguesa I. Título.

10-01938   CDD-869.3

Índices para catálogo sistemático:
1. Ficção : Literatura portuguesa 869.3

A Damião de Góis (1502-1574), português europeu
e historiador íntegro, testemunha privilegiada
de um acontecimento que não fez história.

A António Ferreira de Serpa (1865-1939), acadêmico
açoriano, espírito lúcido na busca da verdade histórica,
para além de todas as conveniências.

Sendo esta uma obra de ficção, não deixa de ser também um ensaio histórico, já que nela se incorporam e entretecem acontecimentos, fatos e personagens reais, amparados em fontes primárias, clássicas, e trabalhos de investigação contemporâneos, que atualizam as perspectivas historiográficas em torno dos temas aqui abordados. Outras personagens aqui incluídas são mera ficção, bem como algumas situações reconstruídas nos limites do plausível e que servem de fio condutor ao argumento entre as distintas épocas históricas.

"Venient annis saecula seris
Quibus Oceanus vincula rerum
Laxet, et ingens pateat tellus
Thetisque novos detegat orbes
Nec sit terris ultima Thule".

"Inda uma idade virá nos tardios anos
Em que afrouxará os vínculos de todas as coisas o Oceano,
E abrir-se-á o enorme globo,
E Tétis revelará novos mundos
E Thule não mais será a última terra".

Sêneca, em "Medéia" (séc. I d.C.)

Introdução

Os navegadores portugueses que chegaram à pequena ilha do Corvo, nos Açores, em meados do século XV, encontraram ali uma intrigante estátua de pedra, representando um cavaleiro com traços característicos do norte da África.

A notícia poderia ser facilmente refutada como rumor ou lenda caso não tivesse pelo menos uma fonte autorizada, ainda que por muitos silenciada ou ignorada ao longo dos séculos. Quem a forneceu à posteridade tem obra e crédito dificilmente questionáveis: Damião de Góis (1502-1574), o grande humanista português do Renascimento que descreve, com algum detalhe, no capítulo IX da sua *Crônica do Príncipe D. João*, escrita em 1567, as circunstâncias em que o inesperado monumento — *"antigualha mui notável"*, como chama o cronista — foi achado no noroeste da pequena ilha a que os marinheiros chamam "Ilha do Marco". Quando? *"Nos nossos dias"*, informa-nos o historiador na mesma crônica, ou seja, no seu tempo de vida, provavelmente entre fins do século XV e o início do XVI, no decurso do reinado de D. Manuel I e durante as primeiras tentativas de colonização da ilha do Corvo.

O que era, então, esse monumento?

"Uma estátua de pedra posta sobre uma laje, que era um homem em

cima de um cavalo em osso, e o homem vestido de uma capa de bedém[1], sem barrete, com uma mão na crina do cavalo, e o braço direito estendido, e os dedos da mão encolhidos, salvo o dedo segundo, a que os latinos chamam 'index', com que apontava contra o poente.

"Esta imagem, que toda saía maciça da mesma laje, mandou el-Rei D. Manuel tirar pelo natural, por um seu criado debuxador[2], que se chamava Duarte Darmas; e depois que viu o debuxo, mandou um homem engenhoso, natural da cidade do Porto, que andara muito em França e Itália, que fosse a esta ilha, para, com aparelhos que levou, tirar aquela antigualha; o qual quando dela tornou, disse a el-rei que a achara desfeita de uma tormenta que fizera o inverno passado. Mas a verdade foi que a quebraram por mau azo; e trouxeram pedaços dela, a saber: a cabeça do homem e o braço direito com a mão, e uma perna, e a cabeça do cavalo, e uma mão que estava dobrada, e levantada, e um pedaço de uma perna; o que tudo esteve no guarda-roupa de el-rei alguns dias, mas o que depois se fez destas coisas, ou onde puseram, eu não o pude saber."

O cronista adianta ainda que em 1529, Pedro da Fonseca, donatário das ilhas das Flores e do Corvo, "soube dos moradores que na rocha, abaixo donde estivera a estátua, estavam entalhadas na mesma pedra da rocha umas letras; e por o lugar ser perigoso para se poder ir onde o letreiro está, fez abaixar alguns homens por cordas bem atadas, os quais imprimiram as letras, que ainda a antiguidade de todo não tinha cegas, em cera que para isso levaram; contudo as que trouxeram impressas na cera eram já mui gastas, e quase sem forma, assim que por serem tais, ou porventura por na companhia não haver pessoa que tivesse conhecimento mais que de letras latinas, e este imperfeito, nenhum dos que ali se achavam pre-

---

1   Espécie de capa mourisca, curta e sem mangas.
2   Mesmo que desenhista.

sentes soube dar razão nem do que as letras diziam, nem ainda puderam conhecer que letras fossem".

A este estranho monumento juntou-se, na marcha dos séculos, um não menos perturbador vaso de cerâmica achado nas ruínas de uma casa, no litoral da mesma ilha, repleto de moedas de ouro e de prata fenícias, que, segundo alguns numismatas, datariam de aproximadamente entre os anos 340 e 320 a.C. As descobertas fabulosas não ficaram por aqui. Viajantes estrangeiros, no decurso do século XVI, alegaram ter encontrado inscrições supostamente fenícias de Canaã (Palestina) numa gruta da ilha de São Miguel. Por fim, em 1976, nesta mesma ilha, seria desenterrado um amuleto com inscrições de uma escrita fenícia tardia, entre os séculos VII e IX da era cristã...

Quais são as testemunhas documentalmente identificadas, sem equívocos, *diretamente envolvidas* no episódio histórico da chamada *Estátua Equestre da Ilha do Corvo?* Num primeiro grupo podemos incluir: D. Manuel I, décimo quarto rei de Portugal; Duarte Darmas, arquiteto e desenhista da Corte, autor do desenho do monumento; João Lopes, mestre pedreiro do Porto, realmente existente à época, ou outro potencial candidato equivalente para a missão do transporte do monumento para Lisboa; Damião de Góis, moço de câmara, cronista régio e guarda-mor da Torre do Tombo; Frutuoso de Góis, camareiro do referido soberano e irmão mais velho do anterior; Pedro da Fonseca, donatário das ilhas das Flores e do Corvo, em 1529.

Acrescente-se a estes um segundo grupo de testemunhos presumíveis, ainda que não referenciados nos documentos, como o de Antão Vaz Teixeira, colono da primeira leva de ocupação da ilha (entre 1508 e 1515); dos irmãos de sobrenome Barcelos, depois de 1515, na segunda tentativa de povoamento do Corvo, talvez os mesmos que alertaram

Pedro da Fonseca, em 1529, e acompanharam o capitão da ilha ao local da laje para copiar a legenda da estátua.

Finalmente, um terceiro núcleo de personalidades, mais ou menos contemporâneas dos protagonistas da fase da recuperação da legenda: o Dr. Gaspar Frutuoso, primeiro historiador açoriano, contemporâneo de Damião de Góis, ainda que um pouco mais novo que este; Frei Diogo das Chagas, escritor que confirma a presença do donatário Pedro da Fonseca na ilha do Corvo em 1529; o Dr. Luís da Guarda, corregedor dos Açores entre 1548 e 1552, referido por Gaspar Frutuoso como tendo sido uma das pessoas (*"ou outro seu propínquo[3] antecessor"*, supõe o historiador) que *"pretenderam alcançar o segredo daquela antiguidade"*, que, segundo os naturais das ilhas das Flores e do Corvo, ainda de acordo com Gaspar Frutuoso, *"estava carcomida, com as faces do rosto e outras partes sumidas, cavadas e quase gastadas, do muito tempo que tudo gasta e consome"*.

Que fazer com toda uma longa herança de pistas que indicam uma abordagem do arquipélago da Macaronésia atlântica por outros povos marítimos, mediterrânicos e norte-africanos, bem antes do ciclo das descobertas portuguesas no século XV?

Poderão todas estas pistas colocar em risco as certezas adquiridas acerca da exclusiva prioridade das navegações e descobertas de portugueses e espanhóis no Atlântico e na América?

Ou em vez disso, como tentou sustentar o açoriano Ernesto do Canto, não passaria toda esta trama de um pérfido boato, resultado do ressentimento dos portugueses, com o intuito de diminuir a façanha de Colombo por ter aportado primeiro ao Novo Mundo?

Que fundamentos poderão ser invocados para uma plausível visita de

---

3   Próximo, vizinho.

povos da Antiguidade, dos primordiais *Senhores dos Mares* — mesmo que involuntariamente — às ilhas ocidentais do *grande oceano*, com ou sem ocupação sistemática das mesmas, muitos séculos antes do ciclo europeu das Descobertas Marítimas liderado pelos dois países ibéricos?

E se essa prévia e remota experiência marítima, suficientemente documentada no caso dos fenícios, refinada numa longa duração, fosse cruzada com a insistente tese de um conhecimento de terras americanas em épocas bem anteriores à sua descoberta oficial por Cristóvão Colombo?

Munidos destas interrogações, partimos para a reconstituição de uma trama nos bastidores da História não feita apenas de rumores e lendas, de suspeitas e conspirações plausíveis, mas também de um vasto conglomerado de pistas documentais postas à margem da História consagrada e vitoriosa atestada pelas chancelarias e arquivos régios.

Nessa revisitação às lacunas de um enigma mal elucidado, nem sequer faltam testemunhos de cronistas e personagens reais, que escapam pelas frestas das impossibilidades a serem esgotadas ou diminuídas para os limites do plausível. É com diversas pontas soltas que esta narrativa se tece, numa versão que tende a subverter por completo um período decisivo de uma História já há muito tempo estabelecida.

Arrisquemos, deste modo, o argumento decisivo no eixo desta incógnita imaginada: e se esse trabalho oculto, de sabotagem das provas históricas, tivesse sobrevivido ao longo de cinco séculos para assegurar que os primeiros feitos dos descobridores portugueses e espanhóis não seriam questionados? A ordem surgiria clara e inequívoca: dissolver todas as pistas que contrariem a História conhecida e a relevância dos seus maiores protagonistas e vencedores. A palavra perduraria através do tempo, do espaço e das civilizações com a assinatura de uma enigmática e persistente organização: os soldados de Cristo, os Cristóforos...

1

LISBOA, PAÇO DA RIBEIRA
Primavera de 1518

O Sol elevava-se por sobre as águas do Tejo e vencia a custo a resistência das nuvens baixas na manhã brumosa que envolvia Lisboa. Desde os primeiros alvores que a Ribeira das Naus era um enorme estaleiro e entreposto de gente e mercadorias. Marinheiros apressados, correndo às ordens emitidas aos gritos pelos mestres, preparavam as velas nos grandes mastros dos galeões e outras naus da carreira da Índia. Dos arsenais e estaleiros, ali perto, soldados e artífices carregavam munições, peças de artilharia, madeiras, alcatrão e recursos de toda sorte que desapareciam no bojo das embarcações. Outros, afadigavam-se no transporte de cargas de biscoito, água e citrinos, essenciais para sobreviver à fome e ao medonho escorbuto no infindável isolamento entre o mar e o céu.

Por entre a algazarra de gente de várias nações, tripulantes e pedintes, mercadores e escravos, alcoviteiras e calafates, circulavam oficiais da Casa da Índia que, circunspectos, fiscalizavam as listas de transações e os diários de bordo. Alemães, flamengos, italianos ou espanhóis, acrescentavam uma nota cosmopolita a esta balbúrdia no *cais do Mundo* que servia Lisboa, verdadeira *urbs* ao jeito romano. No cais umedecido por um limo indistinto de detritos, acumulava-se uma profusão de carga à espera de rumar, em breve, aos armazéns reais, já celebrizados como o

Empório dos Aromas. Justificadamente, diga-se, porque pelo ar perpassava, desde bem cedo, um aroma adocicado de especiarias, num debate intenso, sem vencedor, com o cheiro de peixe frito vindo do interior de tendas feitas de madeira apodrecida e de restos de velame, dispersas pelas imediações.

A cidade conhecia um ritmo frenético nos dias dourados do Império português, que a majestade de D. Manuel colocara sob o signo da Esfera. Senhores e escravos, animais e carga, desaguavam e desapareciam no cais da Ribeira, diluindo-se na sombra das ruelas e becos próximos. Os mercadores e artífices não raro preferiam o aconchego ruidoso das tabernas da vizinha Rua Nova, enxotando estropiados e pobres que acorriam a pedir ajuda.

Um homem, esguio, de feições maduras e modos desembaraçados, cortava caminho, passada larga, por entre a multidão tumultuosa da Ribeira. Desembarcara de uma nau que atracara junto ao porto de abrigo, em Santos, logo ao raiar da manhã. Após breve diálogo com um dos oficiais régios, que o interpelara assim que aparecera no cais, o homem tomou o caminho do Paço Real, que ficava a curta distância. A nova residência do el-rei havia sido mandada instalar pelo sucessor de D. João II, no início do século, no conglomerado de edifícios da Praça da Ribeira. O soberano sentia-se, assim, mais precavido do rumo dos seus negócios e da administração da cidade.

O homem caminhava decidido, fazendo ondear as abas do seu balandrau[4] de talhe marroquino. No espaço da praça que o separava do seu destino quase tropeçou num grupo de enegrecidas vendedoras de peixe em tropel, evitou por pouco o assédio de um leproso que

---

4   Veste com capuz e mangas largas, abotoada na frente. Espécie de sobretudo.

murmurava impropérios contra "o Gama" e escapou ainda, com repetidas negativas, de um vendedor italiano que lhe tentava impingir panos de seda da China. Suspirou, reajustando o gorro na cabeça, como que descansado por ver que um rolo de pergaminho que trazia no bolso do gibão de cetim se mantivera incólume a tantos assédios.

Duarte Darmas, assim se chamava o viajante, escudeiro do venturoso rei D. Manuel I, aclamado pintor e desenhista da Corte, sabia bem que os tempos exigiam redobrada vigilância de forasteiros recém-desembarcados em Lisboa. Por isso, não reclamou com o oficial de justiça que o abordara, mal acabara de pôr os pés em terra. As medidas sanitárias, impostas pelas persistentes ondas de peste, exigiam uma constante inspeção dos navios, e o porto da capital constituíra-se, assim, como uma primeira linha de defesa contra a terrível doença.

O fiel servidor de el-Rei D. Manuel regressava a Lisboa disposto a prestar contas de uma missão que o soberano lhe havia confiado poucos meses antes. A ordem real provocara-lhe repugnância pelo inusitado do objetivo, mas calou qualquer perplexidade que pudesse assemelhar-se a uma hesitação. Meditou sobre ela desde que saíra do Tejo, na solidão das águas até às ilhas mais ocidentais dos Açores. Mais intrigado e perplexo ainda ficou no regresso da sua insólita tarefa.

O resultado ali estava, enrolado num pergaminho. Além da sua fidelidade como escudeiro, o desenhista sentia uma dívida de gratidão para com el-Rei D. Manuel. Órfão precoce, Duarte teve a sorte de ter sido acolhido na Corte de D. João II como pajem. Confiando nos seus talentos revelados nesse meio-tempo, D. Manuel viria a enviá-lo para Florença, logo no início do seu reinado, para praticar arquitetura numa das melhores academias da cidade dos Medici.

À entrada do paço, o responsável pela guarda pessoal de el-rei perguntou-lhe a que vinha e recebeu uma breve resposta. Duarte foi de imediato levado à presença do mordomo-mor da Casa Real, que supervisionava o governo do paço e os seus moradores. O homem, de baixa estatura e olhos papudos, saudou o recém-chegado cruzando as mãos diante do ventre proeminente:

— Apraz-me que hajas chegado. Estou informado da vossa missão, mas tereis de aguardar que el-rei finde o despacho com os desembarga-dores da Casa da Suplicação — disse com voz arrastada. — Sabeis que é sexta-feira e há presos para ouvir, petições, sentenças e despachos a dar. Vinde comigo — convidou o mordomo-mor com um gesto largo.

Duarte assentiu levemente com a cabeça e seguiu Vasco Anes, o superintendente da Casa Real, que o conduziu a uma dependência na fachada sul do edifício, no alto da escadaria principal, com vista para o rio. Ali, convidou-o a sentar-se num banco de pedra para aguardar que o soberano o recebesse.

A espera serviu ao desenhista para reativar algumas lembranças de outros serviços requisitados pelos soberanos. Não era a primeira vez que servia o rei de Portugal como tracista. Já D. João II o enviara ao Marrocos, para fazer levantamentos hidrográficos entre Larache e Alcácer Quibir e, mais tarde, o atual soberano mandara-o de novo às areias africanas para sondar alguns portos e levantar novas plantas hidrográficas.

Hábil no desenho, atento e minucioso na observação dos detalhes arquitetônicos, Duarte Darmas recordava o paciente levantamento das 60 fortalezas do reino instaladas junto à fronteira com o vizinho espanhol. Dessa colheita de esboços resultara a publicação, pouco depois, da sua coroa de glória, *O Livro das Fortalezas*, obra que lhe merecera rasgados elogios da Corte.

De pé, ante uma das estreitas janelas ovais que se abriam à escassa claridade daquela manhã, Duarte recuperara imagens rápidas, fragmen-tárias, da sua fascinante aprendizagem com os mestres florentinos e das campanhas que lhe deram crédito. O seu olhar foi se tornando vago, transferindo-se para além dos estreitos limites da sala até os limites do horizonte aquático. Ao fundo, os seus ouvidos captavam, agora, uma pancada seca, abafada, que depois percebeu ser causada pelo rolo pergaminho que ele mesmo batia, absorto, contra a mão esquerda...

Um ruído de passos no corredor contíguo e um murmúrio ininteligível interromperam-lhe a evocação. Duarte Darmas percebeu que o seu senhor regressava da habitual audiência. Pela porta entreaberta da sala reconheceu os perfis de alguns membros do Conselho do Rei e cavaleiros fidalgos do seu séquito.

Ali, na antecâmara régia, el-rei despediu, com recomendações breves, o vedor da Fazenda e os outros magistrados do paço, reverentes nas cortesias protocolares. O mordomo-mor adentrou novamente na sala onde estava el-rei, em respeitosa saudação, para informar ao soberano que Duarte Darmas havia chegado da missão para que fora despachado poucos meses antes. D. Manuel assentiu e mandou que o desenhista fosse levado à sua presença.

Duarte Darmas compôs as dobras do gibão acetinado e a pluma do gorro, capricho de artista que muito estimava, e aprumou-se para entrar na sala de audiências. O espaço estava ricamente ornamentado de motivos exóticos orientais, armado de rica tapeçaria e dossel[5] de brocado[6]. Discretos, na sombra dos fundos da sala, como era hábito, alguns músicos tangiam os instrumentos numa sutil sonoridade. Sobre o estrado, que marcava a condição de sua majestade, D. Manuel envergava uma opa[7] de brocado comprida, forrada de martas e, à cabeça, um barrete de veludo. Ao pescoço, ostentava um colar de pedrarias. O desenhista, ainda que

---

5   Armação de madeira usualmente coberta de tecido.
6   Tecido, geralmente seda, bordado a ouro ou prata em grandes relevos.
7   Tipo de veste ou capa com aberturas em lugar das mangas.

sabendo do apreço que el-rei lhe manifestava, não evitou um frêmito de emoção quando se ergueu da genuflexão protocolar e se viu cara a cara com o soberano. O rei, de boa e proporcionada estatura, conservava olhos alegres num rosto alvo, coroado pela testa descoberta de cabelos castanhos e uma barba da mesma cor.

— Vejo que retornaste do serviço para que vos nomeamos — disse o soberano mal o arquiteto se aproximou. — Em boa hora e graças a Deus. Sempre admiramos os vossos talentos de desenhista, Duarte Darmas. Que parecer nos trazeis, então, dessa tão falada antigualha na nossa ilha do Corvo? — perguntou o rei, inclinando-se levemente sobre os cotovelos.

Instintivamente, o artista apertou o rolo de pergaminho entre os dedos e respondeu, em tom cauteloso:

— Senhor, sabei que fiz o meu melhor em tão grave assunto, com a ajuda de Deus. Confesso a Vossa Alteza que a natureza de tal monumento me confunde e é motivo de admiração, mas procurei tirar dele o seu esboço pelo natural, conforme o que me mandastes fazer.

Dito isto, o desenhador entregou o rolo de pergaminho a Vasco Anes, que o depôs nas mãos de el-rei. Sem mais delongas, D. Manuel desdobrou-o rapidamente. Era o desenho de um homem vestido de uma capa de bedém, espécie de capote de palha ou couro norte-africano, sem barrete, montando um cavalo em pelo. Tinha uma mão na crina do animal e o braço direito estendido, com os dedos da mão encolhidos, à exceção do indicador, com que apontava o poente...

À vista do desenho, o soberano franziu o sobrolho, contemplando com ar sério, por alguns momentos, o esboço que o seu reconhecido escudeiro lhe apresentava. Duarte Darmas procurava antecipar as reações do seu senhor, quando este, por fim, rompendo o silêncio da ocasião, dirigiu-se a ele.

— Deixai que admire a vossa arte em tão estranho achado. Por este traço, inteirei-me da verdade da notícia que houvemos há algum tempo desta antiguidade do Corvo. Pois como vos disse, foi-nos trazida por Antão Vaz Teixeira, súdito do reino de Castela, que voltou daquela nossa ilha há uns três anos, depois de ali se ter instalado por permissão de nosso fiel João da Fonseca, capitão donatário — disse el-rei.

Duarte Darmas esboçou um leve assentimento, inclinando a cabeça, como que agradecendo a confiança de seu senhor. Tinha a consciência tranquila porque apenas transmitira no seu esboço o olhar já conhecedor e rotineiro de tantas observações da natureza e das obras humanas.

— Sem detença, farei com que nos seja trazida essa famosa estátua, talvez para que os nossos mestres nela recolham novos ensinamentos para a glória dos nossos reinos — afirmou, determinado, o soberano. E a um sinal deste, acorreram solícitos o chanceler e o escrivão, a quem D. Manuel foi ditando a seguinte carta:

"*João Lopes. Eu, el-rei, vos envio muito saudar. Confiando nós na vossa diligência e arte de mestre pedreiro, temos por bem que vos encarregue de ir à nossa ilha do Corvo para desmontar uma antigualha que lá se achou na ponta noroeste e voltar com ela para Lisboa. Cuidai de levar os homens, aparelhos e naus que necessitardes para levardes esta missão a bom termo. Nosso fiel Vasco Anes vos proverá com tudo o que ademais achardes necessário. Prezo que sejais discreto. Dada em Lisboa, aos 20 dias de Maio. Álvaro Neto a fez, Mil quinhentos e dezoito.*"

Finda a audiência, despedindo-se Duarte Darmas, retirou-se el-rei para a intimidade do seu cubículo, seguindo o camareiro-mor e os escudeiros fidalgos. Logo em seguida, foi a vez dos zelosos moços de câmara tomarem conta das necessidades mais urgentes e pessoais de Sua Alteza e prepararem-no para a refeição. Um deles havia começado há pouco tempo nessas funções, que por serem muito próximas do soberano, faziam inveja a muitos cortesãos. Chamava-se Damião de Góis.

2

Oceano Atlântico, Ilha do Corvo
Finais do Outono de 1518

No meio da tarde o céu foi se acinzentando de nuvens grossas e grávidas de água, à medida que a nau se aproximava do seu destino. Ao longe, o que parecia ser um elefante, emergindo pachorrento do leito oceânico, foi tomando forma. Pouco a pouco, o perfil da ilha do Corvo revelava-se aos olhos da tripulação. O pequeno rochedo era um entreposto praticamente ignorado nos limites do império de D. Manuel, ao qual os imemoriais corvos marinhos da mais antiga cartografia haviam dado fama.

O capitão desconfiara da bonança a meio caminho da travessia, depois de deixarem para trás a balbúrdia do cais de Lisboa e o perfil quase acabado da novíssima Torre de Belém. O mar vinha engrossando e o vento de oeste rugia mais forte. Mandou afastar a proa da direção do vento e ordenou à tripulação que preparasse as velas sobrepostas para aproveitar o vento de viés. A nau foi-se aos poucos levada mais para noroeste, com a costa da ilha bem à vista.

De pé, no castelo da proa, o mestre pedreiro João Lopes, agarrado a uma adriça, olhava o perfil da parede rochosa que crescia a estibordo com o avanço da embarcação. A tez morena e o rosto corado não disfarçavam o semblante de preocupação com que saíra de Lisboa. Ia lançando os olhos a um desenho rudimentar do litoral da ilha, traçado de acordo com as indicações de Duarte Darmas e do avisado Antão Vaz Teixeira. Homem engenhoso, natural do Porto, onde ajudara a erguer o Convento das Beneditinas da cidade por ordem de D. Manuel, o experimentado pedreiro viajara algumas vezes para França e Itália, exercendo com aplauso o seu ofício. Nada do que havia enfrentado antes se assemelhava, porém, à tarefa que a inesperada carta de el-rei lhe destinara. Os artífices, carpinteiros e canteiros que escolhera eram dos mais hábeis e vigorosos. Mas algo assombrava o habitual desembaraço do mestre.

Temo que estes trabalhos me tragam mais desdita que satisfação... — meditava o mestre pedreiro, olhando o céu que ia acumulando tons de cinza e empalidecendo o dia. Não demorou para que as primeiras gotas esparsas de chuva começassem a cair no convés e nos homens. Do interior das nuvens encasteladas rompera já o primeiro trovão.

A distância ia encurtando e descortinava-se cada vez melhor o perfil da costa, alcantilada e enegrecida, aqui e ali riscada de branco por bandos de aves marinhas. Pequenos ilhéus irrompiam do azul límpido do mar, assim como os costados brilhantes dos golfinhos e cachalotes, anfitriões de circunstância. A nau foi circundando o litoral norte da ilha, em busca do ponto mais favorável de desembarque. Os olhos atentos do capitão alertaram, subitamente, para uma reentrância mais favorável a nordeste da eminência rochosa que suportava o monumento. Mestre João Lopes concordou e a nau manobrou numa abordagem às escarpas mais próximas.

Ali se deteve, por fim, fundeada a uma prudente distância da costa, afrontando a ondulação e o vento, depois de estabilizada com as fateixas[8] que os homens lançaram para as profundezas. Enquanto os marinheiros recolhiam as velas dos três mastros, os grumetes preparavam-se para lançar

---

8   Pequena âncora, usada em embarcações pequenas ou, neste caso, como auxiliar na estabilização de fundeamento de uma embarcação maior.

na água o batel[9] de abordagem, que a nau carregava consigo. Depois de carregado de homens e aparelhos, a pequena embarcação separou-se e foi à conquista da estreita vereda que se abria como uma fenda na muralha de pedra, a menos de um quarto de légua.

O batel foi amarrado a uma rocha vertical que se destacava da linha da costa e os ocupantes pisaram na terra. Armados de cordas que os uniam pela cintura como um cordão umbilical, os homens, inclinados e ofegantes, começaram a palmilhar, metro a metro, a dolorosa subida em direção ao penhasco e à estátua.

Contra a inclemência da natureza, entre a terra e o céu, a expedição marchava lenta, os rostos dos homens batidos pelo odor salgado da chuva e do vento, transformados em breves espectros pela luz dos relâmpagos. Arfavam debaixo dos capuzes e capas aguadeiras, escorregando nas pedras aguçadas e virgens, mal fincando nelas as botas e borzeguins[10]. Ao cabo de uma hora vislumbravam, por fim, o cume da escarpa, quase vertical ao mar. A inclinação da vereda foi-se atenuando e os pés pisavam agora dispersos tufos de musgo e azevinho. Logo adiante, o mato ia ficando mais denso, revelando um arvoredo encorpado de cedros e faias.

Subitamente, um *oh!* coletivo emergiu do grupo, mal se entreabriu diante dos olhos um anfiteatro irreal, nunca antes visto e que esmagava os sentidos: a cratera de um antigo vulcão, cujo colo abrigava lagoas entrecortadas de ilhotas, pequenas saliências de um verde vivo que imitavam como espelhos o que se passava em cima, na paisagem do céu. Neblinas rarefeitas escorriam devagar pelas paredes da cratera, rodando num bailado fantasmagórico. João Lopes ficou atônito, olhos extáticos, por breves momentos. Nas suas andanças pelo mundo nunca experimen-

---

9   O maior dos botes que eram levados nas antigas embarcações.
10 Na história do vestuário, tipo de calçado que cobria o pé e parte da perna, semelhante a uma bota.

tara tamanho silêncio e imobilidade, que arrepiavam qualquer mortal. Seria assim o Paraíso?

O mestre pedreiro saído do estupor e com palavras firmes de comando mandou avançar o grupo. Em fila, os homens reataram o caminho que bordejava a parede da cratera. A poucas centenas de metros dali, depois de atingido o ponto mais elevado da costa, o terreno alongava-se para noroeste, num tapete denso e cheiroso de urze e musgão. Para lá dos limites do penhasco o horizonte era o vazio, com o rumor do mar inquieto. O vulto de um estranho monolito foi se lhes revelando com gradual precisão. O mestre foi o primeiro a aproximar-se dele. Sem saber como nem por que, viu-se de cabeça descoberta em gesto de veneração e temor pelo desconhecido: ali estava a estátua equestre, em pedra, tamanho natural, com notórias marcas do tempo.

Sem aviso, a frieza de João Lopes não foi bastante para evitar um frêmito quando, hesitante, ele levou lentamente as mãos ao contato com aquela matéria inerte e fria, talvez cansada da sua imobilidade e vigília secular. Ao exame manual e quase religioso do mestre, juntaram-se os homens, cautelosos, murmurando entre eles. *Duarte Darmas tinha razão* — disse para consigo João Lopes. Logo despertou gritando um enérgico *à obra!*, que ecoou pelo ermo do penhasco. A tarde chuvosa corria rápida para o fim.

Sem mais delongas, ao redor da estátua os homens montaram um cerco feito de cordas, lançadas aos quatro membros do cavalo e ao braço direito erguido do cavaleiro. Às ordens do mestre respondia em desafio a vozearia dos carpinteiros, num vai e vem de roupetas[11] de burel[12] grosseiro encharcadas e rotas, entre golpes de macete e o cântico agudo do vento.

---

11   Vestimenta semelhante a uma batina.
12   Tecido grosseiro de lã.

Minutos depois, os apoios do monumento davam sinais de fraqueza, assim como os artífices.

— Vamos! Agora aí, André! El-rei não vos paga para dormir! Mantende firmes essas cordas! Aguentai essas cunhas! Cuidado com esse macete, Antão! Inda vos ides vangloriar desta empresa ao colo das estalajadeiras da Rua Nova!... — vociferava João Lopes, procurando que a energia dos homens, debaixo da chuva insistente, não esmorecesse.

Uma a uma, as extremidades do monólito iam cedendo e, após uma derradeira resistência, soltaram-se da sua prisão imemorial. Desde quando? A estátua mantinha-se agora suspensa por cordas. Sustentada por roldanas e aparelhos adequados, os homens preparavam-se para encaminhar o monumento pelo caminho de retorno, em direção à embarcação. Um estalido, primeiro surdo, seguido de um outro ruído mais rotundo e sonoro, interrompeu os trabalhos. Um sinal que João Lopes nunca esperaria ouvir. Reparou, com pavor, que as cordas começavam a desfiar-se, e mais rapidamente do que a reação dos homens que suspendiam o monolito.

— Aguentai! Não! Não! Desgraçados! — clamava o mestre pedreiro, acudindo ele também às cordas que iam ficando frouxas. A estátua de pedra iniciara uma verdadeira dança macabra e descontrolada. O braço do cavaleiro que momentos atrás indicava o poente rodopiava sem nexo, apontando o peito de cada um dos homens, como que nomeando os culpados pelo despertar de um pesadelo. Era como se a pedra recobrasse vida após um sono de séculos.

— Ides levar os vossos ossos para a carreira da Índia! Em má hora vos conheci.... Malditos sejais! — gritava João Lopes, preso ao chão pela impotência. Na garganta, ia sentindo se apagar uma raiva surda, cada vez mais tênue, como se a chuva fosse desarmando, lenta e inexorável, um fogo sem futuro.

Estupefatos, os homens viram as cordas saltarem de suas mãos, fustigadas e em sangue pelo sisal agreste. Escorregando na lama e nas saliências rochosas, tentavam o impossível. O monolito, livre das amarras, acabou por tombar lateralmente, mas com a inércia, a massa de pedra soltou-se do que restava das cordas e foi tombando para o precipício, ali a dois passos, engolido por uma cortina de bruma pesada até desaparecer da vista dos homens, tolhidos de frio e susto. Um som cavo e longo repercutiu ao longo da parede rochosa, no precipício da ponta do Marco. O silêncio sepulcral restituiu-se, enfim, àquela solitária fronteira do Império.

Da estátua, restaram algumas partes. Aquelas que as cordas haviam ainda sustentado por alguns minutos: a cabeça do homem e o braço direito com a mão, e uma perna, e a cabeça do cavalo, e uma mão que estava dobrada e levantada, e um pedaço de uma perna...

— Danação dos infernos! Que carga de Belzebu vou eu levar a el-rei?! — blasfemou João Lopes, as mãos na cabeça, interrogando os homens silenciosos, cabisbaixos, à sua volta. — Que Deus se compadeça das nossa almas! Que desventura!

3

PAÇO REAL, ALMEIRIM
Início da Primavera de 1519

Desde o verão de 1518 que Lisboa padecia de mais uma violenta epidemia de peste, trazida pelos ventos do estio. Semeado o rastro de morte e como a doença não distinguia abastados ou miseráveis, a família real e cortesãos tiveram de abandonar a cidade, como era hábito durante as crises. A comitiva começou por respirar os bons ares de Sintra, transferindo-se em seguida para Colares e, no fim do inverno de 1519, mudou-se para o Paço de Almeirim, erguido alguns anos antes. Era conhecido como o Paço dos Negros, porque alguns escravos negros, por ordem do rei venturoso, ali se instalaram e constituíram família.

Na pitoresca Ribeira de Muge o clima era ameno e a caça farta, propiciando animadas montarias a que concorriam aristocratas e mercadores novos-ricos, que vinham de Lisboa, em bergantins[13], Tejo acima. D. Manuel I, apaixonado pela música, dava o seu beneplácito a este convívio buliçoso, convocando serões que faziam parte da paisagem quase diária da Corte mais exótica da Europa.

Era público que el-rei subira ao trono quase pelo acaso de sete mortes.

---

13 Tipo de embarcação antiga, de menor porte, relativamente estreita, movida a remos ou munida de dois mastros.

Talvez para exorcizar essa sombra que o levara ao trono, mantinha um caráter extrovertido, que segundo alguns estava às raias do exibicionismo. Graças a essa prodigalidade régia, os cortesãos passaram a conhecer o gênio de Gil Vicente, o autor que recolhia aplausos gerais pelos seus autos, preciosos retratos da sociedade da época. Numa noite fresca, mas serena, da primavera de 1519, mestre Gil regressava à presença real para apresentar o seu *Auto da Barca da Glória*. Em Almeirim, o Paço dos Negros transformava-se em palco ao ar livre, para satisfação de el-rei e de seus convidados, que assim celebravam a alegria do terceiro casamento do soberano, negociado secretamente em Saragoça, no ano anterior, com a jovem D. Leonor de Áustria.

Astrólogos e artistas, que D. Manuel mandava estudar em Roma, ostentavam trajes luzidios de cetim e seda, à francesa, com opas a roçar o chão, curvavam-se diante das princesas Isabel e Beatriz, filhas do soberano, habituais anfitriãs desses artísticos conclaves. As damas da Corte disputavam os galanteios, entre curtas risadas, competindo entre si com sofisticados arranjos de cabelo e toucados flamengos, de véus bordados, agitados pela brisa noturna. Pequenos grupos de convivas aproximavam-se do local da representação, um palanque circundado de vistosas cortinas, que os homens da trupe vicentina aprontavam diligentes sob as indicações de mestre Gil. Ao fundo, os músicos da Corte faziam soar charamelas[14] e alaúdes com requintes graciosos.

Entre outras celebridades da Corte, destacava-se Tomás de Torres, astrólogo e matemático que o rei nomeara professor na Universidade de Lisboa. Segredava qualquer coisa a Antônio Carneiro, ministro de Sua Majestade, que não faltava aos serões palacianos, compensando um pro-palado relaxamento nos negócios do Estado com a sua fidelidade ao gênio

---

14   Instrumento medieval de sopro, considerado o antecessor do oboé e clarinete modernos.

de Gil Vicente. O cirurgião-mor e os médicos do Paço convergiam nas suas conversas, trocando citações e memórias, de vez em quando saudados por cavaleiros fidalgos, funcionários e membros do Conselho do Rei.

João Lopes viajara pelo Tejo numa falua[15] até próximo da Ribeira de Muge e de lá prosseguiu por terra até o Paço de Almeirim. Saltou da carroça puxada por um par de mulas, enquanto os dois homens que vinham com ele se mantinham guardando os dois sacos, aparentemente bem pesados, que traziam no interior do veículo. Sacudiu a poeira dos calções estufados e deteve-se alguns instantes diante do largo portão que dava para a entrada no edifício. Aberto num muro intercalado por ameias, ostentava no topo as armas reais, de coroa aberta, ladeadas pela esfera armilar de D. Manuel I.

Os guardas do Paço avisaram o camareiro-mor da sua chegada e do que pretendia transmitir a el-rei. Dada a importância do recado e da carga, o mestre pedreiro e os seus homens foram autorizados a entrar nos jardins iluminados por archotes de breu resinoso, no recato das derradeiras filas da assistência, entre burgueses e nobres rurais. A representação já havia começado, o que provava o alarido que se levantara no anfiteatro, protegido dos olhares do vulgo por uma fileira de ciprestes esguios e canteiros de magnólias.

O silêncio que em seguida se fizera na noite era indício das atenções voltadas às palavras dos atores, que chegavam nítidas ao portão e aos ouvidos dos guardas, tentados a descuidar da vigia para captar melhor algumas das pilhérias do Diabo e da Morte em cena:

---

15 Tipo de embarcação a vela, também munida de remos, de pequeno ou médio porte, semelhante a uma fragata antiga.

... *"Hablad con esse barquero,*
Que yo voy hazer mi officio,
Señor Conde y cavallero,
Dias ha que os espero..."

A palavra *cavaleiro* causou em João Lopes um desconfortável arrepio. Um lampejo de memória trouxe-lhe imagens intermitentes e mudas dos homens, dorsos escorrendo lama, mãos esfaceladas em sangue.

Ia escapando ao mestre pedreiro, por largos momentos, o essencial do enredo, porque os fragmentos da estátua tombando pelo chão eram um drama tão ou mais real quanto os personagens do mestre Gil. Nele, os homens que conduzira em tão infeliz tarefa é que eram os verdadeiros atores. A sua negligência na ilha do Corvo era comparável ao julgamento que transcorria no palco, com a sua corte diabólica, num jogo de inferno e condenação.

Incomodado pelo malogro da missão, o mestre pedreiro ponderava a melhor desculpa para o comprometido resgate da estátua da ilha do Corvo. O não cumprimento das ordens reais fora um pretexto maior, a que se acrescentaram as dificuldades de circunstância impostas pelo inverno no retorno a Lisboa. Como seria o seu crédito daí por diante? Algumas semanas de estadia forçada em São Miguel tinham ajudado a pacificar a sua consciência, ainda atormentada por contínuos pesadelos em que o braço do Cavaleiro lhe aparecia, em riste, sentenciando-o como culpado.

João Lopes saiu do seu estado ensimesmado com o estalar das gargalhadas e aplausos que marcavam o fim da récita. Viu os convivas debandarem, em afetos mútuos de despedida. Reordenou mentalmente a explicação mais plausível quando o mordomo-mor lhe fez sinal.

— Vinde comigo. El-rei não tardará a receber-vos. Trazei vossos homens.

Pouco depois, na restituída tranquilidade do paço, o mestre pedreiro compareceu diante do seu senhor, que o recebeu numa pequena sala do piso térreo, sob a luz espectral e mortiça de longos castiçais. D. Manuel revelava alguma expectativa no ar atento com que interpelou o mestre pedreiro.

— João Lopes, que novas me trazeis dessa famosa estátua?

A resposta, já aparelhada ao longo das últimas semanas, foi dita aos trancos, ao jeito de uma fatalidade sem cura.

— Sabei, meu Senhor, que o destino me impediu de alcançar tal monumento intacto — respondeu o mestre pedreiro medindo cada palavra. — Quando achamos a estátua por lástima estava ela já desfeita por uma tormenta que se fizera no inverno passado. Restaram alguns pedaços que trazemos a Vossa Alteza para provar o nosso intento.

Um curto silêncio sublinhou o gesto de enfado com que el-rei ouvira a explicação. Pareceu conformado, para surpresa de João Lopes, que permanecia cabisbaixo, joelho direito no chão, aguardando o veredito.

Sereno, el-rei chamou a si o mordomo-mor, dizendo-lhe algo em surdina. Depois, voltou a dirigir-se a João Lopes:

— O nosso camareiro Frutuoso de Góis tomará tais amostras à sua guarda. Não vos inquieteis. Não será por isso que o vosso crédito irá esmorecer. Por certo tudo sucedeu por misteriosa disposição da natureza ou da vontade de Deus perante a qual nos devemos inclinar. — concluiu o soberano, recuperando algo do seu tom jovial. *O que teria a sua minúscula ilha de especial para albergar tão misterioso aviso em forma de uma estátua equestre?* — pôs-se a pensar consigo o rei venturoso.

Com um gesto, el-rei mandou que os homens do mestre pedreiro, mantidos ao fundo da sala, se aproximassem e abrissem os sacos. Assim o fizeram, com grande reverência e respeito. El-rei inspecionou com curiosidade o seu conteúdo e mandou que entregassem os destroços ao seu camareiro. Frutuoso de Góis chamou então alguns moços de câmara, entre os quais o seu irmão Damião, que tomaram os sacos e saíram com eles para aos aposentos reais...

4

O MESMO LOCAL.
Alguns dias depois, à noite.

Frutuoso de Góis surgiu inquieto, no começo da noite, no quarto onde se alojavam os moços de câmara de el-rei. Damião, que preparava o leito, olhou espantado o irmão mais velho:

— Por vossa fé! Que se passa convosco? — perguntou.

O camareiro não disse palavra. Pegou em um dos braços do jovem e arrastou-o para o exterior do compartimento. Num recanto discreto do corredor, agarrou-lhe os ombros com força.

— Desapareceram! Sabeis? Desapareceram! — sussurrou Frutuoso em voz pausada, olhando suspeitoso ao redor.

Damião arregalou os olhos, surpreendido:

— Por Deus! De que falais?

— Os restos da estátua que el-rei nos mandou arrumar nos roupeiros da antecâmara! O que sabeis deles? Viste-os, tal como eu, ainda ontem ao alvorecer, quando fostes aparelhar as camisas mouriscas do nosso amo — insistiu o camareiro de D. Manuel, agitado, dando voltas em curtos passos diante o irmão.

Damião assentiu com a cabeça. Sim, de fato, havia visto tais fabulosos destroços, amontoados num armário, mas sem dar muita importância na ocasião.

— Talvez o mordomo-mor ou o criado saibam de algo — sugeriu de repente.

— Já me dei a esse cuidado — esclareceu Frutuoso, encolhendo os ombros e com ar de enfado. — Os pajens, o mordomo-mor, todos me olharam como se eu fora o motivo de admiração... Ninguém viu nada. Nem cogito que alguém praticasse tal proeza sem que el-rei não o soubera. Quem ousaria semelhante conjura, sem temer pela vida? — voltou a questionar, baixando o tom de voz.

Damião de Góis acenou afirmativamente, olhando fixo o irmão. Percebia o seu desconforto, uma vez que competia a ele zelar pelo guarda-roupa real. Frutuoso, cheio de dúvidas, deixou-o.

Talvez só D. Manuel pudesse responder — ponderou o moço de câmara, de novo a sós na penumbra do seu quarto. *Ou talvez não. Mas, quem ousaria perguntar-lhe?*

5

ILHA DO CORVO, PONTA DO MARCO
Verão de 1529

Envolvido numa capa de couro, debruçado na amurada da nau, o homem divisava, por fim, as pequenas silhuetas num pontão de areia enegrecida. A embarcação rompia por entre as poucas nuvens baixas que iam se abrindo como cortinas com o avanço da manhã. Um mar calmo, apenas tocado pela brisa de noroeste, facilitara a travessia de uma dúzia de milhas, desde a vizinha ilha das Flores. Por isso, o desembarque foi rápido, mal a nau ancorou na pequena enseada, efusivamente recebida por um sonoro bando de cagarros[16] e gaivotas. O recém-chegado saltou para a curta língua de terra, chapinhando a orla da água e molhando as botas até o pelote[17].

Pedro da Fonseca, capitão das ilhas mais ocidentais dos Açores, deteve-se e respirou, lenta e profundamente, o ar bravio e salgado. Era um homem magro e pálido, ainda jovem, dedicado escrivão da chancelaria de el-Rei D. João III. Herdara a capitania das ilhas das Flores e do Corvo de seu pai, João da Fonseca, que havia tomado posse delas nos primeiros anos de 1500. Terras tão longínquas eram então concedidas

---

16   Espécie de ave marinha.
17   Antiga espécie de casaco masculino sem mangas.

aos corajosos colonos que as trabalhavam em troca de trigo e dinheiro.

— Em boa hora e maré viestes, senhor... — apressou-se a saudá-lo um dos homens que o aguardavam. Apresentou-se como sendo João de Barcelos e segurava com ambas as mãos um sombreiro de abas largas. Destacara-se de uma meia dúzia de homens vestidos com calças de malha grosseira e suja, presas por fitas de sisal. De aspecto humilde e sofrido, desdobraram-se em reverências perante o recém-chegado. O mais alto entre eles — pelo que soube depois o capitão da ilha — era um jovem escravo mouro, cor de bronze, a quem o proprietário anterior havia cortado a língua por falar demais. Foi por isso que de sua boca despontou apenas um friso de dentes negros e partidos em resposta a uma pergunta de Pedro da Fonseca.

João era o mais velho dos três irmãos de sobrenome Barcelos que haviam aceito o desafio de povoar e cultivar tão inóspitos solos, entre o azul do firmamento e a profundidade pelágica. Vindos da ilha Terceira poucos anos antes, experimentavam um quotidiano em que o tempo parecia suspenso. Com minguados recursos, foram aprendendo a viver do pouco que a estreita franja de lava cultivável ia lhes cedendo no sul da ilha. Depois, sempre havia o leite e a carne de umas dúzias de ovelhas, parceiras de aventura, que os ajudavam a resistir naquele deserto cinza escuro cercado de água. O resto conquistavam do mar, apanhando garoupas e salemas[18] com a sabedoria da sobrevivência.

Numa das andanças do gado, em busca das pastagens nas terras mais altas ao norte, um dos colonos ficou de repente apoiado diante de uma laje ou plataforma quadrada, com cerca de oito palmos de lado, que coroava o topo de uma encosta. A laje apresentava, na sua borda voltada para o mar, um conjunto de caracteres indecifráveis, suposta

---

18 Espécie de peixe encontrado no Atlântico ocidental tropical.

escrita que os parcos conhecimentos dos Barcelos entendiam ser assunto de importância suficiente para entendidos e do interesse de el-rei. Foi assim que os colonos procuraram alertar o rendeiro da pequena ilha para que deliberasse sobre tal descoberta. Pedro da Fonseca pressentiu, de imediato, que a tal escrita poderia muito bem estar relacionada com a estátua de pedra da ilha, sobre a qual ouvira falar do perplexo Antão Vaz Teixeira, que havia voltado do Corvo há mais de uma década. Encontrando-se de passagem pelas Flores, o colono terceirense contou-lhe o destino do monumento equestre, retirado da ilha por ordem de el-Rei D. Manuel, que seu pai João da Fonseca servira honradamente.

— Que notícias tens então dessa estranha escrita? — perguntou Pedro da Fonseca, entre curioso e divertido.

— Vinde e vereis por vós mesmo essa variedade de sinais que achamos entalhados na borda inferior de uma laje, no alto da subida da ponta noroeste. Por aqui, senhor — convidou o mais velho dos colonos, apontando com o braço a direção a tomar. — Trazei essas cordas! — ordenou João de Barcelos aos restantes membros do seu grupo.

O capitão da ilha aceitara deslocar-se até o enorme rochedo para confirmar os rumores sobre tão misteriosa laje. Mas não soube evitar um esgar de incômodo quando João de Barcelos lhe apontou o caminho a seguir: a tortuosa vereda que ascendia às encostas mais íngremes e levava ao interior norte da ilha.

— Uma légua bem puxada. Mas temos um belo dia por nós — informou o colono, procurando antecipar-se a qualquer queixa. Ainda assim, um curto trecho depois, Pedro da Fonseca já se lamentava pelo interminável trajeto que lhe desgastava o fôlego, prejudicado ainda mais por uma nuvem de pólens e de minúsculas libélulas, que ele insistentemente repelia. Bem mais aprazível era o seu outro domínio, as Flores, tão próxima e distante...

O capitão da ilha esforçava-se por acompanhar a passada do grupo de homens que subia pela íngreme senda. A primavera passada havia sido chuvosa e fizera despontar uma capa de musgos entre o solo gretado e as urzes rasteiras, por onde circulava uma fauna minúscula e vivaz, acordada pelo sol.

Quase três horas se passaram antes que atingissem a sua meta de pedra, que se erguia diante do abismo. Um rumor grosso de águas inquietas chegou-lhes do fundo líquido, muitas braças abaixo. Dois esguios rochedos marcavam, como postos avançados, os limites de um mundo intocável. Mal alcançaram a pretendida lage, logo sentaram-se os homens ao redor dela, fustigados pela subida, refazendo-se com golfadas do ar límpido e fresco que ali corria.

Pedro da Fonseca, recobradas as forças e saciada a sede com um grande gole de água, passou a ponta dos dedos pela superfície do pedestal que, não há muitos anos, suportara a estátua equestre de que ouvira falar. Mais atento, reparou em três curtas saliências, afiadas e irregulares, que emergiam da superfície desta. Talvez os derradeiros sinais de algo que ali tinha repousado...

João de Barcelos interrompeu as suas divagações e guiou-o até uma posição mais ao lado da parede rochosa que suportava a laje. Apontou-lhe então o sopé do pedestal. O capitão agachou-se para se certificar melhor do achado, procurando uma forma de chegar às cobiçadas legendas.

— Vede como o lugar é perigoso. Fica-se paralisado só de olhar para baixo... Dista bem uns seis palmos da parte de cima — avaliou o colono, esfregando o queixo.

— Tens razão. De modo algum conseguiremos deslocar dali a pedra com as tais letras — assentiu Pedro da Fonseca. — Não o alcançamos senão com um homem amarrado com cordas e seguro pelos demais.

Mandai descer o homem mais leve com a cera que trouxe comigo. Se não conseguirmos retirar a escrita, valer-nos-á a cópia dela — exclamou, resoluto, pondo-se em pé.

Assim se fez como determinou o capitão da ilha. Ao mouro, como o mais forte do grupo, coube sustentar a força bruta da tarefa. Depois de instruído sobre o que fazer, o mais franzino dos homens foi descido, cintura e braços bem presos pelas cordas, que os restantes seguravam de ambos os lados do penhasco. A cera foi aplicada sobre o friso das letras, já em si muito gastas, mas que a antiguidade ainda não tinha apagado de todo.

Uma vez seco, o molde foi retirado com cuidado do bordo e o homem franzino, puxado rapidamente para o topo do penhasco. Correram os homens para ver o que já estava nas mãos de Pedro da Fonseca, como precioso troféu de guerra. Interrogaram-se em silêncio, olhos fixos na cópia de cera e nos traços que nenhum deles reconheceria como uma escrita.

— O que serão? E o que dizem? — alguém perguntou.

O capitão franziu a testa:

— Penso que por aqui não haverá pessoa, tal como eu, com conhecimentos mais do que letras latinas — retorquiu Pedro da Fonseca. — Nem sei a razão por que aqui estão...

João de Barcelos mandou recolher as cordas e o grupo pôs-se a regressar para o ponto de partida. No meio da tarde, os colonos despediram-se do senhor da ilha. Pedro da Fonseca mandou avançar o bote, rumo à enseada onde a nau o aguardava para soltar as velas. Não sabia que levava consigo mais do que riscos impressos numa tira de cera. Eram também os derradeiros traços de ligação, da ponte entre um passado remoto e um presente que dele se esquecera...

6

NA ATUALIDADE
DANVERS, MASSACHUSETTS, E.U.A.
INSTALAÇÕES DA EPIGRAPHIC SOCIETY
31 de março, 11:30 horas

A cidadezinha de Danvers, no condado de Essex, Massachusetts, é
em boa medida uma continuidade da antiga aldeia de Salem. Aqui resi-
diu uma considerável parte do contingente de vítimas e acusadores dos
célebres julgamentos de 1692. Dezenove homens e mulheres, acusados
de feitiçaria, foram executados nesse delírio puritano, e outras dezenas
acabaram os seus dias de forma dolorosa, vítimas da histeria religiosa...

Estas imagens perpassaram numa vertigem de segundos, como um
filme acelerado pela cabeça de um transeunte que acabara de desem-
bocar na Elm Street, nas imediações da Câmara Municipal. O homem
parou por instantes, o olhar vagando em busca de orientação. Nesse
sábado, o fim da manhã trouxera um vento fresco primaveril, que pedia
um melhor aconchego da gola do sobretudo no pescoço do homem.
Segundos depois, retomou a marcha, apressando o passo. Ali estavam.
As instalações da Epigraphic Society surgiram à sua direita, numa fileira de residências de tons castanhos, arquitetura de fins do século XIX.
Meia dúzia de degraus de pedra conduziam a uma porta antiga, em
duplo arco, cercada por trepadeiras. Na parede de tijolos, uma pequena
placa de metal amarelo identificava a instituição. O homem pressionou

o botão da campainha.

Tinha uma entrevista marcada com o professor Barry Fell, fundador e presidente da sociedade — esclareceu o visitante ao indivíduo atarracado que lhe abrira a porta. De cabelo grisalho com longas mechas e pescoço abafado num cachecol preto surrado, fez sinal ao visitante para entrar.

— Michael Serpa. Universidade de Boston — apresentou-se ao entrar, logo de seguida, antes que o outro lhe perguntasse o nome. O senhor?...

— Ah?... Buchnan, Donald Buchnan — retorquiu o outro, tossindo. — Sou o secretário da Epigraphic. Vitalício! — disse enfático, conduzindo o recém-chegado para uma sala interior, no piso térreo. Tratava-se de um espaço amplo, algo sombrio, cheirando a madeiras antigas, que funcionava como biblioteca. Três grandes candelabros pendiam do teto, espalhando uma luz difusa. Dois homens, em pé, consultavam as estantes altas, envidraçadas, de mogno escuro, contornando todo o compartimento. Estavam tão envolvidos na leitura que nem notaram a entrada do visitante.

— O professor Fell não deve demorar. Queira aguardar um pouco, por favor — pediu o secretário em voz baixa, convidando o visitante a sentar-se num dos acolhedores sofás de couro, em círculo. Ao centro desse espaço, uma mesinha baixa, de tampo de vidro, oferecia um manancial de revistas e prospectos recentes da instituição. Contavam a sua história desde que, em 1974, Barry Fell se juntara a Norman Totten, professor do Bentley College, para formar a Epigraphic Society, cujo objetivo maior era a ingrata tarefa de identificar as relações "impossíveis" e contatos do Novo Mundo com outras culturas do Velho Continente e, quiçá, de outras paragens. Antes de Cristóvão Colombo, obviamente.

No vigor dos quarenta, cabelo alourado e liso, estatura acima da média, Michael Serpa, especialista em História Antiga e Medieval

Europeia, ensinava na Universidade de Boston. O seu aspecto desportivo — praticava tênis — era suavizado pelo óculos de aros metálicos. O sobrenome era elucidativo: descendia de imigrantes açorianos que haviam chegado aos Estados Unidos na segunda metade do século XIX, para a pesca da baleia. Uma corrente humana com cerca de dois séculos, que viria ligar as ilhas atlânticas portuguesas com a margem americana do *grande oceano*. Uma razão de orgulho para que Michael se entusiasmasse com tudo o que se relacionava com os primórdios da história dos Açores, ou da Macronésia dos seus antepassados...

Michael despiu o sobretudo, sentou-se e abriu uma pequena pasta que trouxera consigo. Retirou dela um exemplar do volume 15 das publicações ocasionais da Epigraphic Society, relativo a 1986. Os olhos percorreram o índice até localizar um título: *"Amuleto de um capitão do mar da Líbia descoberto nos Açores"*. A página setenta e sete surgiu debaixo dos seus dedos. Ali deteve-se e releu linha a linha um curto texto, na seção *Cartas*, cujo sumário dizia o seguinte:

"Foi encontrado um amuleto, invocando a ajuda de Alá na proteção e guia de um barco. A escrita é líbio antigo e a linguagem, arábico-berbere".

Michael fixou-se no desenho do amuleto, que acompanhava o texto, e nos traços de uma aparente grafia. *Que significará tudo isto?* — pensou, passeando o olhar pelas paredes da silenciosa biblioteca. Sabia que Barry Fell tinha fama de epigrafista, ainda que polêmico, mas estudara o amuleto e isso justificava que ouvisse a sua opinião sobre tão inesperado achado. O estudo de inscrições, signos e manufaturas antigas em todo o tipo de suporte físico, mais frequentemente em pedra, era um dos objetivos da instituição que Fell fundara.

Quantos testemunhos como este estarão esperando o momento de falar? E quantas vezes não corremos o risco de falar por eles — continuou a questionar-se, antes de fechar a revista e apreciar melhor a maciez do sofá. Lembrou-se de Paul Feyerabend, um inconformista filósofo das ciências, segundo o qual *"os deuses não desaparecem pelo fato de os homens perderem a faculdade de entrar em contato com eles"*...

Um sonoro *Bom dia!* sacudiu-o de seu devaneio. O professor Barry Fell entrara num rompante sala adentro. Os dois silenciosos bibliófilos ao redor das vitrinas ergueram os olhos e responderam entredentes a saudação. Michael levantou-se de imediato, indo ao encontro do anfitrião.

— Michael Serpa? — perguntou o veterano epigrafista.

— Sim, sou eu! Como está o senhor? Foi muito amável em me receber... — disse o visitante, cumprimentando-o efusivamente com ambas as mãos.

O fundador da Epigraphic Society era um octogenário robusto, ligeiramente curvado pelo peso da idade. O bastão de ponta de metal com que irrompeu na sala, como um militar que passa pela frente do exército, parecia mais um símbolo da sua autoridade do que um mero auxiliar pelas suas debilidades físicas, próprias da idade. Ostentava um bigode quase alvo e solto, que cobria o seu lábio superior.

— Bebe alguma coisa? Um aperitivo? — perguntou Fell ao visitante.

— Talvez, uma limonada...

— Duas. Você nos faria o favor, Don? — disse o professor, virando-se para o secretário que entrara com ele. Encarou, de novo, o colega de Boston:

— Sabe, meu caro Michael, formei-me em Harvard e aprendi a ser teimoso. Voltei-me para questões pouco dignas, na perspectiva dos meus colegas mais conservadores. Eles nos olham meio de lado, como se fôssemos um bando de lunáticos... Defender o difusionismo é antecipar a condenação ao inferno... Como se a hipótese de uma precoce intercomunicação entre os continentes, ao contrário do que pregam os isolacionistas, fosse uma heresia contra a história!

— Bem, na verdade, muitos historiadores atuais não definem mais datas irredutíveis para os descobrimentos das ilhas atlânticas, por exemplo, feitas pelos europeus — atalhou Michael, conciliador. — Fica em aberto o problema das eventuais navegações às Antilhas, antes de 1492...

— Já representadas nos antigos portulanos, mapas para a navegação do século XV! — interrompeu Barry Fell, abrindo as mãos num gesto declamatório.

Michael calou-se, aclarou a voz e prosseguiu:

— De acordo, mas o que os historiadores mais prudentes dizem é que só nos foi possível integrar essa suposta geografia, muito variável e imprecisa, como o senhor sabe, quando ela passou a ser experimentada por explorações sistemáticas desses novos lugares...

— Como é o caso das ilhas Canárias, centenas de anos antes de Cristo e dos navegadores europeus! — retorquiu Fell. — Depois dos fenícios, não andaram por lá cartagineses e romanos, em colonização sistemática? Quem poderia desmentir tal fato? — sublinhou o mentor da Epigraphic Society.

Michael Serpa levou o copo de suco à boca e concordou com um gesto de cabeça:

— Bem, de fato... O que posso dizer ao senhor é que tenho mantido contatos regulares com um colega espanhol, Pablo Peña, um dos mais conceituados arqueólogos das ilhas Canárias. Segundo ele, vêm surgindo ali novas provas que reforçam a hipótese de que o arquipélago foi real-mente descoberto e colonizado por marinheiros do grupo étnico dos líbio-fenícios ou berberes... — O que o senhor acha disto? — perguntou.

— O senhor vê? Isso é muito curioso, muito curioso... — repetiu o veterano professor, debruçando-se na ponta do sofá e apontando para a mesa:

— Veja as nossas revistas. Estão cheias de informações sobre as pescas ou o culto da morte dos povoadores das Canárias. Ou sobre as inscrições religiosas, na variante alfabética líbio-fenícia, dedicadas a Amon e a Yavé, que têm sido encontradas, por exemplo, em Lanzarote ou na Grande Canária. E — quem diria? — amuletos orientais com o símbolo do escaravelho, o signo máximo da sacralidade egípcia! — rematou Fell, com ar vitorioso.

Michael franziu o sobrolho e redobrou a sua atenção. A história começava a interessar-lhe.

O anfitrião prosseguiu:

— Sim, a pequena nota que o senhor também leu fala de uma pequena pedra circular, mais precisamente um amuleto com uma inscrição, achado em 1976 nas fundações de uma região com muralhas de Ponta Delgada, na ilha de São Miguel....

O velho epigrafista fez uma ligeira pausa, para terminar o seu suco de limão.

— A não ser que o amuleto tenha sido deixado ali por algum colecionador mais recente... — atalhou Michael, com um pouco de medo.

— Impossível — rejeitou Fell de imediato. — O estudo do solo revelou que a peça estava *sob* a camada de lava de uma erupção possivelmente ocorrida ainda no século XV. Além disso, a construção da muralha data do século XVII, o que reforça a sua importância arqueológica. A história desse intrigante amuleto é a seguinte: durante as escavações numa sala subterrânea da antiga fortificação, em Ponta Delgada, o dono do edifício, Rainer Weissemann, um erudito alemão com gosto pelas antiguidades, descobriu uma pequena pedra com uma inscrição. Aparentemente, parecia cuneiforme, talvez da Mesopotâmia. Mas, as tentativas para a sua decifração pelos especialistas locais, não tiveram sucesso. Por fim, o possuidor da pedra soube da nossa existência e pediu-me que estudasse a pedra e a inscrição. Assim o fiz. Não tive dúvidas do grande interesse e significado do achado açoriano. O portador do amuleto seria um navegador e a escrita em tudo idêntica a um outro texto encontrado, sabe onde? — perguntou Fell, com um antecipado sorriso iluminando-lhe o rosto. — Nas Canárias! — concluiu, espetando com uma estocada a ponta do bastão num dos braços do sofá de Michael.

O seu interlocutor de Boston estava perplexo. Michael levantou-se e deu dois ou três passos, como que digerindo o que tinha acabado de ouvir.

— No seu entender, professor, este amuleto reforça a tese dos contatos pré-colombianos entre povos marítimos, fenícios e outros, da bacia mediterrânica norte-africana, com as ilhas atlânticas, incluindo os Açores...!? — questionou, sibilino, o historiador de Boston, inclinando-se para Fell.

— Tudo indica que sim — respondeu calmamente o epigrafista, aparando a ponta do bigode, olhos nos olhos do seu interlocutor.

— Mas então o senhor conseguiu identificar a escrita do amuleto açoriano... — arriscou Michael.

— Certamente — respondeu Barry Fell, com ar seguro. — Trata-se de uma variante tardia da escrita fenícia datada de entre os séculos VII e IX da era cristã, possivelmente usada no norte de África por povos descendentes dos cartagineses.

— Sim... e a inscrição? — insistiu Michael, ansioso.

— A inscrição? Dizia o seguinte: *"De tormentas isto protege. Não há Deus senão Deus. Para proteger de navegar fora de rumo"*.

7

Universidade de Boston
2 de abril, 8:30 horas

Na estrada de volta a Boston, Michael Serpa foi revendo a conversa que tivera com Barry Fell. Pouco a pouco, a sua voz interior, que sempre o despertava para a inquietação científica, impelia-o a seguir a pista que a inscrição do amuleto de São Miguel parecia encobrir. A legenda, sobretudo o que ela poderia significar, absorveu-lhe o pensamento de tal forma que mesmo as noites não davam trégua. Sonhou com um amuleto gigante que ria dele e com navegadores à deriva no alto mar... Seu espírito rigoroso teimava ao se deparar com ambiguidades. Definitivamente, as evasivas não eram com ele.

Despertou, nessa segunda-feira, decidido a discutir o caso com a diretora do Departamento de História. Uma ducha bem fria foi o melhor remédio para sacudir o resto de sonolência e torpor mental. As ideias recuperaram a clareza. Hierarquias à parte, mantinha com Marilyn Halter, a diretora, uma relação descontraída. O fato de terem sido colegas quando estudantes facilitava a relação de trabalho, sedimentada depois de vencidas as sequelas de um namoro tão fulgurante quanto inconsequente.

Um chuvisco impertinente obrigou Michael a uma curta corrida até ao átrio do amplo *campus* da universidade, que se abria para as margens do rio Charles. Aborrecia-se sempre que falhavam as previsões da meteorologia, fato que, naquele momento, colocava em risco a integridade imaculada de seu casaco castanho claro de *tweed*, já manchado por alguns fios de chuva.

O bar do *campus* era um palco de culturas e línguas que se cruzavam; uma cacofonia de decibéis concorrendo por uma xícara de café e o inevitável *donut* em uma síntese adocicada e intensa que entrava pelas narinas. Michael estendeu o olhar por cima do vai e vem contínuo dos apressados usuários até avistá-la: a solitária Marilyn Halter, diretora do Departamento de História da Universidade de Boston, sentada a uma mesa no canto da ampla sala, diante de uma larga vidraça embaçada. Atraente, cabelo louro quase branco e curto e relativamente magra, os seus olhos profundos e claros se voltavam como uma ponte, de vez em quando, para as águas vizinhas do Charles, mais animadas e céleres com o degelo das últimas neves primaveris.

Diante de um xícara vazia, Marylin fazia notas para um artigo científico que seria publicado. Sem desviar os olhos, ergueu verticalmente um marcador entre os dedos da mão esquerda:

— Vá lá, Mike, eu sei — ou melhor — eu sinto que você não precisa se anunciar; a sua água-de-colônia já se encarrega disso por você... — disse, irônica e monocórdia, sem levantar o olhar do papel.

— Bom dia, Marylin! Não sabia que você era sensitiva... Acredite você que eu estava justamente precisando de faculdades assim como as suas para decifrar um mistério... — disparou Michael, puxando uma cadeira e sentando-se ao lado da colega.

— Você nunca me pega de surpresa... — reagiu Marylin, sorridente, com a sua voz de meio-soprano e voltando-se para o historiador. Michael abriu uma pasta, retirou dela o pequeno livreto da Epigraphic Society e o estudo de Barry Fell sobre o amuleto encontrado em São Miguel e colocou-os diante da sua superiora na hierarquia da Universidade.

— O que foi que você descobriu agora? Mais alguma daquelas velhas histórias como a do *Homem de Pequim*, não? — perguntou a historiadora, pegando os textos. Durante alguns minutos pôs-se a lê-los em diagonal, sobrancelha erguida e o indicador esquerdo apoiado ao queixo, gesto que traduzia uma mal disfarçada curiosidade.

Doutora em História e Antropologia, com interesse no povoamento da América, a sóbria Marylin Halter era tida como uma solteirona inveterada, ainda que corressem rumores desencontrados sobre a sua orientação sexual, hipotéticos namoros e experiências frustradas. Sendo receptiva a novas informações, não era particularmente entusiasta das temáticas menos convencionais que motivavam Michael Serpa, mas evitava manter com ele discussões exacerbadas nos assuntos acadêmicos. Preservava, acima de tudo, a amizade extraprofissional com o colega, que ela aliás conhecia bem dos campos de tênis por causa do seu potente *smash* que a deixava sempre sem reação...

No final da leitura, não pode evitar o desabafo:

— Ora, Mike, só faltava essa agora! Fenícios à deriva no mar dos Açores! — exclamou Marylin, com um trejeito de incredulidade, apertando as mãos diante do peito e voltando os olhos para o teto. — Os velhos mitos atacam outra vez...

— Você tem alguma outra explicação para a inscrição? E se ela for genuína? — reagiu imediatamente o historiador. A algazarra do ambiente dominou por alguns momentos.

— Hum... tenho muitas dúvidas. Você realmente pensa que esta datação é digna de crédito? — insistiu Marylin, desconfiada, devolvendo os papéis para ele. Michael sabia que a forma como ela argumentava inibia qualquer traço de resposta leviana de seus colegas. Arriscou um contra-ataque do tipo *fuga para a frente*:

— Eu sei que você, como muitos outros aliás, não levam Barry Fell muito a sério... Eu posso estar errado, é claro, mas penso que se trata de algo *a priori* potencialmente injusto — desabafou Michael, com ar nitidamente contrariado. — Enfim, ignora-se porque se desconhece; desconhece-se porque se ignora. Parece ser uma regra para um seguro de vida. Ou de carreira... O nosso dever — o *meu* dever, pelo menos — sublinhou o historiador, batendo com o indicador direito na mesa — é testar as explicações possíveis para este achado e o que ele poderá significar na cronologia da História!

Marylin olhou-o fixamente. Detectou em seus olhos um brilho invulgar, súbito, nos olhos. Muito mais luminoso do que a palidez da manhã chuvosa permitia. Ao fim de um curto silêncio, confidenciou-lhe:

— Calma. Entendo o que você sente. Mas digo como amiga. Não como historiadora. Entende? No fundo, esse assunto parece ser uma espécie de chamado para você, um apelo às suas origens... Mas você também precisa agir racionalmente — aconselhou, serena e pausada.

— Mas que coisa! Você tem pelo menos de admitir que o tema é fascinante... Para mim é como que se eu o sentisse na pele... — concedeu Michael, sem reservas.

Marylin deu-lhe um leve toque no braço, como que assinando um pacto.

— Ok, Mike. — disse ela. Vamos fazer o seguinte: vou convocar uma reunião de urgência no departamento, esta tarde, para você explicar melhor o que pretende fazer. Espero que você seja convincente. Mas não se esqueça de que os fundos do departamento têm prioridades bem definidas... — preveniu Marylin, moderando a voz.

Michael Serpa sentiu-se como um peso-pesado com *deficit* físico no fim do primeiro *round*. O gongo mal acabara de soar e já escasseavam as forças de que precisava para abater os muros da indiferença. Para derrubar a insensibilidade acomodada dos mais *duros* do Conselho Científico.

Levantaram-se da mesa e atravessaram a agitação do bar. Antes de se separarem, Marylin parou e questionou o colega:

— Você sabe, pelo menos, onde está o amuleto, ou se ele foi submetido a outras análises?

— Segundo Barry Fell, foi devolvido ao tal alemão de São Miguel, nos Açores. Só que Weissmann afirma que o artefato nunca chegou às suas mãos — explicou Michael. Pelo visto desapareceu!

8

UNIVERSIDADE DE BOSTON
GABINETE DE MICHAEL SERPA
11:00 horas

Michael Serpa entrou no seu gabinete no 3º andar do número 226 da Bay State Road, a meia dúzia de passos do rio Charles. Aproximou-se das janelas altas e ovaladas do edifício de tom rosa velho que, um dia, em 1869, três metodistas de sucesso lançaram como academia de referência. Sempre que se sentia menos seguro, pressentindo nuvens negras adensando-se no seu horizonte, Michael, fervoroso adepto da liberdade de espírito, recordava o exemplo de Martin Luther King Jr., que ali mesmo se formara doutor. Deixou os olhos vagarem por alguns momentos pela ponte que, difusa e ao longe, à sua esquerda, conduzia à outra margem batida pelo sol, agora mais enérgico e finalmente vencedor do véu nebuloso. Passou os dedos pelos cabelos soltos e espreguiçou-se com destreza desportiva antes de se sentar ao computador.

Segundos depois, dezenas de mensagens irrompiam em torrente tingindo de preto a tela. De uma rápida leitura dos *e-mails*, o historiador descartou como inúteis, resultado de *spam*, a imensa maioria. Com exceção de uma mensagem que reteve a sua atenção:

From: cegf[mailto:cegf@uac.pt]

> Sent: monday, April 2nd 2007 10:25 AM

> To: m.serpa@bu.edu

> Subject: Conferência Internacional "As Ilhas Imaginárias do Atlântico"

Caro Professor Michael Serpa,

Temos o prazer de lhe enviar o programa definitivo da conferência em epígrafe. Gostaríamos muito de contar com a sua presença neste encontro organizado pelo nosso Centro nas instalações da Universidade dos Açores, em Ponta Delgada, nos próximos dias 21 e 22 do corrente.

Centro de Estudos Gaspar Frutuoso

O Secretariado

Meu Deus! Como eu pude me esquecer de responder ao convite? — pensou, batendo com a mão à testa. *Que coincidência... Logo num momento como este... Não é, Mike? Você precisa aproveitar bem este argumento oferecido de bandeja...* — deduziu mentalmente, enquanto seus dedos se lançavam sobre o teclado, num *reply* que soava como bálsamo para a alma.

9

Universidade de Boston
Auditório do Departamento de História
17:00 horas

Os motivos da convocação do Conselho Científico do Departamento de História levantaram, como se esperava, um maremoto de interrogações e rumores. Cerca de três dezenas de professores foram enchendo o pequeno auditório a conta-gotas.

Michael chegou e logo que viu Marylin, chamou-a de lado e lhe mostrou o email que recebera dos Açores.

— Nossa! Isto parece um coelho tirado da cartola!... — disse ela surpresa. Não me lembro de você ter falado dessa conferência... Pode ser mais um trunfo para convencer o Conselho... Boa sorte — desejou-lhe, num sussurro.

Marylin avançou para a mesa, pronta para dar início à reunião. Michael seguiu-a e ficou do seu lado direito. Levou aos lábios a garrafa de água mineral que estava à sua frente. Um gesto mecânico, já que não sentia sede, como verificou de imediato. Ainda em pé, prospectou rapidamente os rostos dos colegas, procurando avaliar a sua possível disponibilidade.

Conhecia-os razoavelmente, como pessoas e como pesquisadores. Uns mais acomodados do que outros; com pesos desiguais na tomada de decisões e no crédito acadêmico.

O *staff* docente do departamento apresentava, no entanto, uma pequena vantagem: era razoavelmente multicultural, tolerante, capaz de *amortecer* os excessos dos mais propensos ao *americanocentrismo*, lembrando-lhes a sua história ainda recente e o cordão umbilical europeu. No departamento abundavam latinos, eslavos, nórdicos e até um simpático iraniano de ascendência turca, um crítico do *sistema* e um exímio contador de anedotas, incluindo algumas em que figurava o próprio Maomé.

Michael apostava em Benjamin Turner, um jovem assistente sagaz vindo da Filadélfia, com estofo de filósofo, como um dos seus adversários mais obstinados. E com boas razões. A sua recente tese de doutoramento tentava invalidar a hipótese da exploração pré-colombiana do Atlântico, enumerando o que entendia por debilidades dos argumentos difusionistas.

— Claro que podemos discutir a questão, mantendo-a em aberto, mas sou extremamente cético quanto a eventuais viagens e explorações pré-columbianas no Atlântico e na América. Acho que são suposições sem fundamento — confessara um dia a Michael, pouco depois de chegar a Boston.

Michael concordou parcialmente, mas insistiu na pertinência de fontes historiográficas e cartográficas antigas, que apontariam para uma história diferente da cronologia das navegações no Atlântico. Afinal — argumentou —, os fenícios inventaram a quilha, tornaram os seus navios aerodinâmicos, instalaram cobertas[19] e melhoraram as velas. Os navios deles tinham de 80 a 100 pés de comprimento e usavam uma única

---

19   Termo da marinha, que em Portugal designa o pavimento de um navio situado entre o convés e o porão.

vela quadrada, além dos remos. Antes do século VI a.C. construíram navios que podiam transportar entre 50 e 100 toneladas, comparáveis em tamanho e tonelagem às caravelas portuguesas do século XV da era cristã. Podiam percorrer uma média de 100 milhas em 24 horas...

Mas Benjamim fez um ar de enfado:

— Meu caro Mike. Sei dos seus antecedentes açorianos, examinei todas as fontes disponíveis, incluindo as portuguesas! Tudo isso são possibilidades, suposições, mas falta a prova irrefutável.

O ambiente acalorado que permanecia pela sala foi serenando, como um fogo que se extingue, depois de Marylin ter aguardado a entrada dos retardatários. Momentos depois, graças a algumas pinceladas de humor e de diplomacia, a diretora conseguiu, por fim, expor sumariamente as informações que recebera de Michael Serpa na parte da manhã. Como eco, ouviram-se sussurros discretos e uns arremedos de tosse, tão forçadas como as que normalmente se fazem ouvir entre os movimentos de uma sinfonia.

Michael procurou se mostrar enérgico e convicto. Sentia-se anormalmente nervoso, agitado, e as palavras pareciam aprisionadas. Encarou os colegas, praticamente um a um. *Uma forma de ganhar empatia* — pensou. Afinal, que diabo, todos reconheciam os seus laços genéticos, os elos afetivos, de que se orgulhava. Marylin passou a palavra para ele:

— Eu me disponho a realizar uma avaliação científica, séria e objetiva, que confirme ou não a interpretação da inscrição do amuleto e da sua escrita — começou Michael a explicar. — Para isso, tenciono me encontrar com outros especialistas em epigrafia, arqueologia, antropologia, entre outras áreas, num encontro que acontecerá em Ponta Delgada, na ilha de São Miguel, para o qual fui há algum tempo convidado — explicou.

— Qual é o tema da reunião? — perguntou Thomas Glick, um perito na Idade Média europeia, sentado na última fila do auditório.

Michael satisfez a curiosidade do colega, que sabia ser comum a todos:

— Trata-se de um aprofundamento dos nexos entre a geografia concreta, física, que hoje conhecemos, e as figurações das chamadas *Ilhas Imaginárias* no Mar Oceano, como o Atlântico era designado. — respondeu, acrescentando alguns detalhes sobre os temas e os participantes na reunião, que transcorreria dentro de duas semanas.

— Isso parece mais ficção e menos história! — ouviu-se no meio da plateia.

O pavio da polêmica estava aceso. Como sucede muitas vezes, a esgrima das teses consolidadas entre os especialistas corria o risco de se desviar do essencial. *O difícil é saber ouvir* — pensou Michael, trocando olhares fugazes com Marylin.

Boa parte do debate que se seguiu foi monopolizado por especialistas em cartografia e geografia histórica, que trouxeram à roda os efeitos do sistema de ventos e correntes na parte central do Atlântico Norte sobre eventuais viagens precoces a terras americanas. Alguém exemplificou este fator com o caso do piloto andaluz Alonso Sánchez, de Huelva, eventualmente arrastado até as praias americanas em 1484 ou 1485.

Thomas Glick voltou a intervir, mais conciliador:

— A questão central é sempre a mesma: precisamos saber qual o momento a partir do qual ocorreu a repetição da exploração sistemática dos novos lugares e a incorporação dessa experiência numa nova visão do mundo. Por isso — insistiu — é que o feito de Colombo releva sobre outros feitos anteriores: por exemplo, os povos polinésios, sem mapas, nem compasso, nem cronômetro, atravessaram o Pacífico em frágeis canoas abertas e atingiram a América depois de fazerem escala na ilha de Páscoa...

Benjamin Turner, como era de se esperar, aproveitou para expor alguns motivos pessoais para o seu ceticismo sobre ilhas fabulosas, travessias e descobertas atlânticas antes de Colombo:

— Não sei se os senhores sabem que, em outubro de 1919, houve uma grande agitação nos meios acadêmicos provocada por um texto publicado pelo professor Alberto F. Porta no jornal *Daily News*, de São Francisco. Falava-se aí em pretensas evidências arqueológicas reunidas por um tal Marciano Rossi, depositadas na Universidade de Santa Clara, que provariam a chegada dos Etruscos às Américas! O fato é que tenho investigado o caso e ainda não vislumbrei nem sinal dessas provas. De resto, essas histórias já tinham sido contadas por autores clássicos, como Plutarco ou Plínio. E não é a primeira vez que fraudes arqueológicas são forjadas! Eu procuro fatos, não lendas! — reivindicou Benjamin.

Os colegas apreciavam a postura séria e convicta de Ben nessa controversa matéria. O que não impedia, como contraponto, que o fogoso assistente se transformasse num alvo da ironia dos colegas mais irreverentes.

Uma italiana, Paola Bernardini, sentada ao lado de Benjamin, mal deixou que ele acabasse de falar para atirar-lhe a clássica provocação, sublinhada pela não menos clássica exuberância gestual:

— Meu caro Ben! Antes de Colombo, vocês foram descobertos pelos atlantes a partir do Ocidente, e os chineses, pelo Pacífico! Além dos suspeitos de costume: fenícios, romanos, etruscos e até irlandeses! Toda a gente sabe que o almirante — genovês ou português? — foi o último a chegar à América! — disse, irônica, na cara do americano. Ben limitou-se a encolher os ombros e a resmungar um palavrão entre dentes.

Olaf Hagglund, um norueguês, alto e magro, de barba alourada, dotado em paleografia e diplomática, pediu para intervir. Citou documentos dos arquivos do Vaticano, datados de 1902, relativos à constituição da

Igreja na Groenlândia.

— E digo isso com a segurança de quem se refere a fatos, e não a meros rumores. — esclareceu, anulando um esboço de contestação vindo dos lados de Ben Turner e de uns poucos entre os presentes.

— Caros colegas — prosseguiu Olaf, cuja voz enrouquecida acentuava o forte sotaque. — Falo de cartas trocadas entre o arcebispo de Nidros, na Noruega, e o papa Inocêncio III, a pretexto da cristianização da Groenlândia, descoberta por Leif Erikson no ano de 985 e da exploração da costa atlântica norte-americana. Essa correspondência, datada de 1206, prova claramente que as sagas nórdicas, como as que falam da Vinlândia, por exemplo, são bem mais do que lendas — concluiu o especialista em expansão europeia. Olaf sentou-se e percebeu alguns apoios em forma de acenos de cabeça. Michael, na mesa, ao lado de Marylin, não deixou de dirigir a ele um inaudível *thank you*.

Um curto silêncio seguiu-se às palavras do nórdico. Michael sentiu-se mais confiante. Sabia que alguns colegas, intimamente, talvez achassem plausíveis outras travessias e reconhecimentos, acidentais ou não, do Novo Mundo por outros povos navegadores, antes da chamada *abertura ao mundo* do período áureo das navegações ibéricas.

Foi o caso do obeso Houchang Chehabi, o turco-iraniano das anedotas sobre o Islã, que fez uma curta, mas excitante dissertação sobre o problema das intercomunicações de culturas no passado. Chehabi, um doutor em Antropologia Comparada da Ásia Central e Oriente Próximo, agitou a plateia ao aludir a recentes estudos sobre o DNA que revelavam a existência de genes chineses em populações da América Latina.

— E que importância especial isso tem? Já se sabe que o estreito de Bering serviu de ponte... — atalhou Ben Turner.

O turco-iraniano não respondeu e continuou:

— A palavra *descoberta* não significa, forçosamente, *o primeiro a chegar ali*. Ou o primeiro a revelar ou a encontrar. Há estudos sérios em torno da descoberta de armas da Idade do Bronze europeia achadas em locais nativos americanos, assim como moedas romanas...

— Outra velha bobagem! — observou alguém, irritado, nas derradeiras filas do auditório.

Chehabi voltou-se para tentar localizar o autor da contestação capciosa, mas em vão. Ia prosseguir, quando foi interrompido por Paola, a pequena italiana morena e histriônica, no seu melhor estilo:

— E a embarcação romana encontrada nas costa da América do Sul que, segundo as teses *conspiratórias*, teria sido destruída, juntamente com o seu nicho envolvente, por alguém que temia as consequências *antiespanholas* históricas de tal descoberta? A nau teria vindo de Cádiz, segundo os restos de uma ânfora recuperada da sua carga — lembrou, ignorando o ar à beira do escandalizado de Ben Turner.

Uma série de reações, indistintas, propagaram-se em cadeia, obrigando Marylin a pedir calma e ponderação aos seus pares.

Olaf aproveitou a deixa e voltou à carga:

— Sabe-se hoje bem mais a respeito das capacidades dos habitantes das Caraíbas. Eram excelentes marinheiros, capazes de construir barcos com 80 pés de comprimento, que podiam transportar até 80 pessoas. Há quem suspeite que, com ventos e correntes favoráveis eles possam ter chegado a solo europeu. Querem pistas? Em 1153, no reinado do imperador germânico Frederico Barba Ruiva, uma tempestade trouxe até Lubeck uma canoa de ameríndios, que diziam ter vindo de um *"grande país rico em peixe"*, provavelmente a futura *"Terra dos Bacalhaus"*, dos portugueses. E são aliás estes mesmos portugueses que nos falam de dois corpos de homens *"de face muito larga e de aspecto diverso dos cristãos"*, que foram parar na praia da ilha das Flores, segundo informação prestada pelo piloto Martin Vicente a Cristovão Colombo.

Este último detalhe estimulou Michael, que tomou rápidas notas. O norueguês prosseguiu:

— Note-se que a Terra Nova atual se encontra na mesma latitude da costa alemã do Mar do Norte... E quem quiser ver restos de alguns desses caiaques de índios ou esquimós, basta ir aos museus de Munique, Edimburgo, Aberdeen e até à catedral de Trondheim, na minha Noruega natal! — acrescentou o investigador nórdico com ar divertido. Assim que acabou, mereceu de alguns colegas acenos de cabeça e outros tantos polegares apontados para cima.

A intervenção seguinte coube a Michael, ansioso por convencer os mais fundamentalistas e amenizar os seus anátemas. Puxou as mangas do casaco de *tweed* com reforços de pele nos cotovelos — um dos seus tiques prediletos em momentos de tensão — e reforçou a voz com a convicção de um tribuno na defesa de grandes princípios. Nas suas alegações finais recorreu aos insuspeitos cronistas da Conquista espanhola:

— Tenho boas razões para supor que o amuleto, descoberto na ilha de São Miguel há uns bons 30 anos, foi de fato deixado ali por navegadores norte-africanos, descendentes dos cartagineses. Não são menores as fontes históricas que comprovam as capacidades técnicas, em vários níveis, de povos marítimos, como os fenícios e os seus sucessores de Cartago. Historiadores espanhóis, que testemunharam os passos de Hernán Cortés e demais conquistadores, aludem a essas possíveis visitas de povos da antiguidade. É o caso de Esteban de Garibay y Zamalloa, no século XVI, profundo conhecedor do grego e do latim, bibliotecário de Filipe II de Espanha e que, no seu *Compêndio Historial*, afirma que — passo a citar — *"mercadores cartagineses desejavam descobrir novas terras no Oceano do Poente e navegaram tanto cerca do ano 392 (a.C.) que encontraram uma grande ilha que se suspeita ser a que agora dizem Espanhola, que doutra maneira chamam de San Domingo, e que* começaram a povoar nela; mas Cartago não quis ocupar-se em tão longa viagem, antes castigou os descobridores, mandando-se graves penas para que ninguém falasse naquela viagem". Fim de citação. — disse Michael, recuperando o contato visual com os colegas.

Procurava eventuais reações, mas o silêncio imperou nessa breve pausa. Olhou de soslaio para Marylin que, impassível como uma esfinge, no centro da mesa, perscrutava um ponto inexistente no teto da sala.

— Ou seja, parece que a propalada *política do segredo* já tinha sido o atributo dos navegadores cartagineses, os quais, como as posteriores talassocracias[20] ibéricas, apostavam na manutenção do segredo das suas descobertas territoriais como forma de proteger os seus potenciais recursos econômicos — acrescentou o historiador, sentando-se de imediato.

O resto da sessão tornou-se entediante: os mais ortodoxos do conselho reafirmaram várias vezes a sua postura intransigente: de um lado — a deles — a verdade irremovível; do outro, as falsidades dos que vivem da ingenuidade do público, que minam a confiança das pesoas nos acadêmicos e nas instituições sérias e, acima de tudo, vendem livros de história-ficção...

O resultado da votação sobre os planos de Michael Serpa caiu, contudo, num impasse, dada a dificuldade de consenso: os votos declarados tinham resultado num empate. *Tanto empenho para nada. Mesmo com algumas contribuições interessantes que, pelo visto, caíram em saco furado...* — queixou-se mentalmente. Mas não se conformava com as dúvidas e reservas dos seus colegas. Afinal, estava em causa o apoio financeiro à sua investigação, na sequência do anunciado encontro de Ponta Delgada.

Finda a sessão e após os últimos membros do Conselho terem debandado, impenetráveis e seguros nas suas razões, Michael não largou

---

20   Poderio, império de uma nação sobre o mar.

mais Marylin. Seguiu-a pelo labirinto de corredores e elevadores até o gabinete da direção. Uma vez lá, pediu a ela a palavra decisiva, o seu voto de Minerva, capaz de transformar a ameaça de fracasso numa promessa de novas aquisições históricas que só a inquietação científica permite.

Quando voltaram a sair do gabinete de Marylin, a noite já era uma sombra que a tudo cobria. Na praça externa da universidade, Marylin parou sob a luz de um poste. Com os ouvidos cheios dos argumentos de Michael, ela tinha de assumir uma posição e comunicá-la às instâncias superiores da Universidade. Suspirou fundo e voltou-se para o colega:

— Está bem! Vou me responsabilizar pelo seu projeto. Sei o que ele representa para você. Vou hipotecar a minha cabeça.... Mas tome nota: vai ser a última oportunidade se você não trouxer resultados objetivos — recomendou, com ar severo. — Trate agora de marcar o seu voo para os Açores...

Michael interrompeu-a, sem hesitar:

— Comprei o bilhete hoje de manhã...

Marylin ficou suspensa, abanando a cabeça. Viu Michael rodar nos calcanhares, abrir os braços em sinal de vitória e correr, como um adolescente, para a estação de metrô. Na escuridão, ela teve a impressão de ainda tê-lo visto levar os dedos aos lábios e mandar-lhe um beijo...

10

UNIVERSIDADE DOS AÇORES
PONTA DELGADA, ILHA DE SÃO MIGUEL
21 de abril, 10:00 horas

Os corredores da Universidade dos Açores, em Ponta Delgada, viviam uma singular agitação. Nessa manhã, surpreendentemente ensolarada, parecia ter havido um pacto primaveril entre os frequentes maus humores gerados por Éolo[21] e o familiar anticiclone. O anfiteatro principal do *campus* foi se enchendo de congressistas e participantes, de dentro e fora de portas.

O tema das *"Ilhas Imaginárias do Atlântico"*, apesar da feição marcadamente acadêmica, atraíra uma audiência diversificada. Foi isso que verificou Michael Serpa ao entrar nas instalações da universidade. Teve sensações estranhas, algo como um *déjà-vu*, que o acometeram antes do seu avião aterrissar no Aeroporto João Paulo II. Era como se vestisse agora mais do que uma pele. E foi essa outra, mais sensível, que sentiu ao passar sob as Portas da Cidade, tripla arcada e plataforma, em preto e cinza, entre dois mundos. Ainda lá no alto, quando a aeronave acabara de romper o tapete nebuloso, pareceu a Michael, extasiado e confuso, que a ilha de São Miguel flutuava no ar, como Lapúcia, a ilha voadora de Jonathan Swift, no azul absoluto entre o céu e o oceano. O seu

---

21   Do grego "Aiolos", deus dos ventos, filho de Zeus e Acesta. Por extensão, significa também vento forte.

espanto continuou, logo após, ao sobrevoar a Lagoa das Sete Cidades, um espelho líquido que imitava um oito, entre uma paleta de verdes, na sua limpidez imóvel.

Revivia fisicamente essas imagens agora, enquanto aguardava na fila da recepção dos congressistas. Com os pés, por fim em solo firme, aonde a memória longínqua das suas células parecia regressar...

Cumpridos os rituais da inscrição, Michael procurou identificar rostos familiares, eventualmente presentes no auditório. Conhecia de nome alguns dos participantes, por intermédio da literatura específica do meio. Aprendera também a nunca esperar demais das revelações feitas pelos oradores, diante de plateias generalistas e curiosas. Confiava mais nas descontraídas e frutíferas *conversas de corredor* e *pausas para café*.

Instalado nas primeiras filas do auditório, próximo da mesa de conferências, aproveitou para ler os resumos das comunicações dos dois dias do encontro. Um deles, com o título *"As Ilhas Imaginárias"*, chamou-lhe particularmente a atenção. O trabalho era de Lúcia Lacroix, especialista em Cartografia Antiga, investigadora na Faculdade de Letras da Universidade de Lisboa. Acabara de obter uma bolsa para um pós-doutoramento na mesma área.

O *abstract* informava que o trabalho pretendia ser um inventário da tradição das Ilhas Imaginárias na historiografia portuguesa. A autora afirmava, no final: *"É fácil, demasiado fácil, encarar os relatos das ilhas perdidas e viagens lendárias como um desperdício de tempo, lixo histórico, do foro dos mitos e das fábulas sem motivo. Pelo contrário, estas narrativas revelam-nos rotas de navegação entre as ilhas Canárias, os arquipélagos do Norte Atlântico, Groenlândia, Islândia e talvez aos Açores e Madeira. Conhecimento mítico, sem fundamento? Ou antes 'memória genética' de episódios que definharam na lembrança das gerações na ausência de suportes reprodutíveis de memória, como os de hoje? Seja como for, essas 'histórias' integram-se, na justa medida, na História".*

A conferência de Lúcia Lacroix encerrava a sessão da manhã, antes do intervalo para o almoço. As intervenções iniciais do encontro trataram da evolução das projeções cartográficas para navegação, usadas desde os antigos gregos, passando pelos venezianos e maiorquinos, até o inovador conceito de Pedro Nunes, a celebrizada *linha de rumo* ou loxodromia. As expectativas de Michael em relação ao tópico da historiadora portuguesa aumentavam.

Quando o americano a viu subir ao púlpito, ao lado da mesa, reparou na sua silhueta franzina que transmitia desenvoltura e convicção. Pelas palavras iniciais de Lúcia, de uns trinta jovens anos, Michael pôde perceber que aquele corpo, leve e ágil, escondia uma energia sutil, extravasada pelos olhos grandes que iluminavam a tez morena do rosto.

Lúcia Lacroix, discreta num tailleur de cor escura e camisa cor-de-vinho, saudou os participantes e introduziu o tema:

— Um códice da Livraria de Alcobaça, com cópia em letra do século XIV, fala-nos de uma viagem à ilha Solistonis, por um tal Trezenzônio, desde a Corunha até ao mar distante, onde acabou por encontrar uma ilha aprazível, oculta dos estranhos por espessas nuvens. Uma região encantada por onde o galego andou durante sete anos sem tristeza, nem fome nem perigos. Este é apenas um exemplo de uma longa coletânea de narrativas que evocam a existência destas ilhas perdidas no imenso Atlântico, ora reais, ora irreais, palpáveis ou logo invisíveis, flutuando como que em mar revolto nos mapas portulanos e na imaginação dos marinheiros — começou sua fala a jovem historiadora.

Recorreu depois ao historiador Pedro de Azevedo para lembrar que, na Idade Média, o número de ilhas do Atlântico, mais ou menos fantásticas, foi aumentando, definindo-se apenas alguns dos seus nomes: é o caso da Antilha, Brasil ou Sete Cidades. Mostrou reproduções de diversos documentos cartográficos e mapas, sobretudo do século XIV, com as diferentes designações desses possíveis lugares.

— Deixem-me recordar aos senhores a história da ilha de São Brandão, descrita na *Navigatio Sancti Brendani*, datada dos séculos X ou XI, e que inflamou a imaginação dos povos litorâneos europeus — pediu Lúcia, voltando ao texto. — É dela que nos fala Honório de Antun, em 1130: *"Há no Oceano uma certa ilha agradável e fértil entre todas, desconhecida dos homens, descoberta por acaso, procurada em seguida, sem que se possa encontrá-la e chamada Perdida. Era, diz-se, aquela aonde foi um dia São Brandão"*. São Brandão teria sido acompanhado por 60 monges, de acordo com algumas versões, tendo partido da sua abadia de Shanakeel, na costa ocidental da Irlanda, em busca da Ilha das Delícias (ou do Paraíso). Ao cabo de sete anos de viagem e de exóticas descobertas, o grupo teria alcançado, enfim, a Terra da Promissão, o Paraíso.

A pesquisadora não esqueceu de referir a versão peninsular da lenda irlandesa, revivida quando, no ano 711 da era cristã, os árabes invadiram a Península Ibérica e destruíram o Império Visigótico.

— Nessa ocasião, um arcebispo e seis bispos fugiram para a mesma ilha das Sete Cidades, salvando a vida e os seus tesouros. Cada prelado fundou uma cidade, dando origem a sete cidades. É possível que no século XV, ainda estivesse viva esta tradição pois, segundo um documento de 1475, um navio português teria saído em busca das Sete Cidades, e em 1486, D. João II de Portugal ratificou um contrato segundo o qual Fernando Dulmo, da ilha Terceira, pretendia descobrir a ilha das Sete Cidades — recordou ela, após mostrar um pouco da iconografia sobre a lenda.

Lúcia Lacroix apressou-se a finalizar, adiantando um outro elemento da questão, enquanto fechava o *powerpoint*:

— Certamente pouco conhecida é a aventura de três religiosos, que depois de uma tempestade teriam sido, ao fim de dezesseis dias, arrastados até uma ilha incógnita do Atlântico, no dia 30 de junho de 1639. Segundo a descrição que consta de um livro do cartório do Convento de Santo Antônio dos Capuchos, em Lisboa, esses três frades encontraram ali nessa terra de imensa beleza um palácio de onde teriam saído sete homens com rostos macilentos, falando um português pouco claro. Nesse palácio encantado encontraram ainda um ancião, governador daquela ilha, que lhes mostrou um quadro onde figurava um exército vencido por um outro que pelos trajes pareciam muçulmanos; também uma praça circundada pelas cinco quinas de Portugal[22]. Depois de abandonarem a ilha, ela nunca mais foi vista. A descrição presente nesse livro foi feita sob juramento *in verbo sacerdotis*. As lendas desse tipo incorporam-se na conhecida lenda de D. Sebastião e no mito português da ilha Encoberta, segundo a qual este rei, depois da batalha de Alcácer Quibir, teria se refugiado numa ilha desconhecida de todos os navegantes, de onde um dia sairá. É o que diz a lenda de Arguim, sobre uma ilha envolta em bruma que aparece, por vezes, ao norte de Porto Santo, quando o sol se põe. Esta nossa tradição sebastianista liga-se, provavelmente, ao ciclo arturiano medieval, também ele gerado em um tempo de ameaça e de perda da soberania — terminou por dizer a jovem historiadora, muito aplaudida pelo auditório.

O intervalo para o almoço seria um momento propício para um primeiro reconhecimento — pensou Michael, entusiasmado com o que acabara de ouvir da jovem portuguesa. Rapidamente vira nela uma

---

22 Elemento constitutivo da baneira de Portugal, em cujo centro estão cinco escudos com cinco pontos cada um.

preciosa auxiliar na missão que o trouxera aos Açores. Localizou-a facilmente no espaço externo de uma tenda onde começava a ser servido o almoço. Entre filas de convivas de prato na mão, numa primeira sondagem gastronômica, Lúcia conversava com uma mulher de porte atlético, ruiva e de óculos de sol no alto da cabeça, com um bloco de notas em uma das mãos. Michael aguardou que a jovem portuguesa ficasse a sós e avançou ao seu encontro.

— Michael Serpa, da Universidade de Boston. Permita-me que eu me apresente. E antes de mais nada, a felicite pela sua magnífica exposição. Sublime! — disse-lhe com o exagero das primeiras abordagens. — E peço mil perdões pelo horrível sotaque do meu português. Não é nada fácil! — garantiu Michael, com sinceridade e alguma excitação, mudando mecanicamente a mochila que trazia de um ombro para o outro.

A jovem historiadora devolveu-lhe um largo sorriso, como saudação de boas-vindas. Fez uma avaliação instantânea visual do recém-chegado e apreciou o bom gosto da sua camisa pólo bege e dos *top-siders* cor de terra. E como Lúcia era fã do elemento Terra...

— Ah! Sotaques é a especialidade da casa! — respondeu, irônica. Achava comovente e digno de mérito o esforço do americano de Boston para falar Português. *Até que ele não se sai nada mal, não senhor* — avaliou ela mentalmente.

— Michael? Ah, agora percebo o seu interesse por esta mítica ilha... Uma atração fatal entre nomes próprios? Ou algo mais? — questionou.

Michael percebeu as consequências da alusão e experimentou um ligeiro estremecimento. A sua voz interior reagiu por ele: *Curioso. Só agora reparei no fato de São Miguel ter concentrado as minhas atenções....*

— Sim, deve ser isso. Miguel por Miguel! — ele riu-se, já num tom mais descontraído, pressentindo que lançara uma âncora de confiança na nova interlocutora. — Dizem que o nome dado a esta ilha foi por causa da intervenção de São Miguel, o anjo matador de monstros, quando a libertou do encanto que a prendia. O cosmógrafo castelhano Alonso de la Cruz diz, no seu *"Islario de todo el mundo"*, que tinha recolhido pessoalmente essa lenda em Portugal.

— Espere aí. Serpa, como sobrenome? — sublinhou Lúcia, olhando-o fixamente. Arrastou o americano pelo braço até um dos bancos corridos, de pedra, no exterior arborizado do átrio.

— A história dos Açores transpira magia, evoca mundos antigos, memórias perdidas... Sabe? É fascinante ler sobre os primórdios dessa região pela palavra de alguns dos seus primeiros cronistas, como Gaspar Frutuoso, o primeiro historiador açoriano. O senhor o conhece?

— Sim, claro. Li recentemente alguma coisa, sugestões de colegas da Universidade de Lisboa, embora sem tempo para grandes aprofundamentos... Mas fico curioso de saber que novidades você tem... e também pela sua ajuda — propôs Michael.

— Ok, adivinho que teremos de partilhar algumas coisas... Mas, antes, quero ouvi-lo na sessão da tarde; saber o que você tem a nos dizer, vindo do país que tudo sabe! Aliás, estou com um apetite devorador. Sempre que falo em longas travessias atlânticas fico com uma sensação de barriga vazia! — disse a jovem, num riso cantante, puxando o americano em direção aos aromas que exalavam da tenda de almoço.

A sessão da tarde começou com um certo atraso, habitual nestes eventos. Efeitos, talvez, da saborosa cataplana de cherne[23] e do tradicional relaxamento português para com os horários, pecado que elegem como virtude, lembrando: *Perdão, não somos britânicos!*

---

23 Cataplana, nome dado em Portugal a um tipo de panela. Cherne é um peixe típico do Atlântico ocidental.

Foi a vez de Michael Serpa subir ao palanque. Mostrou-se radiante pela oportunidade e igualmente emocionado pela sua costela açoriana longínqua, menção que lhe valeu uma primeira salva de palmas. Começou por confessar que estava ali especialmente determinado a investigar as origens e natureza de um amuleto, encontrado ali mesmo, na velha região fortificada do litoral da cidade. Num breve minuto, Michael resumiu o essencial do achado e as questões históricas que levantava. Entendeu facilmente o significado do silêncio atento da audiência ao ouvir semelhante informação. Também Lúcia percebeu um olhar fulgurante que ele lhe dirigira.

O historiador de Boston falou, sobretudo, das lendas em voga na Idade Média a respeito da célebre Antilha e de sua ligação com o mito das Sete Cidades e que fizeram com que os cartógrafos as incorporassem nos seus mapas. Ele não poderia lembrar de um tema mais apropriado, no próprio lugar que perpetuava a lenda mítica. Socorrendo-se de ilustrações adequadas, Michael apontou os traços essenciais de ambas as tradições:

— A referência às Sete Cidades está inscrita, por exemplo, na famosa lenda que consta do globo de Nuremberg, de Martim Behaim, em 1492, e permanece ainda no mapa de Desceliers, de 1546. A última lenda que permanece no imaginário cartográfico ocidental será a da ilha Antilha, que Colombo ainda procurava na sua viagem para Ocidente, e que se dizia ter sido vista em 1414. A Antilha surge também, por vezes, associada às Sete Cidades. Toscanelli, o famoso cartógrafo, teria escrito à corte de Portugal esclarecendo que *"esta ilha de que tendes conhecimento é que vós chamais das Sete Cidades"*... Fernando Colombo também diz que alguns portugueses a inscreviam nas suas cartas com o nome de Antilha, embora não coincidisse com a posição dada por Aristóteles. Esse mesmo autor conta ainda que no tempo do Infante D. Henrique, um navio atracou em Antilha ou Sete Cidades. Os marinheiros descobriram ali uma igreja e verificaram com espanto a prática do culto católico — informou Michael enquanto mostrava as imagens de ambos os mapas, não perdendo de vista as reações de Lúcia, na primeira fila do auditório.

O historiador lembrou o fato de Aristóteles ter anotado que esta ilha teria sido conhecida pelos Cartagineses, os quais teriam até mesmo pensado usá-la como refúgio estratégico no caso de serem expulsos da sua pátria, no Mediterrâneo. A ideia da ilha como refúgio está também plasmada no tema de uma suposta ilha ao norte da ilha Terceira, referida por Francisco de Sousa no seu *"Tratado das ilhas novas"*, publicado em 1570, em que fala de uma *"grande ilha habitada que nela foram ter gente da nação portuguesa no tempo da perdição das Espanhas, que há trezentos e tantos anos governava El Rei Rodrigo"*.

Fez uma pausa, antes de concluir:

— O alemão Sophus Ruge escreveu que podemos levar este nome até as lendas eclesiásticas medievais, especialmente a ilha das Sete Cidades, considerada um asilo no Oceano, impossível de alcançar. O francês Paul Gaffarel sugeriu, no século XIX, que a ilha de São Miguel fosse essa tal ilha mítica, baseando-se nas alusões aos frequentes tremores de terra, certamente capazes de destruir os lugares habitados, mas deixando, por outro lado, pistas das suas ruínas. Será a nossa familiar e bela Lagoa das Sete Cidades uma vaga reminiscência dessa associação? — foi a interrogação que Michael deixou suspensa. Em resposta, o historiador foi premiado com uma calorosa ovação.

Logo que terminou a sessão, Michael teve de corresponder às solicitações de alguns participantes naturais da ilha. Curiosos em saber algo mais dos seus antecedentes açorianos, não descansaram enquanto não tiraram fotos com o historiador...

Lúcia foi até ele. Caminharam para a saída das instalações do *campus*, esperando transporte para a estalagem onde os oradores e convidados haviam sido alojados.

A conversa trivial foi interrompida por duas figuras que surgiram inesperadamente do meio das sombras, num fim de tarde algo ventosa, prometendo chuva. Rodearam Michael e Lúcia.

— Boa tarde. Professor Serpa? Inspetor Gérard, da Interpol — apresentou-se o mais baixo deles, com cabelo ralo e vestindo uma gabardina verde escura, algo desbotada. O sotaque francês e o tom do homem não agradaram a Michael. Achou-o impertinente.

— Peço-lhe desculpa pela intromissão, mas se trata de uma questão policial. Um assunto de âmbito internacional, europeu, como o senhor deve imaginar — explicou o homem, algo contraído. — Procuramos informações sobre o amuleto de que o senhor falou, no início da sua palestra. Sabe nos dizer algo mais sobre o seu paradeiro? — perguntou.

— Nada mais — reagiu o historiador. — Repito: fui informado sobre o desaparecimento do objeto por um colega, há poucas semanas, nos Estados Unidos. Segundo soube, o amuleto nunca chegou a ser recuperado pelo seu proprietário, aqui em São Miguel — esclareceu, com ar contrariado.

O homem que se apresentara como inspector Gérard olhou de relance o parceiro, um indivíduo rotundo e com ar boçal, que se mantivera silencioso, atento à conversa. Concordou discretamente com a cabeça e os dois indivíduos afastaram-se, sem mais palavras.

— Quem são estes dois? — perguntou Lúcia, percebendo o olhar atônito do colega americano. — Surpreendente. Eu não sabia que a Interpol estava interessada em reuniões científicas onde se discute a cartografia medieval do Atlântico! Seria motivo de elogio, se não fosse ridículo...

— Desagradável! — completou Michael, ainda com o olhar um pouco perdido nas sombras da rua por onde os dois vultos tinham acabado de desaparecer.

O micro-ônibus apareceu, finalmente.

11

ARREDORES DE PONTA DELGADA
ESTALAGEM DA ROSA
21 de abril, 19:00 horas

A Estalagem da Rosa era um projeto ousado, erguido nos arredores da cidade. Os três pisos do complexo exemplificavam o sucesso de uma arquitetura inconformista, integrada ao ambiente natural da orla marítima. Disposta em plataformas, lembrava uma mastaba[24] egípcia, exaltada por um branco imaculado. O bar-restaurante ocupava uma boa parte do térreo das instalações, protegido das investidas do vento e da chuva por uma parede envidraçada. A poucos metros situava-se a piscina artificial, implantada entre os espaços abertos das rochas vulcânicas gastas pelo tempo e que a protegiam dos desassossegos do mar aberto.

O jantar foi o momento que Michael e Lúcia escolheram para revelarem a crescente cumplicidade que os animava. Os interesses recíprocos ou coincidentes exigiam muitas perguntas, mas apenas alguns esboços de respostas. Sentaram-se em uma mesa sob a meia luz de uma luminária típica.

— Estranho... — disse Lúcia, levando à boca a batida de abacaxi e leite de coco.

---

24 Túmulo de um faraó das duas primeiras dinastias (tinitas) ou de um membro da família real ou alto funcionário do Antigo Império Egípcio (dinastias tinitas e menfitas), feito de tijolos ou ger. de pedra, em forma de pirâmide truncada, com capela(s) para oferendas, e câmara(s) subterrânea(s) para o mobiliário fúnebre e sarcófago.

— O quê? — perguntou Michael.

— O fato do tal inspector Gérard não ter deixado nenhum contato, para o caso de você ter novas informações sobre o amuleto. Não é insólito? Eu diria que foi uma típica despedida à francesa!... — exclamou a jovem, algo intrigada.

— Ah, esquece isso. Estes caras querem mostrar serviço a um burocrata qualquer enfiado atrás de uma escrivaninha, com os pés num aquecedor eléctrico. É só isso! — sugeriu Michael, ironizando a situação. Disfarçava, contudo, uma certa apreensão pelos motivos da inesperada intervenção na saída da universidade. Tentava erradicar o mínimo de sombra ou obstáculo no seu caminho. E sobretudo agora que contava cada vez mais com o envolvimento de Lúcia, consolidado nessas últimas horas. No seu inseguro, mas aceitável português, Michael aprendera a substituir a ambiguidade do *you* pela proximidade do você...

— Tenho, então, a grata oportunidade de conversar com uma jovem doutora que... — começou Michael, dando o mote para a descontração.

— ... tem a firme sensação de que acabou de se meter em uma enrascada com a ortodoxia universitária! — completou Lúcia, de chofre, num fraseado rápido ao jeito infantil.

— Sério? Você acha que está comentendo um erro estratégico por ter optado pela investigação de temáticas históricas pouco recomendáveis!? — replicou o americano.

Lúcia balançou a cabeça de um lado para o outro.

— Não. Nunca abdicaria de perseguir a verdade sobre a marcha da Humanidade, sabendo que a História é um rio de múltiplos afluentes e meandros, navegado na medida de cada um.

Em breves minutos Lúcia fez a sua autobiografia: descendente de pai francês e mãe portuguesa, ficou orfã muito nova, quando os progenitores, ambos arqueólogos, morreram num acidente de trabalho, num local ermo e longínquo da América do Sul. O seu tio, Martin Lacroix, encarregou-se da sua educação. É professora na Faculdade de Letras de Lisboa. Na sua tese de doutorado, dissertou sobre o tópico que a trouxera aos Açores: As *Ilhas Imaginárias na Cartografia Medieval*.

— Aprovada por unanimidade, aliás — apontou, enquanto devolvia o menu ao empregado.

Lúcia retomou o fio da conversa, suspensa desde a véspera.

— Fiquei pensando no seu sobrenome, que me remetia a qualquer coisa muito importante. Agora há pouco, subitamente, lembrei: o sobrenome Serpa remonta, muito provavelmente a João Roiz Serpa. Isso não diz nada para você, não? Imagine, então, quem era este homem: nada mais nada menos do que o fidalgo e rendeiro da pequena ilha do Corvo, no século XVI! Você quer algo mais extraordinário do que isso!? Ou seja, estou aqui olhando, muito provavelmente, para um genuíno descendente de um remoto senhor da tão falada ilha do Corvo! — disse a historiadora com ar sibilino.

— Do Corvo?! — respondeu o americano, espantado. — Conheço o essencial sobre a emigração açoriana para os EUA durante o século XIX, motivada principalmente por causa da pesca à baleia. Sei também que o sobrenome Serpa talvez tenha se originado de uma família da ilha do Faial, mas talvez...

Foi interrompido pela portuguesa:

— Estou me lembrando de uma notícia que li faz um certo tempo sobre o Corvo e a emigração. Parece que são raros os homens do Corvo que, na sua adolescência, não começaram sua vida profissional como trabalhadores nas terras americanas do norte ou como marinheiros em alguma embarcação de pesca, ou seja, nos baleeiros. Portanto...

— Eu, um descendente corvino... — o americano passou as mãos pelo cabelo, abalado pela novidade. Em um *flash*, visualizou, num cenário desfocado, vultos cavalgando sobre as ondas e arremessando arpões no dorso dos cetáceos... Respirou fundo e voltou à realidade, passados alguns segundos de silêncio — Quem diria... Não sabia dessas referências. Confesso. Mas me rendo. Por que não?! — concordou Michael, disfarçando um impulso de emoção.

— O Corvo... Uma ilha tão pequena, mas enorme em mistério... — sussurou Lúcia, numa voz estranhamente profunda, encarando o seu parceiro fixamente. Michael intuiu que ela insinuava algo de essencial.

— Mike, como você deve calcular, investi muito tempo no estudo das Ilhas Imaginárias e do seu contexto. Penso que consegui identificar algumas teias de aranha das obras canônicas sobre esta matéria. Não digo que esta *é* a verdade. Apenas uma abordagem diferente do problema.

A portuguesa preparou-se para esclarecer:

— O fato de D. Afonso V ter doado em 1453, como você sabe, a insignificante ilha do Corvo a seu tio D. Afonso, Primeiro Duque de Bragança, em detrimento de sete ilhas açoreanas bem mais importantes quando comparadas com aquela, é no mínimo estranho. E pode ser sugestivamente significativo. É realmente notável que nas cartas ou portulanos[25] mais antigos, que remontam ao século XIV, apareça sempre a minúscula ilha do Corvo em detrimento de outras, com o nome de *Insule de Corvi marini*. Pois esta *isla de los Cuervos Marinos* figura, por exemplo, no *Libro del Conoscimiento*, do frade mendicante espanhol anônimo, que tendo embarcado no Cabo Bojador num navio mouro, visitou as *minhas ilhas perdidas* por volta de 1345. Mas veja você, existem mais vinte e oito designações com a mesma nomenclatura nos mapas

---

25 Manual de navegação medieval, com a descrição das costas e dos portos, ilustrado com mapas. Foi aperfeiçoado pelos portugueses na segunda metade do século XIII; continha informações desde o mar Negro até as ilhas Britânicas.

entre os séculos XIV e XVI, ou seja, antes e depois do descobrimento dos Açores por Diogo de Silves, em 1427.

— Mas nesses mapas, os Açores são sempre constituídos por sete ilhas e não nove... — interpelou Michael.

— E foi esse o motivo para as apressadas conclusões de alguns ao afirmar que o Corvo e as Flores ainda não tinham sido descobertas em 1439, quando na verdade, cerca de *um século antes*, elas já eram marcadas nos mapas. E por que isso? Pela simples razão de que as duas ilhas não eram consideradas como parte integrante dos Açores. Vou dar um exemplo: na Bula de Xisto IV, de 1481, que confirmou o domínio espiritual da Ordem de Cristo sobre todas as terras ultramarinas de Portugal, há referências às *Ilhas dos Açores e das Flores*. Assim se percebe que quando Diogo de Teive avistou, em 1452, aquelas duas ilhas, elas tenham recebido o nome de *Floreiras*, ou seja, indicando que eram um arquipélago distinto no contexto de toda a Macaronésia atlântica! — explicou Lúcia.

— E também as mais próximas das terras americanas! — atalhou Michael, de faca e garfo em riste. A parceira bebeu mais um gole de seu chá de menta gelado e concordou:

— Sim. Uma base de operações perfeita para quem buscava as riquezas do mítico Catay pelo caminho do Ocidente. Como você deve saber, era a rota alternativa proposta por Hieronimus Muntzer ou Paolo Toscanelli no final do século XV. *Et voilà*, meu caro Mike, é aqui que entra em cena a tão polêmica estátua do cavaleiro do Corvo!

O garçom voltou trazendo os pratos que tinham escolhido para o jantar. Serviram-se, e depois de uma troca de sinais de aprovação pelas iguarias, Michael pediu que Lúcia o colocasse a par do mistério que aquele minguado pedaço de terra escondia.

Lúcia quis surpreendê-lo. Abriu uma pequena sacola e retirou um livro marcado com adesivos em algumas páginas. Era uma edição moderna da *Crônica do Príncipe D. João*, escrita por Damião de Góis, em 1567.

— Nada poderia reforçar mais a convicção dos portugueses acerca da existência de terras a oeste dos Açores do que o estranho achado de uma estátua equestre no extremo noroeste desse rochedo esfíngico do Corvo. Foi o cronista Damião de Góis, antes de qualquer outro, quem fez a primeira descrição detalhada desse polêmico monumento de pedra. Então preste atenção aqui, no capítulo IX da *Crônica*, com o subtítulo *"Em que o autor trata de algumas particularidades das ilhas dos Açores e de uma antigualha que se nelas achou"*. Lúcia foi ajudando na tradução, como que conduzindo o colega nos prelúdios da revelação:

"Uma estátua de pedra posta sobre uma laje, que era um homem em cima de um cavalo em osso, e o homem vestido de uma capa de bedém, sem barrete, com uma mão na crina do cavalo, e o braço direito estendido, e os dedos da mão encolhidos, salvo o dedo segundo, a que os latinos chamam índex, com que apontava contra o poente."

O americano ficou em êxtase, sem desviar os olhos das páginas 25 e 26 do livro.

— Apontando a América! Incrível! Quando é que a estátua foi localizada pela primeira vez? — perguntou, excitado com a revelação. Um indelével arrepio de *déjà-vu* manifestou-se nele, mais uma vez ao ler aquele trecho. Um reconhecimento interno, não localizado, genético, talvez...

— Olha Mike, não é fácil determinar. Embora Damião de Góis nos diga aqui, textualmente, *"em nossos dias se achou"*, não fala de uma data. Sugere, quando muito, que a descoberta dessa *"antigualha assaz antiga"* — como ele a descreve — é contemporânea dele, do seu tempo. O fato de ter sido D. Manuel I quem mandou investigar e recolher o monumento aumenta essa probabilidade. Mas não é impossível que a informação tenha chegado *antes* à Corte portuguesa. É nesse conhecimento anterior a D. Manuel e Damião de Góis que se funda a tese da estátua do Corvo como elemento decisivo e propulsor das explorações portuguesas de longa distância. O cavaleiro apontava para o Ocidente, inequivocamente. Para outras terras! — explicou, segura de si.

A portuguesa suspirou. Descansou os talheres dentro do prato e recostou-se na cadeira, ligeiramente corada. O coração batia mais depressa. Era sempre assim quando discutia a partir de certezas bem suas.

O americano propôs:

— Ok. Nesse caso pode ter havido uma denúncia inicial do próprio Diogo de Teive, que pode muito bem ter avistado a estátua, se aceitarmos o que Góis diz aqui, na página 25: "*Os mareantes lhe chamam Ilha do Marco, porque com ela (por ser uma serra alta) se demarcam, quando vêm demandar qualquer das outras*". — soletrou o americano, sublinhando a frase com o dedo indicador. — Ou seja, no reinado de D. Afonso V...

Lúcia aproveitou a deixa:

— Que foi quem doou a ilha ao sobrinho, o poderoso Duque de Bragança, que não precisava para nada desse "*pigmeu nas muralhas de Tiro*", como alguém chamou a ilhota, um local de pouso para aves marinhas. Que nem para a agricultura servia! É curioso o fato da chancelaria de D. Afonso V registrar o achado e a doação de terras no Oceano a partir de 1460, a oeste e noroeste das Canárias e da Madeira, ou seja, terras das Antilhas e da América. Assim, começa a fazer sentido o que João de Barros escreve: "*sabemos ser voz comum serem mais cousas passadas e descobertas no tempo deste Rei do que temos escrito*", e que Duarte Galvão confirma: "*muitos querem dizer que neste tempo foram terras e ilhas descobertas, de que já não memória*". — completou a jovem, fechando o volume.

O historiador repousara por momentos o olhar no fundo negro do horizonte, ocultado pela enorme vidraça. Saboreou um derradeiro gole do copo e devolveu os olhos à colega:

— O fato é que Damião de Góis conferiu ele mesmo a chegada da estátua ao Paço, não é?

— É o que ele diz. O jovem Damião entrou para o serviço do rei venturoso com nove anos de idade. O irmão mais velho, Frutuoso, entretanto, já era camareiro de D. Manuel I. Damião teve mestres de várias disciplinas, como mandava a refinada educação palaciana da época. Começou como pajem da lança, servindo o rei à mesa. E passou também a estudar música, para a satisfação do rei, um refinado musicômano, estivesse ele despachando ou durante a sesta. Depois, foi moço de câmara, uma posição de intimidade no protocolo régio. Dos poucos que se permitia entrar na régia presença portando pelote que, ao contrário do que se pode pensar, era uma capa forrada de peles. Você sabe que ele segurava a bacia do penteador, enquanto o irmão mais velho, Frutuoso, camareiro do rei, penteava D. Manuel I!? — atiçou Lúcia, divertindo-se com o detalhe.

— Você acha então crível a descrição de Damião de Góis? — perguntou Michael. Precisava dissipar dúvidas e não se satisfazia com o pouco que sabia da personalidade do cronista manuelino.

— Nessa época, Damião de Góis teria provavelmente uns 15, 16 anos. Seria difícil para ambos ignorar os restos da estátua, se o rei tivesse mandado guardar os pedaços nos seus aposentos, como fez. Por outro lado, as suas funções palacianas não são de desprezar. Um falso testemunho custaria muito caro. Mesmo que tarde, levando em conta a data da redação da *Crônica*, ele já era guarda-mor[26] da Torre do Tombo. Sim, meu caro Mike. O que Góis escreve me parece factual: *"o que tudo esteve na guarda-roupa de el-rei alguns dias, mas o que depois se fez destas coisas, ou onde puseram, eu não o pude saber."*— leu a jovem, seguindo

---

26 Oficial que comandava 20 archeiros ou alabardeiros da casa real.

o texto do cronista.

— Mas os dois irmãos poderiam ter sido iludidos por um aspecto um pouco incomum ou estranho de simples pedaços rochosos... — rebateu o americano. — Há críticos, como Ernesto do Canto ou José Agostinho, que defendem, com irrevogável certeza, que a estátua do Corvo não passaria de um capricho geológico desses que a natureza é fértil. Pura quimera, credulidade, gosto pelo maravilhoso, e por aí adiante. Você com certeza já sabe qual é a lógica das ortodoxias. Conheço de cor esse rosário lá em casa! — desabafou Michael, subindo de tom.

— Mike! Então você acha que um arquiteto dotado como Duarte Darmas, iria confundir um pedaço qualquer de lava, por mais singular que fosse, com uma peça escultórica representando um cavalo e o seu cavaleiro? — interpelou Lúcia por sua vez, reforçando o peso das palavras. — E julga possível que o experiente pedreiro e os seus homens não saberiam a diferença, passando maus bocados para trazerem até Lisboa uma fraude vulcânica em pedra pomes? Olha, o nosso Cardeal Saraiva já tinha respondido a esse tipo de objeções no século XIX, quando o conde Vargas de Bedemar, camarista do rei da Dinamarca, depois de uma visita às ilhas atlânticas em 1835 e 1836, concluiu que a estátua do Corvo era uma pura quimera! — acrescentou a jovem, num empolgamento indignado.

A historiadora costumava se irritar com a debilidade de alguns dos argumentos que lera durante a sua paciente investigação. Depois de pedir dois cafés, pôs-se a dar exemplos para um Michael cada vez mais extasiado:

— Trata-se daquilo que Sousa Viterbo, um dos biógrafos de Damião de Góis, chamou de *"reminiscência de cousas vistas"*. Ou seja: este nosso cronista de Alenquer é tido como fonte de fatos históricos, observador crível, por exemplo, na descrição de um elefante e de um rinoceronte, em fevereiro de 1517, — seres nunca vistos, insólitos para os europeus da época — ou de um barrete enviado por Afonso de Albuquerque a D. Manuel I. Veja só um trecho, na *Crônica* deste rei: *"Esta carapuça eu mesmo tive no guarda-roupa do dito senhor em meu poder"*. O que se deduz daqui é de uma maldade atroz, surrealista: o testemunho do cronista sobre a presença do barrete é válido; mas deixa de ser quando se refere a restos de uma estátua de pedra! Então, qual o critério para o que é e não é verdade? — Lúcia parou de rodar a colher na xícara.

— Eu te digo, Mike: convenções da História. Egocentrismos classicistas, culturais — definiu Lúcia, sentenciando o problema.

Michael acenou afirmativamente e Lúcia voltou ao texto de Góis:

— Como ele descreve aqui, o pedreiro do Porto enviado à ilha não conseguiu cumprir a ordem do rei. A estátua partiu-se em pedaços e o homem, coitado, desculpou-se com os efeitos do mau tempo. Mas, o problema da estátua do cavaleiro não acaba aqui. Falta um pequeno-grande detalhe: a inscrição que foi descoberta no sopé da rocha que tinha suportado a estátua.

— Outra? — espantou-se Michael, lembrando do controverso amuleto micaelense.

— Sim — disse Lúcia, sentindo o gosto do café. — O texto de Góis refere que Pedro da Fonseca, o capitão herdeiro das ilhas do Corvo e Santo Antão *"no ano de 1529 as foi ver e soube dos moradores que na rocha, abaixo donde estivera a estátua, estavam entalhadas na mesma pedra da rocha uma letras"*. Como era difícil o acesso, o capitão mandou imprimir as letras em cera. Estavam tão gastas — afirma ele — *"que nenhum dos presentes as soube ler"*. Talvez, porque não fossem latinas, não conseguiram saber que letras eram.

O americano, que desafiando o seu razoável português, seguiu o texto e concluiu, rapidamente:

— E depreenderam que seriam bem antigas pelo fato de estarem muito gastas. É isso?

— Sim. E sabe o que eu acho? — prosseguiu a historiadora. — Que o filho de Ruy de Góis e de sua quarta mulher, Isabel de Limy, nascido em Alenquer, de ascendência flamenga, era um homem cultíssimo, independente e rigoroso, como cronista. Uma mentalidade portuguesa superior, que esteve em contato com os espíritos mais luminosos da Europa humanista, de Erasmo a Lutero. Não, ele não tinha o perfil de quem cometeria eventuais pecadinhos juvenis e mentisse. Mas é claro, por outro lado, que dizer a verdade, em qualquer época, tem os seus inconvenientes e perigos — advertiu Lúcia, levantando-se e olhando o relógio. Bocejou, cansada. No dia seguinte a segunda jornada da conferência os esperava.

Michael imitou-a. Sentia a cabeça latejar, algo aturdido com a informação que recebera e que procurava, com um certo esforço, disciplinar. Não podia esquecer de informar Marilyn sobre os recentes desenvolvimentos da investigação. Voltou-se para Lúcia:

— Que surpresas vêm a seguir? Posso saber?

— É bom se preparar. Amanhã vamos à biblioteca da cidade, numa das pausas do encontro. Você vai ver o manuscrito da obra do primeiro historiador dos Açores, Gaspar Frutuoso, que confirma o relato de Damião de Góis.

12

BIBLIOTECA DE PONTA DELGADA
22 de abril, 13:00 horas

Na véspera, Lúcia tinha falado com o bibliotecário da Biblioteca de Ponta Delgada e convencido-o a permitir uma visita aos depósitos reservados, onde se guardavam algumas preciosidades da historiografia açoriana. Entre elas se incluía o manuscrito das *Saudades da Terra*, de Gaspar Frutuoso, verdadeira joia da coroa.

Gonçalo do Canto estava a meio caminho dos seus 60 e tanto anos e mantinha uma lucidez imbatível. Seco mas enérgico, olhar de lince, conhecia os mais ínfimos recônditos da memória local, herança de uma família com pergaminhos. Ernesto do Canto, figura tutelar no inventário das fontes históricas açorianas, pedira cotejo ao grande Herculano dos *Portugaliae Monumenta Historica* ao editar o *Arquivo dos Açores*, monumento ímpar nas suas soberbas nove mil páginas.

Dotado de uma privilegiada memória, Gonçalo era capaz de citar páginas, capítulos, edições. Tinha conhecido os pais de Lúcia, em Lisboa, na licenciatura de História; era daí que Lúcia achava o bibliotecário o guia ideal para um caminho em que haviam se cruzado, sem vislumbrar a meta.

Gonçalo já estava aposentado do cargo de técnico superior da Biblioteca Nacional, em Lisboa, e regressara à terra natal por devoção aos livros raros, que cultivava com o zelo de um jardineiro no último jardim do mundo. Asceta, rigoroso funcionário cumpridor de horários, respeitador e obstinado, só aceitou burlar os regulamentos quando Lúcia apelou à memória dos pais, seus antigos colegas de classe. Queriam aproveitar a pausa nos trabalhos da reunião na Universidade, justificou-se Lúcia.

A Biblioteca de Ponta Delgada, também arquivo municipal, estava instalada no antigo Colégio dos Jesuítas, recentemente recuperado da degradação. O espólio de livos crescera no decorrer do século XIX, com importantes fundos dos conventos, além das livrarias de Teófilo Braga, de Antero de Quental e da família Canto, entre outros açorianos ilustres.

Era hora do almoço. Uma paz beatífica parecia impregnar o espaço envolvente do edifício. A cantata do vento entre as folhas e o chilreio das aves sobressaíam dentre a exuberância de vida, misturadas à profusão de flores que adoçavam o ar. O movimento de leitores era neste momento praticamente nulo, assim como o de funcionários.

Gonçalo do Canto recebeu Lúcia e o colega americano na secretaria, com a porta fechada, por prudência. O bibliotecário deu-lhes indicações sumárias e guiou-os até o fundo de um corredor. Ali, uma porta baixa dava acesso a apertadas escadas em caracol. Nos últimos degraus, o ar úmido e parado assinalava a entrada de uma grande galeria, discretamente iluminada por pequenas lâmpadas incrustadas num teto côncavo e baixo.

Passaram por várias prateleiras de alumínio, que suportavam um exército perfilado de intermináveis volumes que dormiam sob o pó. As grades cruzadas em arco, ao longo das paredes, eram o único ponto de união com o dia, que se mantinha ensolarado, contrariando os hábitos sazonais.

O bibliotecário parou diante de um cofre-forte. A pesada porta reagiu à combinação de segurança e se abriu. Lúcia e Michael entraram seguindo Gonçalo. Este acionou um interruptor e uma luz amarelada inundou o compartimento, despertando as sombras e os tesouros que guardava.

— Está um pouco frio! — queixou-se Lúcia, aconchegando-se nas abas de um fino *blazer* de algodão.

Ato contínuo, o bibliotecário dirigiu-se a uma das prateleiras e retirou uma caixa que depositou na mesa circular que ficava no centro do cofre.

— Aqui está ele. O original das *Saudades da Terra*. — disse Gonçalo, com voz trêmula, como se acabasse de confessar o mais execrável pecado da sua vida. Havia recém aberto a caixa de cartão castanho, de formato A3. Um odor de tempo antigo desprendeu-se dos fólios desmaiados, escritos na década final do século XVI...

— Quem diria! — exclamou Lúcia, extasiada diante do manuscrito com mais de quatro séculos, que o autor entregara ao Colégio dos Jesuítas. — Mike, você sabe que o padre Gaspar Frutuoso é um filho desta terra? Era contemporâneo de Damião de Góis, ainda que um pouco mais velho. Nasceu aqui em Ponta Delgada em 1522, e foi um dos primeiros historiadores naturais dos Açores. Parece que os pais eram comerciantes abastados, e por isso faziam parte da pequena aristocracia local. Gaspar foi para Salamanca estudar Teologia, mas dizem que talvez tenha se doutorado em Évora. Não é verdade, Gonçalo?

O bibliotecário, que sacudia o pó das mãos e do terno algo puído, limpou e ajustou os óculos redondos:

— O que se sabe é que em 1565 ele voltou para os Açores, tendo sido nomeado vigário da então vila da Ribeira Grande. A partir daí, começou a reunir toda a informação que dizia respeito às ilhas. Não só da história, geografia e colonização, mas também nas áreas de geologia, biologia, mineralogia...

— O homem era um humanista típico, enciclopédico... — adiantou Michael, calçando as finas luvas de algodão que Gonçalo entregara para eles. *Pelo amor de Deus, tenham o máximo de cuidado no manuseio do exemplar* — tinha sido o pedido do zeloso funcionário, antes de descerem ao cofre.

— O Gonçalo aliás sabe vários detalhes curiosos sobre a obra deste nosso renascentista... Não quer nos contar alguns?... — sugeriu Lúcia, parando a sua busca pelas páginas, recheadas de emendas feitas pelo punho do clérigo de São Miguel.

Gonçalo estava recomposto, já livre do pó. Mas reagira ao convite da jovem com um súbito nervosismo. Voltou a tirar os óculos e a recolocá-los, logo em seguida.

— Ora, existem certas coisas... Não. Peço desculpas a vocês, mas tenho de voltar rapidamente lá para cima — pediu, de olhos no chão. Não posso deixar a sala de leitura abandonada... Como vocês devem compreender, a qualquer momento pode chegar alguém e... — retorquiu o funcionário, dirigindo-se para a saída do cofre. Deu meia volta e falou a Lúcia, num sussurro:

— Por favor, peço encarecidamente que vocês não demorem. Arrumem tudo e ponham a caixa no lugar dela.

A sombra do bibliotecário, distorcida pela fraca luminosidade, acompanhou o som dos seus passos que sumiram na distância.

A historiadora não perdeu tempo. Pretendia mostrar a Michael o que Frutuoso dizia sobre a estátua do Corvo. Começou a conferir, capítulo a capítulo, os trechos mais significativos dos seis Livros que compunham a obra. Tinha esquecido, de repente, o ambiente frio do local, tamanho era o empenho que empregava na tarefa.

— Bom, Gaspar Frutuoso é um autor mais sóbrio e cauteloso do que Frei Diogo das Chagas ou Montalverne, por exemplo. De fato, ele tinha especial interesse pelas ciências naturais. Foi o primeiro a tentar classificar as rochas de São Miguel! E onde ele veio cair! Vulcões, sismos, cataclismos para todos os gostos e intensidades! — brincou a historiadora.

— Se não terminarmos logo, o nosso bibliotecário vai acabar tendo um ataque... — aconselhou o americano, examinando rapidamente as raridades bibliográficas ali guardadas.

Nas mãos de Lúcia, as veneráveis folhas de Gaspar Frutuoso iam passando de um lado para o outro, com delicadeza cirúrgica.

— Bom, vejamos o volume VII da obra... Aqui está. Mais para a frente, mais... É aqui. — Lúcia ergueu um pouco as folhas do original procurando a luz da lâmpada no centro do cofre. Com algum esforço, começou a ler:

— Hum... *"Um vulto de um homem de pedra, grande que estava em pé sobre uma laje ou poio"*, etc... segue o relato de Góis... *"Aqui na laje estavam esculpidas umas letras"*... continua idêntico, no essencial... *"Outros dizem que apontava para o sudoeste, como que mostrava as Índias de Castela e a grande costa da América... umas letras, ou caldeias ou hebreias ou gregas, ou doutras nações, que ninguém sabia ler, que diziam os daquele ilhéu e ilha das Flores dizerem: Jesus avante"*. — Repara agora neste detalhe — alertou Lúcia, parando o dedo enluvado sobre o manuscrito, com Michael colado ao seu ombro esquerdo.

A jovem recomeçou a ler: *"A qual antiguidade do tempo mostrava bem a imagem do vulto ou estátua, pois os mesmos naturais da ilha das Flores e do Corvo, por tradição dos antigos dizem que, quando foi achada ali no princípio do descobrimento daquelas ilhas, estava carcomida, com as faces do rosto e outras partes sumidas, cavadas e quase gastas do muito tempo que tudo gasta e consome"*. — Como vês, Frutuoso recolhe a tradição local acerca da estátua e da legenda da base. Mas discorda dela quando diz: *"Claro está que dizem o que suspeitam, mas não por as letras o dizerem.*

E — adianta ele — *não podia ter o letreiro Jesus (senão se algum anjo ou profeta nele o escrevesse) pois os fenícios nem os cartagineses, de que Aristóteles conta as viagens sobreditas, naquele tempo antigo, não eram cristãos nem os havia no mundo, antes da vinda de Cristo..."* — rematou a historiadora dando por finda a citação.

— Eu estava pensando... — murmurou Michael, logo depois de ouvir o excerto.

— No quê? — perguntou Lúcia.

O americano passeou a mão direita pelos cabelos soltos. Agarrou-os, como se quisesse ter certeza do que lhe ocorria:

— Ontem você disse que o frade mendicante espanhol tinha partido do Cabo Bojador, não foi? Pois bem, se ele veio da costa do Saara Ocidental — e nós estamos perto da latitude 27° Norte, que é quase idêntica à do sul das Canárias —, o truque é simples: navegar pelas baixas latitudes daquela área, com o alíseo de noroeste a favor, e voltar pela latitude dos Açores já com ventos favoráveis de oeste, de carona com a corrente do Golfo — sugeriu o historiador, esboçando num pedaço de papel um tosco mapa da região.

A jovem portuguesa concordou:

— Segredo da ida e da volta. Jaime Cortesão, por exemplo, adotava essa tese a propósito das viagens pré-colombinas dos portugueses, como as da expedição lusonorueguesa aos mares do Norte, ou o projeto de Fernão Dulmo, as viagens de Pero de Barcelos ou de João Fernandes Labrador...

O americano antecipou-se:

— A tal política do sigilo que teria sido iniciada por D. Afonso V e continuada por João II...

— Sim. E a essas pistas juntam-se a outras, como as queixas de Damião de Góis sobre o eventual desaparecimento de uma série de crônicas, diários de bordo, cartas de navegação do século XV. Aliás, ele chegou a insinuar que teria sido outro cronista, Rui de Pina, quem roubara tais documentos... Incompatibilidades de feitio, talvez. — resumiu Lúcia.

— Só que Gaspar Frutuoso tem uma opinião diversa da de Damião de Góis sobre os possíveis construtores da estátua do Corvo — esclareceu a jovem. — Góis diz que *"Esta gente que veio ter a esta ilha e nela deixou esta memória, poderia ser da Noruega, Gótia, Suécia ou Islândia... que todas estas nações costumavam fazer entalhar e esculpir todos os seus feitos, acontecimentos e façanhas, em rochas de pedra viva"*. Por seu lado, o cronista açoriano apostava na tradição, difundida por Aristóteles no seu livro *De Mirabilibus auscultationibus*, de que *"os que ali a puseram (a estátua) deviam ser cartagineses... da volta que das Antilhas alguns de sua frota fizessem para dar boas novas do que lá tinham descoberto"*... Aceita Frutuoso que *"também podia este vulto ser obra dos fenicianos, pois eles usavam de bedéns, como a estátua o tinha, que em latim se chama pínula, e também costumavam fazer estátuas em memória do que faziam"*...

Michael estava esboçando uma observação quando um estrondo súbito ressoou por trás deles. Voltaram a cabeça ao mesmo tempo. E o que viram não agradou.

A porta do cofre fechara-se.

Endireitaram-se, encostados à mesa numa atitude defensiva, e depois olharam-se reciprocamente. Durante alguns segundos o silêncio imperou.

— O que está acontecendo? — arriscou Lúcia, baixando a voz.

— Não sei... — reagiu o americano. Olhou para a lâmpada que se mantinha acesa. Felizmente.

Michael quebrou a imobilidade e correu para a porta. Percorreu com os dedos toda a borda, à procura de algum mecanismo de emergência, uma abertura de segurança. Nada.

O cofre abria e fechava apenas *pelo lado de fora*.

— Ah, meu Deus! O que foi que fechou esta porta? E agora? O que vamos fazer? — interrogou-se Michael, mãos nas cinturas. Tinha uma sensação desagradável de impotência que nunca experimentara.

— Sei lá! — exclamou a jovem ainda paralisada de estupor. Não seria antes *quem* tinha fechado a porta? Semelhante possibilidade arrepiou-a. Ficou calada, com medo de ouvir as próprias palavras. Dificilmente a porta fecharia sozinha. Portanto...

— E não poderia ter sido nenhuma corrente de ar?... — arriscou ela.

Por momentos, o silêncio retomou o seu império. De novo se aproximaram da impassível barreira de metal...

— O celular! — gritaram os dois quase em uníssono.

— Espere, Mike... O meu está aqui, em algum lugar... — a jovem tinha mergulhado as mãos, como sondas desnorteadas, na sacola que trouxera consigo. — Está aqui, está aqui... — repetiu ela, ofegante. Ligou para o primeiro contato que apareceu na tela.

— Oh, não! Mike, isto não pode estar acontecendo conosco! — disse Lúcia, sacudindo o celular preso na mão. A angústia apossava-se dela. Atirou com raiva o aparelho para o interior da sacola.

— Não tem sinal... Eu devia ter imaginado — constatou, num ápice, o americano, absorto. Recomeçou a andar pelo compartimento. — Precisa existir uma saída. Precisa existir... Um telefone interno de emergência! Claro! Aqui... — Michael começou a vascular por trás das caixas empilhadas, junto à parede.

— Lúcia! Procure desse lado — pediu. A jovem correu para a parede oposta. Sentia uma espécie de náusea invadindo-a e o coração na boca, enquanto tateava pelos espaços pouco iluminados... *O que está acontecendo com o ar?* — questionou-se, enquanto tropeçava nos suportes metálicos das estantes.

A sala do cofre era mais ou menos quadrada; seria uma questão de poucos minutos para descobrir se existia ou não um telefone de emergência...

— Está aqui! — gritou Michael, do fundo da sala. Num pequeno suporte incrustado na parede, a meia altura, ali estava o aparelho acinzentado pelo pó. Da meia dúzia de números escritos numa cartolina, Michael escolheu o primeiro. A portuguesa já estava do seu lado. Ele ouviu a sua respiração. Ela arfava profundamente, boca aberta.

— Recepção, 123. É isso... — disse para si mesmo. — Vamos lá, atende. Vamos... — pediu o historiador, tamborilando com os dedos numa das caixas.

Um, dois, três...dez toques depois. Ninguém atendia do outro lado.

— Alguém tem de atender! Isto não é possível...

No instante seguinte, Michael ouviu alguém perguntar por Lúcia em voz alta. Demorou alguns segundos até perceber que esse alguém não falava pelo telefone que ele agora apertava entre as mãos. A voz do bibliotecário ecoava, distinta, mas do outro lado da barreira que os tinha aprisionado.

Percebeu um ruído idêntico ao que a porta fizera quando tinham entrado no espaço reservado. Quando Gonçalo *abrira* a porta do cofre. Sim, era isso!

Lúcia teve um impulso de emoção quando viu a silhueta do bibliotecário entrar novamente no cofre com a palidez de um espectro. A jovem foi ao seu encontro, como quem abraça a última tábua de salvação.

— Mas... o que aconteceu?! A porta fechada! Como é possível?... — balbuciava o homem, confuso. Olhou em volta pelos fundos da sala, correu a recolocar no lugar a caixa com o manuscrito de Frutuoso. Foi logo explicando:

— Depois de quinze mintuos, como vocês não subiam, resolvi ver o que estava acontecendo. Quando já estava nas escadas ouvi os toques do telefone da recepção. Mas eu estava preocupado com vocês... É impossível que a porta tenha se fechado sozinha. Quem poderia... — sacudiu a cabeça, incrédulo. — Não entrou ninguém no edifício. Tenho certeza — garantiu.

Encaminharam-se, sem falar, escada acima até o piso superior e à recepção. Gonçalo ia à frente, absorto num turbilhão de pensamentos: *Meu Deus. A filha do meu velho amigo... Nunca me perdoaria se...*

Lúcia não chegara a confessar, mas durante aqueles dramáticos momentos o medo tinha-lhe arrancado da memória um episódio similar: anos antes, ainda adolescente, ela ficara trancada num elevador com o pai, numa das suas incursões pelas riquezas da Torre do Tombo. A partir de então, os espaços fechados atormentavam-na, tornavam-na vulnerável e indefesa.

Gonçalo acompanhou-os até a saída do edifício. As nuvens começavam a se tornar densas no oeste.

— Por favor, não falem a ninguém sobre este desagradável incidente. Pela velha amizade. Apenas. Se eles... — calou-se e voltou rapidamente para dentro do edifício.

Lúcia e Michael afastaram-se, apressando o passo, de volta à Universidade. O ar estarrecido que ostentavam deve ter intrigado dois usuários que cruzaram com eles na entrada da Biblioteca. Talvez por isso nenhum deles percebeu a presença de dois homens que, na sala de livre consulta da Biblioteca, folheavam os jornais em cima de uma mesa.

Um deles vestia gabardina verde escura e tinha cabelo ralo.

13

ESTALAGEM DA ROSA
22 de abril, 15:00 horas

— Estalagem da Rosa, pois não. Sim? O professor Herbert Cullen? Sim. Compreendo. Um momento que vou verificar... —, respondeu a voz do outro lado da linha.

O indivíduo do CEGF — Centro de Estudos Gaspar Frutuoso — promotor da reunião que acontecia na Universidade dos Açores, estava agitado. Percebeu que estava roendo as unhas, algo que deixara de fazer há muito tempo. Mas a sua ansiedade tinha boas razões. Minutos atrás tinham dado pela falta de um dos oradores inscritos para a última sessão do encontro: o professor Cullen, da Universidade de Lovaina. O perturbado organizador não entendia como essa ausência não tinha sido percebida pelos colegas encarregados do apoio logístico aos congressistas, principalmente no transporte entre o local de alojamento e o *campus* em Ponta Delgada. Faltavam poucos minutos para o conferencista subir à tribuna e não havia o menor sinal dele. Nesse mesmo momento, alguns voluntários esforçavam-se para encontrar, pelas imediações da Universidade, alguma pista de um dos mais respeitáveis acadêmicos belgas...

Mais de cinco minutos tinham se passado e a voz do recepcionista estava demorando para voltar ao telefone. O nervosismo do organizador aumentava. Por um momento teve a impressão de ouvir rumores abafados, ordens apressadas, mas nada de...

— Ah, sim, sim! Diga, por favor! — reagiu, de repente, deixando por hora a sua última unha inteira em paz.

Ouviu o arfar de alguém, do outro lado do fio, retomando o telefone da estalagem...

O que o inquieto indivíduo do CEGF ouviu transtornou-o por completo.

Alertado pelo telefonema da Universidade dos Açores, o gerente da estalagem subira ao quarto do professor Cullen. Bateu e chamou pelo seu nome diversas vezes. Não obteve resposta. Silêncio absoluto.

Quando, em desespero, abriu a porta do quarto, o gerente da estalagem viu um corpo deitado de bruços no chão, entre a cama e uma pequena cômoda cravada na parede do fundo, sobre a qual estavam espalhados papéis variados. A pequena luminária estava tombada e acesa. O homem ficou sobressaltado, temendo o pior. Era o conferencista retardatário. Felizmente — suspirou fundo — apenas desmaiado. Verificou que um fio de sangue corria ainda sobre a orelha direita do acadêmico, a caminho do pescoço. Uma vez dado o alerta, um funcionário da recepção subiu correndo com a caixa de primeiros socorros. A polícia foi, neste meio tempo, avisada.

Uma toalha molhada aplicada ao rosto despertou gradualmente Herbert B. Cullen, que levou a mão ao ferimento e soltou um grito. Uma pequena reentrância acinzentada justificava a expressão de dor com que sinalizara a recuperação da consciência. O acadêmico era um homem forte, atarracado, cabelo grisalho muito curto. Vestia calças pretas largas, presas por suspensórios clássicos sobre uma camisa branca, tingida de sangue na dobra do colarinho. Poucos minutos depois, sentou-se na beira da cama, aturdido.

Alguém o golpeara fortemente com um objeto contundente.

— O senhor tem alguma ideia de quem era o agressor? — perguntou o gerente, preocupado. A polícia precisa ser avisada — decidiu. Além do mais, o desagradável incidente poderia manchar a sólida reputação do estabelecimento hoteleiro.

Aparentemente, o pesquisador estava revendo o texto da comunicação que faria no encontro, um trabalho relacionado com certas inscrições rupestres descobertas em 1998 nas chamadas *Rochas das Quatro Ribeiras*, na costa norte da ilha Terceira.

Uma folha branca, que resvalara para baixo da cama, chamou a atenção do gerente. Apresentava algumas fileiras de signos ao longo de um pequeno quadrado. O mais estranho, no entanto, era o traço vermelho em X, marcando o papel como se fosse algo repugnante ou reprovável...

As letras	Ilha Terceira	Exemplo 1	Exemplo 2	Exemplo 3
n^2				
p				
r				

14

ESTALAGEM DA ROSA
22 de abril, 19:00 horas

Em pequenos grupos, os participantes convidados para a conferência sobre "As Ilhas Imaginárias do Atlântico" regressaram à Estalagem da Rosa. Reservados e pensativos, foram descendo do microonibus que os trouxera de Ponta Delgada após o término dos trabalhos. O incidente ocorrido com o professor Cullen tinha provocado um impacto natural. Era o assunto obrigatório das conversas em surdina e alimentava inevitáveis especulações.

Pouco depois das 20 horas, os congressistas foram descendo dos seus aposentos para o jantar de encerramento no espaço panorâmico da estalagem. O som de um piano dedilhado com leveza conduzia-os por um *pot-pourri* de Sinatra, Beatles e Simon & Garfunkel. A mistura de vozes cruzadas entre os presentes foi crescendo de intensidade, aqui e ali retomando o desagradável incidente da tarde. Futuros contatos eram agendados, antes da debandada geral do dia seguinte.

Um dos convidados descia para a sala algo trôpego, rodeado por um grupo, gesticulando e em vivo diálogo. Era o professor Cullen, que parecia desorientado e, sobretudo, assumidamente envergonhado pelo incidente de que tinha sido vítima. O que iriam dizer dele na antiga Universidade Católica de Lovaina, marcada pela austeridade e respeitabilidade acadêmica desde 1425? Seduzido e levado para o quarto por uma insinuante ruiva, uma pseudoredatora de uma revista de mistérios arqueológicos! O mais intrigante é que dos funcionários da estalagem, apenas um empregado da piscina se lembrava de ter visto a ruiva conversando com o professor. E ela nem sequer estava hospedada ali.

Nunca na sua prestigiada carreira científica o respeitável erudito belga tinha passado por semelhante transe. *Ignóbil e deprimente*, como diria mais tarde aos seus familiares e amigos íntimos. Pediu, por isso, o máximo de discrição à gerência e aos colegas naquela ocasião, da mesma forma como fizera, além do mais, com os agentes da Polícia Judiciária, com quem acabara de falar. Bastava imaginar o que poderia acontecer se a informação caísse nas mãos de algum jornalista: iriam inventar, fatalmente, uma aventura picante de contornos escandalosos, para deleite dos leitores de tablóides...

Herbert B. Cullen, autoridade em culturas orientais, era um reconhecido especialista em alfabetos semitas. Concordara em deslocar-se até Ponta Delgada para falar das alegadas inscrições rupestres descobertas na costa norte da ilha Terceira. Iria descrever a sua avaliação preliminar do achado, já que a prudência científica exigia estudos comparativos com outras inscrições do mesmo período. Para não falar das análises geológicas da falésia, composta genericamente por lavas.

Da mesma forma que os demais convivas, Michael e Lúcia foram logo mostrar-lhe solidariedade e apoio. Também eles que, poucas horas antes, tinham protagonizado uma experiência angustiante, disfarçavam o melhor que podiam, em público, as respectivas sequelas. Num segredo confinado aos dois, nada melhor do que buscar no calor do grupo o bálsamo para as dúvidas que os assaltavam.

Acabaram ficando a sós com o acadêmico e aproveitaram a ocasião para saber mais detalhes da singular gravura rupestre. Precisavam de uma boa distração para ultrapassar o mal-estar e, — quem sabe? — talvez encontrassem mais um elo na ignorada corrente da primitiva história açoriana...

O professor resumiu-lhes os acontecimentos das últimas horas: ao fim da manhã, instalara-se na borda da piscina para ler os jornais e uma obra sobre assiriologia. Perto da hora de almoço, uma mulher apareceu. Pediu que ele concedesse alguns minutos para uma entrevista, depois de ter se identificado como jornalista da revista espanhola *Arqueologia Misteriosa*. Ele concordou, um pouco relutante, e acabou prolongando o encontro durante o almoço que partilhou com a visitante.

— Depois — continuou Cullen — ela me pediu para lhe arranjar uma cópia da comunicação que faria em seguida na sessão da tarde do encontro. Dei o texto para que lesse e, enquanto procurava uma cópia na minha pasta, senti uma tremenda pancada na cabeça, como se o teto tivesse caído em cima de mim! Acordei no chão, com o gerente debruçado sobre mim...

— E essa mulher? Como ela era? — interessou-se Lúcia.

— Era uma mulher alta, atlética, ruiva... — começou Cullen.

— De óculos de sol no alto da cabeça e um bloco de notas na mão? — interrompeu Lúcia. — Muito convincente, temos de reconhecer. Pelo visto, enganou a nós dois. Mas tive mais sorte do que o professor — acrescentou.

O mais intrigante era o detalhe na folha que o professor mostrou a eles e que tinha omitido da polícia. Aquele X, marcado em vermelho, que atravessava em diagonal todo o desenho das escritas comparadas...

Lúcia pegou o papel, examinou e levou-o ao nariz, diante dos dois espectadores, o veredicto em suspenso. Dois segundos bastaram:

— Hum...! A sua admiradora até que deixou um autógrafo bem

feminino: baton — insinou com ar divertido.

Repararam que o belga ficara bastante embaraçado, sem saber o que dizer.

— Só tenho uma leitura para isto: a sua jornalista não gostou da sua comunicação. Do jeito como está, o X sugere desacordo, censura — disse Lúcia ocupando o silêncio.

— O quê? Você acha que isso pode significar alguma ameaça? Ora, também não vamos exagerar... — replicou o americano.

— De fato, ela nem me pediu uma cópia do texto... — concordou Cullen, exibindo as mãos abertas.

— Esperem aí — pediu Michael. — O X também pode ter um outro sentido: o de incógnita, coisa desconhecida. O que vocês acham?

— Olha só até que ponto já estamos indo! — retorquiu Lúcia. — Quem será entre nós o mais ousado e especulativo?

O acadêmico sorriu, com ar sofrido, sim, mas pela primeira vez após algumas horas, para esquecer o ocorrido. Recuperara uma certa sinceridade. A pedido dos seus colegas, fez uma breve resenha da pesquisa ainda embrionária.

— Foi em... deixem-me ver... — hesitou o acadêmico belga, algo confuso, coçando a sobrancelha. — Exato. Foi em outubro de 2005, num encontro de arqueologia em Algarve, que uma investigadora açoriana, Daniela Costa, me apresentou o caso. Achei interessante e promissor. Então me ofereci para colaborar no estudo. Mas, vejam: o que temos até agora são apenas pistas indicativas que esperam confirmação. É preciso excluir todas as hipóteses de formação natural e, sobre este aspecto, a geomorfologia do local tem algo a dizer... — garantiu, com firmeza, o especialista.

— Mas, o que representam, afinal, essas inscrições? — insistiu Michael, encarando o erudito.

— Bom, a primeira palavra é *n p*, que significa *voltamos*. A palavra
é um verbo de raiz duas vezes fraca. O fonema *p* é a primeira letra do
verbo — explicou o belga, arrastando-se até a beira do sofá e desenhando
alguns traços numa folha de papel. — A segunda palavra é *n r*, e a
tradução é *vamos ver.*

— Intrigante e promissor, como diz o professor, não é? — comentou
Lúcia, olhando o seu par americano. Este mal se recuprerara da assom-
brosa história da estátua equestre, percebeu-se pensando com o que mais
ainda iria se surpreender. Fez uma pausa antes de deduzir:

— Dois verbos que sugerem movimento, viagem. E de quem poderá
ser a autoria da escrita, se a considerarmos como tal?

— Talvez comerciantes do Oriente Próximo que, nas frequentes
viagens à Península Ibérica, possam ter se desviado por acaso ou por
causa dos ventos adversos para lá do Estreito de Gibraltar... — propôs
Cullen, esperando uma reação. Os dois outros entreolharam-se e o belga
continuou a explicação. — O comércio marítimo está bem documentado
durante todo o primeiro milênio antes de Cristo. Conhecemos feitorias e
cidades já desse período fora do estreito, na linha do norte. Por exemplo,
Cádiz, Odeceixe, Alcácer do Sal. Tal como Lixus, na linha do sul, em
Marrocos. Certamente os especialistas em navegação serão capazes de
explicar como foi possível chegar aos Açores.

— Mas, na sua opinião, professor, qual o sistema de escrita que
mais se aproxima aos glifos encontrados na ilha Terceira? — quis saber
Michael.

— Bom, geralmente há três sistemas de escrita utilizados por estes
comerciantes: a escrita púnica, a púnica tardia ou a escrita ibérica. Este
último sistema tem as melhores probabilidades, já que aparece em locais
da costa atlântica de Portugal, e também em Lixus, na costa marroquina.
— respondeu Cullen, em definitivo.

Lúcia, que conhecia razoavelmente a cronologia das viagens e explorações fenícias, avançou com a prudência do discípulo diante do mestre:

— Se aceitarmos essa interpretação das inscrições, então a ilha Terceira já estaria sendo visitada, a partir do continente europeu, pelo menos desde o séc. II a.C...

Michael assentiu com a cabeça. Herbert Cullen mexeu-se no sofá:

— Bom, infelizmente não podemos provar que os desafortunados navegadores voltaram para casa ou que outras naus da frota leram a mensagem. Infelizmente, repito, porque ainda não foram encontradas outras inscrições semelhantes, nem um relato de marinheiros. Se alguém usa uma rocha na praia para gravar uma mensagem, fará isso na esperança que ela seja visível do mar ou de um ancoradouro, a uma certa distância... — sugeriu o investigador, disfarçando um bocejo. Logo em seguida levantou-se com a ajuda de Michael. O belga dava por terminada a conversa.

Não por acaso. Alguém da organização convidava os presentes a ocupar os lugares à mesa. O banquete de encerramento do encontro ia começar.

Poucas horas mais tarde, antes de dormir, para Lúcia a noite tinha sido ganha quando, no auge dos brindes finais, estimulantes de uma certa soltura social, veio a saber por um arqueólogo membro do CEGF que tinham sido iniciadas escavações na zona da Água de Pau, uma localidade da ilha Verde, no litoral centro-sul. A recente descoberta de ossos humanos no local, estimulou a imaginação dos arqueólogos e os planos em curso.

O nome do lugar — Água de Pau — reativou os seus neurônios ligados à memória, em alerta máximo quando o loquaz arqueólogo lhe revelou os objetivos das escavações: confirmar vestígios dos primórdios da colonização da ilha durante o século XV.

Quando ouviu a história, Michael ficou nas nuvens. Desafiou Lúcia a ir imediatamente até lá. Sempre era uma potencial pista a mais para se acrescentar ao quebra-cabeças que ele se determinara a decifrar. Além do mais, tinha recebido boas notícias de Boston: diante do relatório que enviara, tinha obtido de Marylin "luz verde" para prosseguir a estadia. Estava pronto para a etapa seguinte.

— Fica combinado. O senhor nos apresentaria à equipe? — propôs Lúcia ao voluntarioso membro do GEGF, que concordou. No início da tarde do dia seguinte, o coordenador da missão tinha uma reunião com o consultor do Departamento de Geociências da Universidade. Falariam com ambos e exporiam a proposta.

Lúcia estava exultante com as perspectivas da exploração. As lendas em torno da Água do Pau e da enigmática gruta iriam finalmente ser testadas. Não resistiu à vontade de levantar a ponta do véu para Michael:

— Você sabia que ainda hoje os habitantes da região mantêm, geração após geração, a lenda que fala de três homens e um cão desaparecidos numa gruta perto do mar, há muitos e muitos anos, e dos quais nunca mais se soube o paradeiro?

15

UNIVERSIDADE DOS AÇORES,
DEPARTAMENTO DE GEOCIÊNCIAS, PONTA DELGADA
23 *de abril, 15:00 horas*

A manhã revelou-se demasiado curta por causa do convívio entre os participantes da conferência na noite anterior, numa espécie de complementação ao evento que se arrastou pela madrugada. Assim, quando os dois historiadores despertaram, o sol já estava quase a pino, embora encoberto por uma teia de nuvens altas que filtrava as reverberações dos verdes ao redor.

O trauma da experiência da véspera, que aflorava de vez em quando entre os dois, não anulara o plano de Michael de registar tudo o que fosse a mais tênue referência às suas remotas origens.

— Mas o que você quis insinuar exatamente quando desafiou ontem o seu amigo Gonçalo a revelar algo mais sobre a sabedoria de Frutuoso? — perguntou a Lúcia durante o almoço.

— O fato de Gaspar Frutuoso ter feito experiências alquímicas com a ajuda de um amigo, Gaspar Gonçalves. Ele tentou, por exemplo, demonstrar que a pedra pomes era uma transformação da obsidiana devido à ação do fogo: "*Este material preto que digo, de que há grande cópia nas cavernas e centro desta ilha (fazendo eu, como alquimista, experiência dele), pondo-o no fogo se torna branco*". Está escrito no capítulo 8, do Livro 4 das *Saudades da Terra* — citou a jovem, deixando o americano espantado com o rigor da citação.

— Você foi uma ótima aluna do velho Gonçalo! Não deixa de ser um detalhe curioso, embora isso confirme, como eu disse, o espírito renascentista do nosso sábio de São Miguel — acrescentou Michael. A evocação de Gonçalo do Canto estimulou os seus sentidos: nunca o ar salgado e livre lhe parecera tão bom. Tão regenerador e vital. Por várias vezes, ambos reviveram mentalmente o filme daqueles instantes de tensão, mas não conseguiram identificar causas objetivas ou culpados deliberados. *Não, Gonçalo fora de suspeita. Ponho a mão no fogo por ele. A reação pungente que ele teve pareceu sincera. Mas, poderia ter havido mais... alguém?* — sobressaltou-se Lúcia ante a suspeita. Depois do difícil transe que vivera com o americano, na assustadora prisão inesperada, sentia uma absoluta urgência em tranquilizar-se e dividir seu inconformismo com o provável descendente de João Roriz Serpa. A decifração do enigma da estátua e do destino dos seus vestígios parecia se enredar com outros mistérios vizinhos...

Depois do almoço, seguiram para a Universidade, onde esperavam convencer o arqueólogo responsável pelas escavações a integrar a equipe de investigação da gruta subterrânea, em Água do Pau. Lúcia assumiu a direção do carro alugado e rapidamente percorreu a curta distância até a cidade, sempre com o mar ao fundo. O céu nublado, de mau aspecto, carregara-se de um cinza pesado.

Sabiam já que se tratava de uma missão conjunta da Universidade dos Açores e do Instituto Português do Patrimônio Arquitetônico, e era apoiada pelo GEGF. O fato de a sua estadia na ilha coincidir com o início dos trabalhos arqueológicos assumia as feições de uma excitante coincidência. Acreditavam, sobretudo, que os seus currículos dissipariam quaisquer eventuais reticências à sua colaboração.

Um chuvisco contínuo já se fazia sentir quando estacionaram o carro junto às instalações do Departamento de Geociências. Ali conviviam técnicos, ocupados com mapas militares e geológicos, recorrendo à informática mais sofisticada e à geodesia por satélite, e docentes em levantamentos bibliográficos e de *papers* para a preparação das aulas. Uma mistura de deveres e funções que tinha as suas salutares inconveniências.

Nada que escapasse a Eduardo Medeiros, o arqueólogo responsável pelas escavações que vinham sendo delineadas há alguns meses. Foi um homem tranquilo e robusto, trintão tardio, de tez morena e farta cabeleira ondulada, ex-praticante de *rugby*, que recebeu os dois colegas visitantes. A sua afabilidade combinava com a economia das palavras e o pragmatismo que a arqueologia fora aprendendo no seu convívio com as ciências auxiliares ditas duras.

O arqueólogo que, no jantar da véspera, revelara a Lúcia e a Michael o plano das escavações, esperava-os na entrada das instalações. Subiu com eles ao departamento e apresentou-os a Eduardo Medeiros. Este aceitou de bom grado a colaboração: que sim, seria um prazer aceitá-los na equipe, como consultores. Do reconhecimento preliminar de quem é quem, Lúcia foi direto à questão, abrindo o jogo:

— O que nos interessa na zona da Água de Pau tem a ver com uma tradição recolhida por André Thevet, cosmógrafo do rei Henrique III, da França, no seu livro *La Cosmographie Universelle*, publicado em Paris em 1575. O francês que esteve aqui em São Miguel durante a segunda metade do século XVI revela que, numa das grutas exploradas pelos primeiros portugueses que chegaram nestas terras, — escreve ele — *"na parte de setentrião, sobre a praia do mar, escavando contra o rochedo, viram um buraco da altura de dez pés e outro tanto de largo. Depois de abrir caminho, alguns com archotes se aventuraram a entrar dentro, pensando achar ali algum grande tesouro, não encontraram lá coisa alguma senão dois monumentos de pedra, com doze pés de comprimento, tendo duas grandes cobras esculpidas e caracteres hebraicos lidos, mas não interpretados por um mouro natural de Espanha, filho de judeu".*

A jovem historiadora estendeu a folha em que copiara o trecho para o arqueólogo. Eduardo manteve-se impassível:

— Para uma lenda não está nada mal... Vamos lá, Lúcia. Não vejo aí nada de extraordinário. Sabe-se que a ilha começou a ser povoada com colonos vindos da Estremadura, alentejanos e algarvios. A estes, mais tarde, juntaram-se madeirenses e também — veja bem — judeus e mouros. As inscrições, aparentemente funerárias, poderiam muito bem ter sido feitas em segredo por fiéis de inclinação judaica, talvez escravos mouros conversos, tementes das perseguições a que ficaram sujeitos no século XVI. Por que não?

— Mas como é que Thevet traduziu as inscrições nas pedras? — perguntou Michael.

Eduardo sabia alguma coisa sobre epigrafia oriental e conhecia o texto do viajante francês do século XVI. Contrapôs:

— As expressões de Thevet são muito vagas. Mesmo que algumas letras do alfabeto fenício se assemelhem ao hebreu quadrado, não deve se supor por isso que o mouro pudesse decifrar a frase completa. Umas das palavras seria *Maktsal*, de significado igual em fenício ou em árabe, o que pela terminação em *sal* faz lembrar os nomes próprios númidas, como por exemplo, o de Hiempsal. O problema é este: se Thevet esteve em São Miguel depois de 1550, nunca poderia ter falado com os primitivos exploradores da caverna, pioneiros da colonização de São Miguel por volta de 1445! — deduziu convictamente o arqueólogo.

— Mas você sabe que houve uma tradução alternativa da legenda da gruta, apresentada numa obra do século XVII? — interrompeu Lúcia.

— É verdade. Essa mesma inscrição da Água de Pau foi traduzida por um rabino de origem portuguesa, de nome Manasseh ben Israel, ou Manuel Dias Soeiro, seu nome cristão, um madeirense nascido em 1604 e, mais tarde, refugiado em Amsterdã. Segundo ele, a legenda teria uma outra tradução e seria um epitáfio: *"Mehetabel Sual, filho de Metadhel"*. Como vê, voltamos à hipótese de uma tumba funerária...

Michael ia questioná-la, mas o arqueólogo não deu tempo a réplicas. Abriu uma estante, retirou dela um mapa geológico da ilha e abriu-o na frente dos historiadores. Desdobrou-se em explicações:

— Vejam isto: a ilha está semeada de furnas e grutas. Algumas delas são galerias subterrâneas com dimensões apreciáveis, resultado das correntes de lava que descem das montanhas e correm nas depressões do terreno. Não me parece difícil aceitar que a gruta tenha servido de santuário ou mesmo como local de sepultamento. Perfeitamente natural. O que, aliás, vem ao encontro do nosso objetivo: como vocês já sabem, a descoberta de ossos no local é o que justifica esta campanha...

A historiadora atalhou:

— Precisamente. O mais curioso nesta narrativa de Thevet é o fato de ele dar notícia da morte de pessoas que *"para filosofar e visitar as raridades da ilha entraram nesta grande furna sem jamais poderem sair, de sorte que pelo receio de semelhantes acidentes, se fechou a entrada de pedra e cal"*. Ora isso é fascinante!... se for mais do que um rumor sem fundamento — ponderou a jovem.

Eduardo Medeiros sorriu, com ar divertido, amparado pela robustez do seu ceticismo:

— Pode ser que descubramos restos desses aventureiros perdidos, talvez sinais de criptojudeus[27], em rituais funerários... Mas esta história

---

27 Judeus obrigados a praticar sua fé em segredo, por medo de perseguições.

de grutas subterrâneas enigmáticas me faz lembrar, fatalmente, os meus tempos de jovem fã de histórias em quadrinhos. O álbum *O Enigma da Atlântida*, por exemplo, sobre as aventuras de Blake e Mortimer, do talentoso E. P. Jacobs. Você conhece?

— Claro. Um dos meus heróis preferidos — atalhou Lúcia. — Li os volumes que o meu pai tinha em francês... Nesse livro, a ilha de São Miguel é representada como uma das portas de saída de Atlântida!

— Infelizmente, mesmo que os atlantes tenham algum dia habitado os Açores, não encontramos, até hoje, nenhum vestígio... — comentou o arqueólogo.

Michael mantivera-se calado. Mas o que tinha ouvido fez com que evocasse uma revelação feita por Barry Fell, durante a entrevista na Epigraphic Society:

— Esperem. E quanto ao nosso alemão, Rainer Weissmann? O do amuleto? Segundo ele, a entrada da gruta em Água de Pau teria sido reencontrada, acidentalmente, nos anos 1970, por três exploradores anônimos que se aventuraram na região.

— Hum... Como é isso? — perguntou Medeiros, intrigado.

— Parece que o acesso foi subitamente tapado por um desabamento do teto da cavidade... — observou o americano.

— Tiveram sorte de viverem para contar... — considerou Lúcia.

Mas Eduardo Medeiros continuava duvidando da narrativa do cosmógrafo do rei de França:

— Lages de doze pés e meio de comprimento por quatro pés e meio de largura, não é Lúcia? Hum... não vejo como podem ter lidado com pedras de tamanha dimensão. Ou elas foram preparadas em São Miguel, ou trazidas de fora. E as ferramentas para extraírem as pedras e trabalharem as letras e as cobras? Não faço ideia de onde terão encontrado aqui nas rochas vulcânicas da ilha um jazida satisfatória para extrairem pedras dessa dimensão. Além do mais, se vieram de fora, teríamos outros problemas: a tonelagem das embarcações antigas, as dificuldades do desembarque e do transporte das pedras até à sua colocação.

A sua fria razão continuava a marcar pontos:

— Talvez esse francês tivesse ouvido falar destas cavernas ou mesmo tivesse visitado alguma. Como o seu interior, principalmente na parte superior, é revestido por rochas espectaculares, por vezes fantásticas, talvez tenha nascido daí a ideia de inventar uma história como essa... — adiantou Medeiros.

Lúcia retorquiu com firmeza:

— Nada que não possa ser confirmado ou desmentido pela investigação no local, não é?

A historiadora detestava preconceitos e teorias sem comprovação, mas sabia respeitar os colegas e as suas idiossincrasias. O importante para ela, acima de tudo, era aproveitar a oportunidade e tentar verificar, de todas as maneiras possíveis, se a lenda da gruta funerária tinha ou não consistência.

O arqueólogo fez um gesto para que fossem com ele.

— Venham por aqui — convidou Medeiros, conduzindo-os por um pequeno corredor. Meia dúzia de metros adiante parou. — Quero apresentar a vocês o nosso especialista em geociências, um lisboeta da gema apaixonado pela *ilha Verde*. Se quiserem saber mais sobre as preliminares da investigação e sobre a geologia da região é só perguntar — informou o arqueólogo, abrindo a porta de uma sala contígua.

— André, você tem visitas... Trate-os bem — disse o arqueólogo para o interior do compartimento. Depois, voltou-se para os visitantes:

— Aguentem aí enquanto vou lá em cima saber notícias da meteorologia — pediu, afastando-se rapidamente.

Lúcia e Michael entraram e depararam-se com um espaço recheado de monitores e uma imensidade de sensores, debitando informações para uma impressora. Diante de um desses aparelhos, um jovem franzino e sorridente, que vestia ganga[28] e usava cabelo com rastafáris. Voltou-se e cumprimentou-os efusivamente.

— André Mateus. Muito prazer — disse, jovial, o geocientista, movimentando-se com uma gestualidade peculiar que fazia com que parecesse mais um típico *rapper* do que um investigador.

Hábil na utilização da cartografia tridimensional, conduziu os visitantes até uma tela de plasma onde se sucediam imagens compostas da estrutura geológica da região da Água de Pau. Os recursos da arqueosismologia eram um dos grandes trunfos de que se orgulhava o departamento, graças ao olhar de lince do Landsat 7, um satélite situado a uns 700 quilômetros de altitude. O acesso a ele equivalia a ter a possibilidade de reconstruir a cartografia de qualquer lugar do planeta. A tectônica local, em particular, era um detalhe essencial para a preparação das escavações. O consultor fez uma explanação sumária, tão informal quanto ele próprio, mas inteligível aos leigos:

— Vejam isto. As informações chegam regularmente por diversos sensores e são obtidas por radiação térmica, radar e microondas. Cruzando esses dados, conseguimos produzir uma imagem do terreno em três dimensões, com uma enorme quantidade de detalhes geológicos importantes para o estudo, como o tipo de solos...

— E cavidades também, certo? — perguntou Michael.

— Sim, certamente, se existirem — concordou o geólogo.

A referência à geologia abalou Lúcia. Não podia deixar a questão em branco.

— E se ocorrer um terremoto?

---

28 Tecido vulgar, geralmente azul ou amarelo, que antigamente se fabricava na Índia.

— Precisamos levar em conta essa possibilidade. Por acaso, ainda hoje recebemos sinais de um aumento de atividade... Mas nunca se sabe como vai ser amanhã...

De fato, Eduardo Medeiros tinha dito a eles, um pouco antes, que precisariam também ficar atentos às mudanças meteorológicas. A aproximação de baixas pressões poderia trazer problemas. Se houvesse remoção de terras, a consolidação dos solos comprometeria a segurança dos trabalhos — alertou.

Era público que desde o seu povoamento, a ilha de São Miguel tinha um incrível histórico de abalos sísmicos, erupções vulcânicas, movimentos de terras e enxurradas. O violento episódio vulcânico de julho de 1638, a oeste da ilha de São Miguel, entrou para a história do Atlântico. Segundo relatam as crônicas, as cinzas resultantes, além de terem contribuído para formar uma ilha que durou vinte e cinco dias, só desapareceram nas regiões de terra firme no inverno seguinte.

— Não esqueçam que nesta parte mais ocidental da falha Açores-Gibraltar, a atividade sísmica está relacionada com o vulcanismo e os movimentos entre placas — lembrou-lhes o geólogo, introduzindo um algoritmo no computador. Preparava-se para a recepção de imagens recentes do satélite sobre a região da Água de Pau.

Eduardo Medeiros apareceu à porta da sala, com ar aborrecido. Agitava nas mãos um papel da meteorologia, que mostrou aos outros.

— Que chatice. Temos previsão de chuva para os próximos dias. Nada de alarmante, mas pode trazer complicações... O problema é que já temos três pessoas no local com material logístico e abrindo quadrados no terreno...— desabafou. — Vou comunicar a eles a situação.

E saiu novamente apressado.

Meia hora depois, Michael e Lúcia voltaram à estrada. Tinham combinado com o responsável da missão que aguardariam a ordem para avançarem até a Água de Pau. Estavam aceitos na missão e, com isso, o seu objetivo primário tinha sido atingido. Sabiam o bastante, por ora.

Não sabiam, porém, o que um observador atento poderia concluir das novas imagens da zona de escavações recebidas do Landsat 7. No monitor colorido do computador de André Mateus, algo tinha se alterado na estrutura do solo, em comparação às últimas semanas. Uma mancha, de perfil irregular, parecia estender-se até o litoral marinho. Com alguma imaginação era possível pensar em uma caverna ou algo semelhante...

16

Entre Ponta Delgada e a Estalagem da Rosa
23 de abril, 19:00 horas

Novamente na estrada, agora molhada pela chuva que não dava tréguas, Lúcia tentava organizar as ideias e definir os próximos passos. Sem tirar os olhos da estrada, pouco concorrida mas perigosa, a jovem foi avaliando a situação. A seu lado, Michael era a metáfora do navegador neste verdadeiro rali com becos sem saída e muitas variantes. A estátua esquestre era apenas o epicentro de uma teia de novas questões:

— Não entendo — questionou o americano. — Como é que o tal judeu português de Amsterdã soube a existência da inscrição da gruta?

— O Menasseh ben Israel? Bom, o homem foi um intelectual respeitado, o primeiro rabino português formado na cidade. Chefiou a comunidade judaica não só na Holanda, onde morreu, mas também na Inglaterra. Foi amigo pessoal de Rembrandt, que pintou um retrato seu. Menasseh tornou-se particularmente conhecido por ter pedido a Oliver Cromwell e ao Parlamento Britânico que permitissem aos judeus o regresso à Inglaterra — esclareceu a jovem.

— Mas a obra do rabino tende a ser vista como apologética ao êxodo dos hebreus...— comentou Michael. — Como se chama o livro?

— *Esperanças de Israel*, e é datado do ano judaico de 5410 ou 1650 do calendário cristão. — continuou a historiadora. — Mas, de fato, ele se refere à diáspora das 10 tribos e alude a uma viagem feita por viajantes judeus rumo à outra margem do Oceano Atlântico. O curioso é que a sua fonte principal é um outro judeu, chamado Aaron Levi, ou Antônio de Montesinos, *"português de nação, judeu de religião nascido numa cidade de Portugal chamada Vila Flor"*...

Um banho de luz branca, súbita e intensa, alagou o interior do carro.

— Cretino! — gritou Lúcia, metendo o pé no freio. Michael deu um salto no banco, contraindo o corpo inteiro com o susto. A jovem ficou olhando sem palavras o imprudente, armado de poderosos faróis que desaparecia num ápice pelo retrovisor. Depois de resmungar alguns xingamentos, respirou fundo, acalmou-se e retomou o fio da história.

— Como eu estava dizendo, Menasseh conta que Montesinos teria fugido, como tantos outros, para Amesterdã e, por volta de 1644, seguiu das Índias para Cartagena, atual Colômbia, junto ao mar das Caraíbas. Preso e libertado, viajou com um índio, Francisco, que teria lhe descrito a história de seus pais vindos da terra de Israel e suas expectativas de redenção. Foi daí que Manasseh ben Israel entendeu que esses índios descendiam dos seus antepassados, e que o êxodo os teria conduzido até as terras sul-americanas antes de Colombo... — disse a historiadora, enquanto limpava por dentro o pára-brisas embaçado. A umidade crescente ia transformando o fim do dia numa sauna pegajosa.

O americano lembrou-se de repente do cronista espanhol Alexo Vanegas, que apontava os cartagineses como antepassados dos primeiros povoadores das Índias Ocidentais, a partir de Cuba.

A portuguesa replicou:

— Sim, mas é isso, precisamente, o que o judeu de Amsterdã contesta. Ele insiste que a linguagem, os costumes e a cor da pele dos cartagineses era diferente da dos índios. E dá outras pistas: os índios de Yucatã e os mexicanos eram circuncidados, como escreveu outro cronista, Francisco Diaz de Gomara. Os mexicanos mantinham o fogo aceso nos templos, como manda o Levítico, guardavam o sábado como dia de oferendas aos deuses...

— ....e outros autores falam da mítica Ofir, do rei Salomão, como origem dos colonizadores hebreus na América — prosseguiu Michael. — A viagem das dez tribos de Israel narrada pelo livro de Esdras teria sido feita através da Groenlândia e Terra de Labrador até seu destino nas atuais Caraíbas ou Caribe, cruzando o estreito de Anian — o estreito de Davis e Labrador.

Lúcia mostrou-se de acordo:

— Veja que é neste contexto que Menasseh ben Israel fala do episódio da descoberta da gruta da ilha de São Miguel, com as alegadas letras hebraicas, e corrige, como já falei, a respectiva tradução.

Michael voltou à carga:

— Mas André Thevet é a única fonte que fala da inscrição de São Miguel?

— Fala-se também de um contemporâneo dele, um tal Génébrand... um viajante do século XVI, que provavelmente terá lido Thevet e classifica a inscrição... como sendo grafada em caracteres fenícios de Canaã... isto por causa da sua semelhança com o alfabeto dos antigos hebreus. — continuou Lúcia, entrecortada por causa da preocupação com a estrada. Dirigir à noite não era, decididamente, o seu esporte favorito. Ainda por cima a chuva, agora, batia com força no vidro.

— Os críticos objetam que, se eles eram cananeus, então não poderiam ser navegadores. Só que o vocábulo cananeu não se limita aos hebreus, mas também aos fenícios, que eram marinheiros experientes — lembrou a jovem. — Já li autores que defendem como plausível a hipótese de os judeus terem viajado com os fenícios para o ocidente e, inclusive, de que teriam chegado à Península Ibérica no tempo de Salomão. Se você ler a Bíblia, vai ver que este rei mandou vir de Tiro, a emblemática cidade fenícia, além de construtores navais e marinheiros, para reforçar as suas frotas que viajavam até a mítica Tarsis...

— Por falar em Canaã, você conhece a badalada inscrição de Pouso Alto, em Minas Gerais, Brasil? Parece que foi redigida num dialeto hebraico antigo, próximo do fenício e escrita com letras fenícias. A tradução seria: *"Somos os filhos de Canaã, de Sidon, a cidade do rei. Ele nos enviou para este país distante, um país de montanhas"*... — disse Michael pegando a deixa.

As luzes da estalagem estavam à vista, envoltas pela teia contínua da chuva que os faróis rompiam. Poucas centenas de metros depois o carro deslisou sobre o saibro molhado até parar. Eles correram para a recepção. Acompanhada pelo rumor do mar ao fundo, que apenas se deixava adivinhar na noite e nas rochas, Lúcia falou:

— Como você vê, Michael, é sobre esta tradição do êxodo judaico para as terras longínquas da América que se fundamenta à Igreja dos Mórmons, de acordo com a crença difundida pelo fundador, Joseph Smith. Esta referência do nosso judeu português nos remete para o que está no *Livro dos Mórmons*... Seria esse feito, se por acaso ele se provasse autêntico, a verdadeira e bem-sucedida viagem à Terra Prometida...

17

ÁGUA DE PAU, LITORAL SUL DE SÃO MIGUEL
26 de abril, 9:00 horas

Depois de dois dias chuvosos e aborrecidos, finalmente o mau tempo se dissipou e a meteorologia concedeu o indispensável *ok*. Eduardo Medeiros convocou Lúcia e Michael para a viagem à região da Água de Pau. Quando o celular tocou, a historiadora não precisou ser clarividente para saber que se tratava da tão aguardada permissão para seguir viagem.

O arqueólogo e o geólogo juntaram-se a Lúcia e Michael no Aeroporto de Ponta Delgada. Depois de carregarem o helicóptero com o equipamento científico, em meia hora estavam no ar, sobrevoando o litoral sul da ilha. O nevoeiro estava baixo e, como não era denso demais, deixava entrever o tapete líquido.

Passados alguns minutos, numa súbita manobra, o piloto esticou o braço esquerdo e mostrou-lhes a primeira mancha de terra sob os seus pés. Voando mais baixo sobre o mar, o helicóptero deixava para trás os derradeiros farrapos de névoa. Adiante, erguia-se uma parede rochosa, cinzenta e recortada por recifes e rochedos saídos do mar, adornada por um colar de espuma no sopé. Os olhares procuraram o alvo, escondido por detrás de uma rocha. O aparelho avançou cerca de 200 metros terra adentro e depois de pairar por alguns momentos, pousou nos limites de uma área coberta de urze e faia da terra.

Quando por fim as hélices da aeronave pararam, os três membros do CEGF, estudantes de Arqueologia, se aproximaram para receber os recém-chegados. Faziam parte da pequena equipe que tinha implantado os quadrados de exploração na área onde os fragmentos de ossos foram encontrados. Logo que descarregaram o material do interior do aparelho, o motor recomeçou a girar, levando-o de volta à base.

Tanto Michael como a sua parceira portuguesa tinham trocado as roupas formais por outras mais adequadas às circunstâncias.

— Você está parecendo um aprendiz de Indiana Jones — brincou Lúcia, ao vê-lo aparecer de botas, cáqui e panamá, *handycam* a tiracolo. A historiadora, por sua vez, tinha trocado o impecável *tailleur* das reuniões formais por calças e blusão de ganga, não dispensando a inseparável mochila, espécie de salva-vidas ambulante desde as suas rebeldias juvenis.

— E você, para Lara Croft só faltam as pistolas — devolveu o americano, brincando. À natural cumplicidade que surgira entre os dois, acrescentavam agora uma irreverência infantil com que exorcisavam, inconscientemente, a ansiedade que a aventura trazia. Apenas duas semanas antes, estavam separados por milhares de quilômetros e uma infinidade de acasos e circunstâncias do espaço-tempo. Agora, no meio do oceano que separava dois continentes, estavam unidos na tarefa de descobrir se algo, num passado remoto, teria ligado estes dois mundos aparentemente tão diferentes.

Quando Eduardo Medeiros os convocou para uma reunião, dentro de uma tenda de lona, juntamente com os demais integrantes da equipe, os dois revelavam a curiosidade de crianças diante de um presente a ser aberto.

O solícito André Mateus abriu o computador portátil e fez uma rápida descrição da geotectônica local, recorrendo às imagens recentes de satélite.

— Vejam esta mancha aqui — apontou para a tela. Se me dissessem que isto poderia indicar algum tipo de caverna...

O rosto de Lúcia ganhou cor. Agarrou o rosto com ambas as mãos, numa antecipação ansiosa do que a esperava.

— Você acha que sim? — perguntou, cheia de curiosidade, debruçando-se sobre a tela, à espera da confirmação do geólogo. — Voltou-se para Michael: — Afinal, parece que a lenda é mais real do que parecia! — disse, com um riso nervoso.

O arqueólogo logo apaziguou as expectativas:

— Não se precipite, Lúcia. Estas indicações são meramente sugestivas e nos obrigam a ter prudência acima de tudo. Logo poderemos verificar essa pista. Eu sei que você está ansiosa. Mas, antes de mais nada, precisamos desconfiar do chão onde pisamos...

Dois dias de chuvas persistentes tinham alterado visivelmente a superfície do solo. O fundo de lava rochoso, limpo pelas chuvaradas, emergia mais visível onde a terra diminuíra. Se o arqueólogo mantinha expectativas fundamentadas de localizar novos restos humanos, de interesse para a história do povoamento da ilha, a essa altura Lúcia e Michael só antecipavam o choque de uma descoberta para a História: a cripta subterrânea referida por Thevet que as lendas do lugar perpetuaram.

Todos postos a par da situação pelos jovens voluntários, Eduardo Medeiros deu-lhes algumas indicações sobre o plano das escavações, já iniciadas.

— Venham. Vamos fazer um reconhecimento do local — propôs aos convidados quando saíam da tenda. — André, venha conosco.

O geólogo juntou-se a eles e o quarteto seguiu, cauteloso, em sondagem atenta pelos sulcos encharcados. O ambiente, luminoso, estava pródigo de uma síntese de fragrâncias que a química da chuva libertara do cedro do mato, do trovisco e da restante flora local.

Um casal de gaviões passou rasante sobre as cabeças dos investigadores, mergulhando como setas aladas. Com Eduardo na liderança, o grupo chegou em poucos minutos aos limites da área das escavações, a poucas dezenas de metros da borda da escarpa. O rumor surdo das ondas batendo na muralha de rochas, chegava até eles abafado, mas audível, transportado pelo vento que subia a encosta.

Não faltavam mistérios à região. Muito pelo contrário. O arqueólogo aproveitou para revelar algumas velhas histórias que circulavam entre os habitantes da zona. As mais recentes tinham mobilizado a piedade das pessoas para perto da Ermida do Monte Santo: uma menina de oito anos afirmara ter visto, num dia de primavera, uma senhora com um manto cor-de-rosa, que não tinha os pés no chão.

— Acho que isso pode ter sido algum fenômeno luminoso causado pela atividade sísmica... — adiantou André Mateus, convicto da superioridade da sua ciência. Sabia que não estava sozinho nessa tese, apoiada por alguns cientistas, que explicaria o processo das aparições sobrenaturais.

— É uma hipótese interessante. Apenas isso — considerou o arqueólogo, com prudência. — Mas a mais deliciosa de todas as historietas ligadas aqui à zona da Água de Pau é, sem dúvida, a do leitão que fugiu do chiqueiro e foi encontrado no fundo de uma cratera. Quando falharam todas as explicações para tal façanha, alguém ofereceu a explicação perfeita: *a porca furou o pico!*. Ninguém se deu ao trabalho de pensar no absurdo da explicação — como um suíno gordo como aquele teria escavado a rocha basáltica! Resultado: o povo adotou imediatamente a mais cômoda das explicações: Milagre! — proclamou Eduardo, caricaturando, para diversão dos seus colegas que não perdiam o menor detalhe do relato.

Nem tinham terminado de imitar as crendices do local quando um grito prolongado ecoou na tranquilidade da manhã. Supreendidos nos recônditos das pedras enegrecidas, tentilhões e pombos da rocha bateram asas numa ruidosa fuga para o mar. Lúcia e os companheiros entreolharam-se, inquietos.

— Que foi isto? — ouviu-se, ao cabo de uns intermináveis segundos. Saído do estupor, a resposta de Eduardo foi uma corrida desabalada, seguido dos restantes, para os limites da zona do quadrado de exploração.

Uma abertura no terreno, com quase dois metros de diâmetro, fez com que parassem. Em volta, os outros dois jovens da equipe estavam de joelhos, agitados e olhando incrédulos para o fundo da cova. Estavam limpado um dos quadrados de exploração do terreno quando, de repente, a terra cedeu e engoliu o que estava ao redor — explicaram ao arqueólogo. A uns três metros de profundidade, um dos jovens da equipe jazia de costas, semi-enterrado numa mistura de folhas, pedras e terra molhada. Gemia baixo, visivelmente atordoado com a queda. Tossia. *Bom sinal* — pensou Eduardo suspirando fundo.

— Você está bem? Fala, homem! Não, não se mexa! — gritou-lhe o arqueólogo responsável, numa rápida reação. Pediu uma corda, passou-a pela cintura e, em menos de um minuto, suspenso pelos demais, estava junto do infeliz assistente.

Pouco depois, o jovem estava restabelecido do susto. Apesar da insistência dos outros, ele se recusou voltar para a cidade, depois de ter certeza de que o seu estado era satisfatório. Apenas um choque passageiro e traumatismos leves.

Lúcia mantinha uma certa espectativa, incerta do que aquele buraco poderia significar: um convite para o Inferno ou a passagem para a História?

Depois de se reunirem em uma rápida conferência, a decisão do grupo foi de esvaziar o duto que cedera. Tinham um pressentimento que era bem maior, mais poderoso do que os receios iniciais com que tinham iniciado a missão. Eduardo admitiu que a pesquisa poderia chegar a resultados muito diferentes por essa via alternativa, subitamente entreaberta pela natureza. Ficou combinado que os três jovens assistentes se manteriam na superfície, disponíveis para atender a qualquer emergência.

Uma hora e algumas dezenas de baldes depois, o poço estava razoavelmente livre dos destroços. Na parte voltada para o sul, para o lado do mar, começou a se desenhar uma abertura ovalada.

O geólogo examinou rapidamente a estrutura. A terra, mole, parecia facilmente transponível.

— Tem todo o aspecto de uma antiga chaminé que se esvaziou de lava e formou esta cavidade — ponderou ele.

Eduardo deu-lhe um leve tapa nas costas.

— É capaz que você tenha razão... Então vamos ver... — disse, procurando a bússola. — Estamos basicamente na direção norte-sul, a uns sessenta, oitenta metros talvez, da borda da escarpa, do litoral... O que você acha? Para lá desta parede de entulho, que caiu da cobertura do túnel, deve haver...

— Uma caverna vulcânica — antecipou André Mateus, com os seus tiques nervosos, mas seguro de si. — Bem que eu suspeitava daquelas imagens. Se a lógica não falhar, é provável que o túnel se estenda, a partir desta parede... com alguma inclinação descendente...

O espanto demorou alguns segundos para deixar os rostos de todos. Eduardo foi o primeiro a recuperar a inciativa.

— Força, vamos tirar essa terra daí! Vamos! — incentivou o arqueólogo.

Oito braços nervosos juntaram-se numa escavação coletiva. Respiração compassada, imitaram o vigor das toupeiras, com o acréscimo da febre interior que Howard Carter deve ter sentido quando fez despertar

Tutankhamon do sono eterno...

Quinze minutos depois, o muro de entulho deixara de representar um obstáculo para os exploradores.

Imóveis, os quatro pesquisadores esperaram que a escuridão absoluta fosse diminuindo. O cérebro precisava de tempo para processar o que os olhos aos poucos decodificavam. Mas, cada vez mais focados, o que viram nos momentos seguintes suspendeu-lhes a respiração. Um, dois, três metros foram se revelando, com gradual nitidez. Começaram a entrever o início de um túnel grosseiramente oval, com paredes estriadas de várias colorações.

— Quem se prepara em terra... — garantiu Eduardo, que já avançava com os pés iluminados pelo foco brilhante de uma lanterna. Logo atrás André seguiu-o, também munido de luz. Lúcia e Michael foram os seguintes, tateando o caminho. Os focos foram aumentando o campo de visão, passeando pelas paredes abauladas, com vestígios de bolhas de gás rebentadas. O escasso diâmetro com cerca de um metro de largura da entrada inicial parecia se alargar, da mesma maneira que a altura do teto.

— Fascinante! Aquelas imagens... bem que eu suspeitava delas — vangloriou-se André Mateus, eufórico.

De vez em quando algo se mexia nas paredes, certamente provas vivas das cerca de duas dezenas de espécies da fauna cavernícola açoriana.

— Que horror! O que é isto!? — gritou Lúcia, em certo momento, enojada com a ousadia de um escaravelho cego que se tranferira, sem pedir licença, para cima da sua mochila a tiracolo. Michael veio em seu socorro. Com uma pancada seca desalojou dali o inoportuno *Thalassophilus azoricus*, rei e senhor daquelas profundidades.

O grupo avançara na cavidade cautelosamente, com o respeito ansioso pela antecipação da descoberta, mas sem conseguir esconder sua excitação. À medida que progrediam nas zonas mais profundas e afastadas da boca da gruta, nas paredes estriadas e de várias colorações despontavam algas verdes e fungos, causa mais provável e próxima do forte odor de mofo. Perceberam também que o túnel mantinha de fato uma ligeira inclinação descendente.

Uma dezena de metros adiante repararam que o túnel se alargava. Pararam. A luz das lanternas iria definir, em breve, os contornos de um espaço circular, com uns 50 metros quadrados, de cujo teto pendiam algumas estalactites de vidro vulcânico.

— Uma cripta! — disseram Michael e Lúcia, a meia-voz, quase em uníssono.

Os focos das lanternas insinuaram-se pelos cantos mais sombrios, despertando as intimidades daquele antro subterrâneo. No grande e duplo círculo luminoso das lanternas, subitamente estáticas, destacou-se um corpo regular, poliédrico. A estrutura foi se revelando mais e mais à medida que a luz sondava a sua extensão, do solo onde estava fincada até perto da abóbada.

— Uma estela de pedra! Fabuloso! — exclamou Michael, excitado. — Levantem as lanternas! Isso mesmo — pediu, buscando determinar a altura do monolito. Tinha perto de dois metros de altura e meio metro de largura.

— Olha, aqui tem outra! — gritou Lúcia, quando Eduardo deslocou o foco para o lado oposto da sala. A historiadora correu para lá. — Deviam ter mandado um poeta... — murmurou ela, contemplando a pedra com veneração.

— Então... o Thevet não foi assim tão pródigo em fantasias. O homem tinha razão. Esteve aqui... — disse Eduardo, olhos fixos no monumento, assimilando o choque da descoberta.

— Sim, descontando o exagero das dimensões... — admitiu Lúcia, reavaliando extasiada o sentido do achado.

Absorvida a surpresa inicial, aproximaram-se de uma das colunas. Sob a luz das lanternas, pequenas incisões eram visíveis na sua superfície. Os olhos de Michael vislumbraram o que parecia ser caracteres não latinos, fenícios de Canaã, segundo alguns especialistas. E, mais abaixo...

— Olha aqui as duas serpentes entrelaçadas! Admirável! Exatamente como o francês relatou. — Esculpidos na face da pedra os dois ofídios confirmavam o polêmico relato. Michael passou levemente os dedos pelas incisões, retirando a crosta bolorenta.

O arqueólogo debruçou-se para examinar a escultura:

— Interessante... Isto me lembra um trabalho de Mendes Correia, um sábio naturalista do Porto, que se refere à serpente como um símbolo frequente em pedras gravadas por povos proto-históricos da Lusitânia. A mitologia mediterrânica criou, nos confins do Atlântico, um domínio imaginário das serpentes. E o culto da serpente uróboro[29] da magia egípcia foi propagado — adivinhem por quem?, pelos Fenícios!

Lúcia replicou, lembrando que o culto à serpente também estava presente em diferentes espaços da cultura megalítica, da Bretanha à Península Ibérica, com os seus círculos concêntricos:

— O velho Plínio, o naturalista, já falara nas representações de cobras, associadas à religião celta — disse ela. Parece ser um elemento comum a várias épocas e povos. A figura com forma de serpente simboliza, entre outras coisas, o elemento solar, o círculo infinito, a criação.

— Mas vocês acham que isto pode ter sido obra de um mouro convertido, judaizante?... — interrompeu o americano, que tinha começado a filmar o achado, enquanto Eduardo se mantinha absorvido na sequência das inscrições e Lúcia reproduzia os caracteres numa folha de papel.

---

29 Monstro em forma de serpente ou dragão que se devora pela própria cauda.

— Esta é, então, a famosa legenda traduzida como *Mekatabel Sual, filho de Matadiel...* — lembrou. — Escrita fenícia de Canaã, hum?

אל עד ת מ בי שעל אל טס מה

— Se isto é um epitáfio, então deduz-se que haja por aqui alguma sepultura. Falta o corpo. Ou os corpos... — pensou Eduardo em voz alta. As expectativas de encontrar restos humanos aumentavam...

Um minuto depois, veio a resposta. Anunciada por um sobressaltado gemido de Lúcia. Entre os dois esteios de pedra, a jovem tropeçara em algo saliente, agudo. Um braço forte sustentou-a, impedindo-a de cair. Diante de si, viu parte de um osso frontal com dois orifícios vazios, em outros tempos cheios e vivos...

Os outros se aproximaram, curiosos.

— Um crânio! — atestou Eduardo, sem fôlego, confuso pela sucessão rápida de evidências que abalavam o seu ceticismo. Estendeu o braço para tentar deslocar o inestimável vestígio...

Não chegou a fazê-lo. Um tremor fez com que a sua mão resvalasse. Endireitou-se rígido, assim como os outros, os sentidos alertas.

— Humm... Mas o que está acontecendo aqui? — interrogou-se André, surpreso.

O sobressalto tinha razões que a emoção do momento não reconhecera. Apenas os sentidos treinados do geólogo foram se dando conta de que, do solo da gruta, começavam a aparecer pontos de fumaça.

— Isso não é nada bom... Não estou gostando nada disso — resmungou. Os outros voltaram os olhos para André, silenciosos. Lúcia acreditava ouvir um tambor, em algum lugar. Pensou que era apenas o seu próprio coração, ecoando nos ouvidos...

Será? Um ronco surdo dominava o silêncio sepulcral que se fazia sentir.

— Fumaça! Aqui. Reparem. São pontos cada vez mais espessos — apontou André, desconfiado, aproximando-se de um discreta fissura no solo da sala circular. Os restantes rodearam-no, apreensivos.

Eduardo ainda contemporizou:

— Sabemos que os microssismos são frequentes por aqui. Praticamente contínuos. Estamos, literalmente, numa jangada de pedra instável e irritável — esclareceu, confortando-se, sem esconder uma certa preocupação com os indícios.

Segundos depois, um novo baque, mais forte, vibrou nos tímpanos do grupo.

— Esperem. Quietos... — pediu Lúcia, respiração suspensa, chamando a atenção dos companheiros para um ruído que parecia crescer nas fendas da caverna. Não, definitivamente não era o seu coração...

Os pontos de fumaça, em fios cada vez mais grossos, pareciam saudar essa agitação telúrica. Num rumor suntuoso, crescendo aos poucos.

Será que isso é... a tal *fala da terra*?

O chão começara a escapar sob os pés dos investigadores, em uma estranha dança sem música. O estrondo que se seguiu sublinhou um primeiro abalo. Segundos depois, um outro, ainda mais forte, acompanhou as fortes exalações que saíam do subsolo: vapor de água, hidróxidos, cloretos, numa mistura complexa e nada promissora.

A primeira fenda, detectada por André, alargou-se. Logo em seguida, outras copiaram-lhe o gesto. Mais e mais largas... Trinta segundos apenas tinham se passado...

— Vamos embora daqui! Rápido! — gritou André, tossindo, engatinhando, já no corredor de saída da cripta. Uma fenda enorme abriu-se, de repente, como uma promessa do inferno, numa vertigem de fumaça densa, entre o geólogo e Eduardo, que gesticulava com os braços estica-dos em direção a Lúcia e ao americano. Michael lembrou-se de repente do imaginário cinematográfico sobre as portas infernais, de onde saíam demônios ardentes envoltos em enxofre. Interessante, se fosse apenas ficção. Mas estava em uma situação muito pior do que os roteiristas em seus sofás. Tossiu e levou as mãos à garganta, procurando avistar Lúcia, que caíra no chão. Sentiu que estava caindo também. A última imagem que guardou naquele instante foi o vulto da jovem sendo tragada para o interior do abismo negro. Viu o seu corpo segui-la e depois, um negrume absoluto, fechou-se sobre si.

Eduardo escapara para a entrada, sem fôlego, rastejando. Sem saber como, estava atrás de André, que subia ajudado pelos perplexos assis-tentes e uma escada de corda. Sentado no chão úmido, arquejante e sorvendo tudo o que podia do ar puro, o arqueólogo ainda lembrou de uma descrição de Gaspar Frutuoso, feita a partir dos relatos dos primei-ros colonos que sentiram os abalos da ilha: *"morando os descobridores em suas cafuas de palha e feno, ouviram quase por espaço de um ano tão grande ruído, bramidos e roncos que dava a terra com grandes tremores ainda procedidos da subversão e fogo do pico antes sumido"*.

— Onde estão eles? Michael e Lúcia!? — perguntou em pânico aos não menos atrapalhados membros da equipe. André, se recuperando do susto, aproximou-se:

— Temos de pedir ajuda! Depressa! Onde está o celular?...

Ficou ainda mais desesperado alguns segundos depois. Não tinha rede.

— O rádio! Chamem o helicóptero de Ponta Delgada pelo rádio. Andem! — ordenou o arqueólogo, finalmente consciente. Um dos rapazes correu para a tenda de apoio.

Cinco minutos tinham se passado. *Meu Deus. E agora? Que explicações vamos dar aos que confiaram em nós...* — meditava Eduardo, desorientado. Sentiu os olhos se fecharem, prostrados, como uma cortina de teatro no final de um ato.

Reabriu os olhos despertado por André, que o sacudia pela barra do casaco cáqui.

— Venha comigo! Depressa... — insistia ele.

— O que você quer? Mas... onde é que nós vamos? Temos de esperar pelo helicóptero... — resmungou, desalentado.

O outro não desistiu:

— Vamos lá em baixo... Temos de descer até a costa!

— Está doido? — recusou Eduardo, com veemência.

— Você é que está. Preste a atenção. Podemos descer o bote de borracha e dar uma olhada pela costa aqui em baixo. Se o túnel continuar em direção à costa, quem garante que eles não possam ter ido parar numa das várias grutas submersas que tem por aqui? — perguntou o geólogo, gesticulando energicamente.

— Mas você acha que alguém poderia sobreviver no meio dessa confusão de pedras, a uma altitude, sei lá de quantos metros? — balbuciou Eduardo.

— Não seja teimoso. Confie em mim. O meu palpite é que vamos encontrar os dois lá embaixo, na saída de uma gruta. A caverna deve ter comunicação com o mar! E sabemos que existe por aqui uma gruta semi-submarina! — gritou com firmeza.

O arqueólogo parou de resistir. Puxado pelo braço, se deixou levar. Segundos depois, uma súbita lucidez fez com que percebesse a tese do parceiro. A inação transmutou-se em vida.

E se pôs a correr com uma energia nunca vista.

A noite continuou. Por quanto tempo, não sabia. Lúcia despedira-se da consciência, levada por um turbilhão em espiral. Escuro como a noite. Sempre descendo. No instante seguinte, sentiu um impacto e um frio úmido tolher as suas pernas, depois o tronco, a cabeça...

Água! É água... onde? — percebeu a jovem, já submersa. Um clarão despontava acima de sua cabeça. — *Estou... no mar?*

Outro baque atordou-a, por momentos. Percebeu algo se movendo a poucos metros. Uma silhueta. Mais próxima. O ar que retivera não duraria muito. Muito pouco, até. Nunca praticara apnéia, por combinar mal com os seus tiques de claustrofobia. Subiu lentamente em direção a uma luminosidade trêmula...

Dez segundos depois...

Viu-se num desfile de imagens. Fotogramas em fuga, de um elevador com o pai. Como um filme mudo... Braços se agitando em um banho leitoso...

A luz sumiu.

Quinze segundos...

Depois de cair na água, o americano recobrou a consciência. *O que é isto? A ala aquática do Inferno?* — tentou adivinhar, sem saber como lhe ocorrera uma ideia tão ridícula.

Descobriu uma claridade com azuis e verdes em mutação a abrir-se por cima dele. E meia dúzia de metros adiante uma silhueta. De mulher. Não, não estava no Inferno, a não ser que o Diabo tivesse assumido...

Vinte segundos...

A silhueta ficou definida. *Lúcia! É ela!* — Michael forçou um impulso mais. Duas, três braçadas... Sentiu um corpo mole encostar-se ao seu. Pegou-o pelas axilas, puxou-o pelo peito e o arrastou para cima. De novo para a luz.

Uma ogiva luminosa, dois metros acima, tremeluzia. O manto líquido desceu pelo seu rosto: tinha subido à tona. Diante dele sobressaía um fundo de azuis e verdes, de um brilho ofuscante. Meio céu, meio mar. Com o braço livre avançou. Passou quase encostando por baixo de algumas estalactites e emergiu, por fim, com uma interminável inspiração, que devolvia aos pulmões o alimento vital.

Trinta segundos...

Era a saída de uma caverna semi-submersa. A passagem para a liberdade ou a saída das mansões infernais. A ondulação era suportável. Pior eram as correntes que exigiam redobrados esforços. Michael deslizou para fora trazendo Lúcia, inconsciente. Agradeceu a si mesmo as longas temporadas de natação que praticara na Universidade. Em frente, era um deserto de água... Virou a cabeça e o que viu deixaria qualquer náufrago eufórico: atrás de si, a poucos metros, a encosta por onde tinham sido expulsos se transformava em um porto de esperança. Uma franja minúscula de pedras pequenas, roladas e negras, mas que serviria para sustentar seus corpos, ampará-los. O seu e o de Lúcia, sem forças. Imediatamente, o americano começou a reanimar a colega. De todas as formas que conhecia, num equilíbrio insustentável, com uma energia próxima ao desespero. As ondas lambiam-lhe as pernas...

Quarenta segundos...

O peito de Lúcia agitou-se, por fim; uma careta anunciou a devolução da água à água; a jovem contorceu-se, tossiu, mas quando reabriu os olhos sentiu que estava de volta. Gradualmente pôde perceber o perfil de Michael Serpa recortado no azul do céu e nas nuvens algodoadas. Esforçou-se para sorrir, entre arrepios. O americano também.

Antes que o minuto seguinte se esgotasse, um ruído de motor despertou-lhes os sentidos. Na curva da encosta uma mancha alaranjada apareceu cavalgando as ondas. Eduardo e André começaram a agitar vigorosamente os braços, assim que os viram na borda rochosa da costa.

Os dois náufragos, enregelados, receberam-nos com poucas palavras. Braços decididos retiraram-nos das águas. Já no interior do bote, aconchegaram-se nos casacos dos colegas. Rapidamente o bote deu meia volta e regressou. Afinal tão perto. A menos de uma centena de metros...

Para os dois historiadores, o pesadelo mais impensável acontecera: a entrada da gruta novamente estava selada. Como lábios novamente emudecidos.

18

ÁGUA DE PAU, LITORAL SUL DA ILHA DE SÃO MIGUEL
26 de abril, 13:00 horas

O helicóptero havia chegado há poucos minutos. Voara para o local das escavações, logo que foi acionada a resposta ao pedido de ajuda feito por rádio, para Ponta Delgada. Lá, o abalo sísmico também tinha sido sentido, mas sem sequelas visíveis.

No ambiente consternado, o vento dominava, ao lado das aves, tamanho era o império do silêncio em volta. De quando em quando, a terra protestava em surdas réplicas. A condição física dos dois historiadores não era tão grave quanto o seu sentimento de frustração. E de raiva, sobretudo. Reanimados com bebidas quentes, roupas secas, foram recuperando os movimentos e o discernimento. Sem dizer nada, Lúcia pegou as mãos de Michael e apertou-as entre as suas em sinal de gratidão. Deixou fluir as emoções, como se experimentasse um renascimento.

Feitos os curativos para as feridas do corpo, os quatro desapontados investigadores se recolheram ao helicóptero. O rotor recomeçou a girar. Momentos depois, o aparelho foi desaparecendo entre as nuvens baixas, rumo ao sol lá no alto.

Palavras avulsas, em surdina, contabilizavam os danos — máquinas, equipamentos, informações, tudo engolido pela voracidade do abismo. O projeto tinha desmoronado do mesmo jeito que o solo da cripta;

as provas perdidas, no momento em que se prenunciava o gozo da conquista, o prêmio.

Talvez fosse possível dizer que o anônimo cavaleiro da ilha do Corvo lhes cobrara um elevado e amargo tributo.

Restavam, contudo, outros fios de Ariadne com que poderiam refazer a sua busca.

Haveria um recomeço. Em algum lugar.

19

LISBOA, PARQUE DAS NAÇÕES
5 de maio, 11:00 horas

Vinte e quatro horas depois de ter voltado de São Miguel, Michael Serpa estava debruçado numa varanda sobre o Tejo, oferecendo a si mesmo o sol de Lisboa e a brisa do rio, como bálsamo revigorante das emoções recentes. Dali, do décimo andar, não se dava conta de que, por esse mesmo rio acima, quatro séculos antes, subira mestre João Lopes com os despojos de um dia de pesadelo...

Michael sabia que entre o êxito e o insucesso da sua missão existia um tênue limiar. No derradeiro *e-mail* de Marylin, percebera um sentimento de preocupação pelo acidente na gruta em Água de Pau. Mas também de alívio, de apoio velado, já que a diretora reconhecia a sua inflexível teimosia.

O historiador insistira em acompanhar Lúcia de volta à capital portuguesa, em primeiro lugar porque confiava na intuição da jovem colega. Depois, porque era um discípulo persistente da verdade e esclarecimento históricos.

Enquanto atravessavam o Atlântico, os dois não deixaram de especular sobre a possível existência de algum nexo entre o incidente com o professor Cullen, o angustiante cativeiro no cofre e os surpreendentes agentes da Interpol interessados por antiguidades. A aposta precisaria cativar novas ajudas para a sua tarefa, agora mais do que nunca uma obsessão e uma missão: no mínimo, reconstituir o rastro dos destroços da estátua do Corvo e as razões do seu desaparecimento.

Michael conhecera, na véspera, Sara Baldaia, a assistente de Lúcia Lacroix na Faculdade de Letras. Ela tinha ido recebê-los no aeroporto e, uma vez no carro, a caminho do apartamento que as duas dividiam, Sara mostrou um pouco de si mesma ao americano: independente, bem-humorada, de discurso ágil, descontraída, tal como se vestia. O rosto sardento e oval dava-lhe um ar ainda mais inteligente, sendo um pouco mais jovem do que Lúcia.

— Você sabia que ela é a minha orientadora de doutoramento? — disse ela, enquanto dirigia, olhando para Michael pelo retrovisor interno.

— Ah é? E qual o tema? — quis saber o americano, no banco de trás, elevando a voz sobre o fundo de música tradicional irlandesa que ecoava no carro.

— Vestígios da cultura celta em Portugal — explicou Sara, recebendo uma reação de aplauso do historiador. A jovem assistente se dividia entre o perfeccionismo em assuntos de tecnologia, que dominava completamente, a pintura, os livros antigos e música celta, paixões a que dedicava idêntica fidelidade. A estas credenciais acrescentava, como *hobbies*, a corrida de cavalos e o tiro com besta e arco, partilhados com o mais recente namorado, Daniel Lima, e por influência deste.

Previamente informada sobre a perturbadora sequência de episódios ocorridos nas "ilhas das brumas", Sara não hesitou em oferecer os seus préstimos na investigação. Da mesma forma, garantiu que Daniel seria um entusiástico recruta, disponível para o que fosse necessário.

Nessa tarde, o apartamento de Lúcia transformara-se num espaço de discussão, uma espécie de "gabinete de crise", já incorporado por Sara e Daniel. O gosto minimalista do mobiliário, entre o vermelho e o preto, as madeiras com laca e um toque Mackintosh, assim como os arranjos florais, encantaram o americano. Mas a confusão desse dia contrastava com a harmonia do espaço. Foi assim, no meio de malas ainda sem desfazer e um indescritível amontoado de papeis, computadores portáteis, CDs, garrafas de cerveja vazias e uma caixa de pizza também vazia, que o grupo se dispôs a combinar a estratégia para os próximos dias.

— Podemos encarar a estátua tal como os padrões que os nossos navegadores foram erguendo nos territórios africanos que iam desco- brindo. O fato da ilha do Corvo ser também conhecida pelos navegadores como a "ilha do Marco", corrobora essa hipótese — considerou Daniel, depois de Lúcia ter colocado todos a par da situação.

Licenciado em Literatura Comparada e bolsista de mestrado numa universidade britânica, o jovem respondera com um incondicional *sim* quando Sara expôs as partes principais do enigma do Corvo. O seu aspec- to informal não escondia sua excelente forma física, envolta em roupa desportiva de gosto refinado. Ele via no tema algo que dizia respeito à sua própria investigação: as relações entre os mitos sebastianistas, as lendas arturianas e Fernando Pessoa. Mas, essencialmente, impressionava-o a questão de princípio que suportava uma tenebrosa ambiguidade dos fatos. A credibilidade e a motivação das testemunhas preocupava-o:

— Entendo que Damião de Góis nunca aceitaria se meter em uma fantasia sem fundamento — admitiu Daniel. — O homem era crite- rioso demais. Durante os vinte e dois anos em que percorreu a Europa, conheceu diversas fontes diretas. Por exemplo, na sua descrição da Lapônia o cronista revela um profundo conhecimento dos países do norte, incluindo a Groenlândia...

— A propósito de viagens — interrompeu Lúcia — poucos sabem

que o nosso humanista deixou a sua semente em Flandres. É verdade. Segundo Joaquim de Vasconcelos, ali teria tido origem a linhagem dos condes de Góis, na Caríntia e nos Países Baixos, através de um filho bastardo de nome Manuel.

— Não esqueçam que um outro cronista, Antônio Galvão, o autor do *Tratado dos Descobrimentos Antigos e Modernos*, recebeu de Góis inúmeros detalhes das suas viagens pela Europa — lembrou Sara.

Lúcia concordou:

— Você tem razão. E foi daí que resultaram relações muito próximas entre os dois cronistas, incluindo uma sintonia no que se refere às descobertas anteriores aos portugueses — explicou ela. — Esta questão é mencionada por Lopes de Mendonça, um biógrafo de Damião de Góis. — A historiadora levantou-se do pufe preto, em forma de urso, e foi em direção a uma estante. Pegou um volume com marcas e regressou para junto dos outros.

— Vejam esta passagem com atenção: "Ao *enumerar as causas que poderiam acarretar desgosto e concorrer para a desgraça do nosso humanista, persuade-se que uma delas fora a franqueza, senão desenvoltura, com que falou dos nossos descobrimentos, negando aos portugueses a prioridade das navegações, de que tanto se ufanavam*". A historiadora fechou o livro e Daniel Lima apressou-se a completar o raciocínio:

— Notável. Ou seja, precisamos fazer justiça ao caráter e aos conhecimentos dos nossos cronistas ultramarinos, para quem o patriotismo não cegava a ponto de desconhecerem ou negarem as expedições dos povos antigos.

— Não é esse António Galvão que, no seu *Tratado*, escreveu que, no ano de 590 antes de Cristo, teria partido da Espanha uma armada de mercadores cartagineses, custeada por eles próprios, para ver se achavam alguma terra pelo Atlântico? — perguntou Michael que seguia, com algum esforço, o pingue-pongue das citações.

— Sim — concordou Lúcia. — E refere: *"Dizem que foram dar nela e que é aquela que agora chamamos Antilhas e Nova Espanha"*. Ou algo assim — citou ela de memória.

— Um outro cronista espanhol do século XVI, Gonçalo Fernandes de Oviedo, recolheu também da tradição local que essa terra já havia sido descoberta, ainda que, como ele diz, *"Cristovão Colombo nos deu dela mais vera certeza"*. — repetiu Lúcia, sublinhando o final em tom declamatório e refugiando-se na lassidão do pufe.

Michael ficou sério. Levantou a mão, pedindo calma. O rosto revelava uma súbita concentração, entre as reviravoltas da fumaça da cigarrilha que acendera. Sinal de que as sinapses cerebrais tinham descortinado alguma dedução significativa, um detalhe essencial do enigma. Aproximou-se dos restantes, em tom de confidência:

— E *se* Colombo teve conhecimento da estátua, desse marco, como disse o Daniel agora há pouco, que indicava novas terras, não seria um fator a mais para reforçar a sua crença de que esses lugares realmente existiam?

— É uma boa questão — concordou Daniel. — Nesse caso, isso iria reforçar a sua insistência em levar adiante a façanha que depois o tornaria imortal!

Lúcia pegou a deixa:

— Ou então, se formos ver as coisas de outro modo: o silêncio do grande navegador e de seus contemporâneos a respeito da estátua, não poderia ser um depoimento a favor da sua existência? — perguntou a jovem, cheia de expectativa, endireitando-se no seu ursinho.

Os outros trocaram olhares. Sentiam que um nexo invisível, mas poderoso, começava a criar raízes subliminares.

Lúcia voltou a relaxar na sensualidade mole do pufe, cruzando as mãos por trás da cabeça. Enquanto observava os três colegas desfiando argumentos com vivacidade, recordou-se de uma sentença de Antônio Ferreira de Serpa, indômito detetive das origens açorianas: *"É a poeira que os cientistas, por vezes, do alto do seu pedantismo pansófico, deitam e espalham sobre os ignaros e os poucos prevenidos contra estas habilidades, para lhes impor os seus dogmas, as suas* solemnia verba, *que não passam daqueles graves conceitos que saíam dos lábios do Conselheiro Acácio".*

A hora de almoço serviu para o grupo consolidar os seus conhecimentos uns sobre os outros. Apreciaram os trejeitos cômicos de Michael ao provar requintados *escargots*, para desgosto de Sara, mentora gastronômica do lugar. Depois, seguiu-se a saída coletiva do grupo, o passeio ensolarado pelas imediações do rio, que serviu para o americano degustar as cores e os aromas ribeirinhos.

De volta à casa, Michael fez questão de enviar um breve relatório para Boston. Meia hora depois, conferia o seu *e-mail* na sala de trabalho das jovens quando o monitor fez com que abrisse um sorriso de orelha a orelha. Gritou um *venham cá depressa!*, veemente, que atravessou a casa de ponta a ponta, fazendo com os demais se precipitassem correndo até ele.

— Vejam este *e-mail* — disse-lhes, sorridente, apontando a tela. — Referia-se à resposta que acabara de receber de Marylin. A diretora acabara de descobrir um artigo de um arqueólogo, B. Isserlin, especialista em culturas semíticas, na Universidade de Leeds, do norte de Inglaterra, e que falava de escavações feitas na ilha do Corvo.

— Escavações? Mas em que locais? — inquietou-se Daniel.

Michael pediu calma. O resumo do trabalho dizia o seguinte:

"Em Junho de 1983 uma missão arqueológica chefiada por B. Isserlin, da Universidade de Leeds, estudou alguns locais na parte sul, a oeste da

povoação da Vila do Corvo. Ali, foram exumados alguns fragmentos de cerâmica que, segundo especialistas na área dos estudos púnicos, como B. Harden e G. Niemeyer, podem ser encontrados nas fases mais tardias da cerâmica do Noroeste de África e da Península Ibérica. Os peritos apontaram que, se for provada sua origem púnica, poderiam ser datados entre os séculos IV e III a. C. As características da decoração afinam pelo estilo prevalecente na fase tardia da cerâmica fabricada na Espanha. As análises foram executadas pelo Departamento de Arqueologia da Universidade de Southampton pelo Dr. D. Williams. Seriam necessárias novas escavações, sistemáticas e extensivas. A investigação britânica supõe que talvez o Corvo possa ter sido usado desde tempos remotos como referência da pesca da baleia, já que existem algumas indicações que concedem aos fenícios essa atividade, como, por exemplo, a existência de restos de um cetáceo numa cidade fenícia-púnica de Motya, no Mediterrâneo central".

— Fenícios caçando baleias nos Açores? Parece um pouco forçado, não acham? — estranhou Daniel, que partilhava da supresa geral. Nos momentos seguintes, ninguém ouvia ninguém. Falavam ao mesmo tempo, em busca de respostas que não tinham. Desconheciam quem era B. Isserlin.

— Não se pode conhecer todo mundo, não é? — disse Lúcia, acalmando a excitação geral. — Podemos tentar entrar em contato com o arqueólogo. Sara, você poderia cuidar disso? — pediu ela.

Por que aquele local preciso, a oeste de povoação da Vila do Corvo? — pensou Lúcia. Aquilo lhe dizia alguma coisa. O quê, não sabia ou não se lembrava. A seu tempo talvez descobrisse.

Subitamente, o seu pensamento voou até o meio do Atlântico. Um sexto sentido dizia a ela que alguém em quem confiava se preparava para dar um novo alento ao grupo...

20

BIBLIOTECA E ARQUIVO DE ANGRA DO HEROÍSMO, ILHA TERCEIRA
5 de maio, 15:00 horas

O jovem entrou nas instalações do Palácio Bettencourt e cumprimen-
tou o recepcionista com a afabilidade de sempre. A rotina de investigação
havia refinado a sua cordialidade e a convivência com os funcionários
do Arquivo. Entregou a rotineira requisição com as cotas das obras e
sentou-se no lugar de consulta. Minutos depois se confrontava com um
maço de documentos que retirou de uma pasta desgastada, fechada com
um laço tão velho quanto o material que guardava. O pó secular saltou
das primeiras páginas, abertas com precaução. O jovem tinha diante de si
uma pilha de nomeações, despachos, concessões, avisos régios, registros
alfandegários e cartas, uma dispersão anárquica de papeis com mais de
dois séculos, oriundos da Capitania de Angra do Heroísmo.

Sérgio Furtado, um jovem assistente da Universidade dos Açores,
membro do Grupo de Estudos Gaspar Frutuoso, era um apaixonado
confesso pela história remota das "ilhas da bruma". Escutara, enlevado,
as comunicações da jovem lisboeta e do americano. Antes da partida de
Lúcia e Michael para Lisboa, novamente se colocara à disposição para
informá-los se algum documento passasse pelos seus olhos durante a
pesquisa que fazia para o mestrado sobre a colonização da ilha Terceira.
Como estava ocupado em vasculhar os velhos arquivos da Capitania de

Angra do Heroísmo, com um pouco de sorte poderia contribuir para amenizar o insucesso, quase fatal, do episódio da Água de Pau.

— Você acha que sim? Mas que outras pistas? — perguntara Lúcia ao pesquisador, pouco animada e ainda ressentida pela epopeia submarina. Sérgio, um jovem baixo e forte, de cabelo liso e comprido, afagou a barba rala que mal lhe cobria a face. Concordava que alguém deveria ter ficado com a posse da cópia em cera da inscrição a ser identificada no sopé da estátua equestre. Mas quem?

Talvez o espólio de família de Pedro da Fonseca, capitão das ilhas das Flores e do Corvo, pudesse revelar algo. A sua presença na minúscula ilha fora atestada por Frei Diogo das Chagas, provincial dos Franciscanos, numa passagem da obra *Espelho Cristalino em Jardim de Várias Cores*, publicada no século XVII. Ou então a correspondência de Luís da Guarda, corregedor das ilhas dos Açores desde 1548, no tempo de D. João III, e que, segundo Gaspar Frutuoso *"se interessou pela história da Estátua do Corvo"*. Mesmo que não tivesse estado em contato pessoal com Pedro da Fonseca, já falecido quando o referido magistrado foi destacado para os Açores — lembrara-lhe o investigador açoriano. *Claro, será uma tarefa ingrata, como tentar descobrir uma agulha em um palheiro...* — calculou Lúcia, disposta a expurgar os pensamentos negativos.

Era com este exercício de probabilidades que se ocupava o diligente Sérgio, enquanto passava pelo crivo, manuscrito a manuscrito, o elenco da coleção de documentos da capitania. Uma hora se esgotou sem nada ocorrer de anormal. Apenas referências e dados que interessavam ao seu projeto de pesquisa. Os olhos, já ardendo pelo esforço, pediam trégua. Um longo bocejo depois e aquele maço foi posto de lado. Suspirou. *Zero.*

Um ligeiro arrastar de cadeiras sacudiu-lhe o tédio. Olhou para trás. Dois novos leitores haviam entrado. Sérgio retomou a leitura, depois de uma curta pausa. Desentorpeceu os músculos e limpou paulatinamente os óculos com a barra da camiseta.

— Bem... vejamos este outro maço de correspondência... — suspirou o investigador, abrindo nova pasta. Tinha agora diante de si um conjunto de ofícios e cartas do Conde de Almada, governador e capitão geral dos Açores entre os fins do século XVIII e começo do XIX.

No quinto documento, Sérgio Furtado agitou-se, por fim, na cadeira.

— Opa. Isto interessa... — voltou ao começo do documento e releu:

"Carta ao 1º Conde de Almada, capitão-general dos Açores enviada por D. Rodrigo de Sousa Coutinho.

Documento — FF — Aviso régio para que o general mandasse na ilha do Corvo examinar este facto como maior escrúpulo (Livro do Registo, fl. 45).

Ilustríssimo e Excelentíssimo Senhor. — O príncipe regente manda remeter a V.ª Ex.ª a memória inclusa que apresentou aqui um douto engenheiro francês, e ordena que V.ª Ex.ª veja se pode empregar alguma pessoa hábil, que na ilha do Corvo examine o facto singular de que fala o autor; facto, cujo fundamento é sempre duvidoso, não se sabendo se é real, ou inventado por algum escritor que o fazia acreditar à posteridade crédula, e pouco examinadora. — Deus guarde a V.ª Ex.ª. — Palácio de Queluz, em 16 de Agosto de 1800. — D. Rodrigo de Sousa Coutinho. — Senhor Conde de Almada. — Cumpra-se. — Angra 7 de Outubro de 1800. — Com a rubrica de Sua Excelência".

O jovem investigador releu algumas passagens. Ali estava o fio da meada, ao menos o começo. Sentia-se recompensado. Aproximou mais o documento da luz da mesa. O seu coração bateu com mais força nas têmporas.

O que Lúcia dirá disto: um ministro em Lisboa manda pedir informa-ções ao Conde de Almada sobre "um facto singular na ilha do Corvo". Só pode ser a famosa estátua! Hum... mas quem seria este "douto engenheiro francês" que falou, em Lisboa, do monumento ao ministro Sousa Coutinho? — perguntou a si mesmo. Uma diversidade de questões emergia das folhas acastanhadas pela pátina do tempo.

E o inquérito? Certamente o Conde de Almada deve ter dado seguimento ao pedido de Lisboa... — pensou o investigador, avançando na leitura com um interesse crescente. Os dedos, instrumentos principais da descoberta, deslizavam mais agitados pelos fólios.

Mais meia-dúzia de ofícios foram postos de lado. Até o dia 29 de outubro...

Voltou a agitar-se com o documento seguinte.

— Ah, aqui está a resposta! *"Ofício do Conde de Almada, governador e capitão-general dos Açores, com data de 30 de Outubro de 1800, dirigido ao ministro Rodrigo de Sousa Coutinho".* Hum... muito bem... diz aqui que *"encarregou Luís Antônio de Araújo do exame da 'Memória' do emigrado francês, a respeito da estátua equestre achada na Ilha do Corvo, persuadido de que ele satisfará, visto que é dotado de conhecimentos..."*

Sérgio tirou os óculos e limpou da testa os primeiros fios de suor. Reavaliou o problema:

É ponto pacífico que o governador da época mandou fazer um inquérito. Será que o tal exame, de Luís António de Araújo, e a 'Memória' do tal emigrado francês estariam também aqui, no arquivo? Quem era ele? Por que seu empenho em fornecer um relatório ao governo do príncipe regente D. João VI? Que papel teria aqui D. Rodrigo Sousa Coutinho, um ativo mecenas das ciências naturais? — as perguntas afluíam aos borbotões. Precisava organizar as ideias. Levar o corpo e a mente até algum outro lugar para deixar que os pensamentos emergissem mais claros. Sérgio decidiu sair para tomar um café numa praça, nas imediações do arquivo. O sol ia baixando por trás do Monte Brasil, ruborizando as nuvens altas que pincelavam o céu com traços em tom de pérola.

O investigador pousou a xícara e bebeu um gole de água. Tentava reconstituir mentalmente um eventual percurso do inquérito ordenado pelo Primeiro Conde de Almada, alternando o olhar entre o vendedor ambulante, a frente da casa seiscentista, a iluminação típica, a varanda com hortênsias... Adereços tão emblemáticos e familiares como a placa de rua à sua frente, em que se lia *Travessa Francisco Ferreira Drumond*... Tudo familiar...

— Espere aí! — percebeu o investigador, com os olhos grudados na placa. — Que burrice! Onde é que eu estava com a cabeça! Claro, o velho e imprescindível Drumond!

Sérgio Furtado saltou da cadeira, atirou uma moeda na mesa, e voltou a passos largos para a Biblioteca. Ainda dispunha de umas duas horas antes do encerramento. Preencheu a requisição da obra e esperou, com renovada expectativa e o coração ainda mais agitado.

Francisco Ferreira Drumond, um terceirense talentoso e multifacetado, vivera na primeira metade do século XIX. Tinha reunido mais de quinhentos documentos ilustrativos da história dos Açores até 1832. Os *Anais da Ilha Terceira*, em quatro gordos volumes, recentemente reeditados, eram um guia de consulta obrigatória para a elucidação da *pequena história* local. Ali tão perto e, afinal, tão longe dele...

Quando o funcionário depositou, finalmente, os volumes à sua frente, o investigador não escondia a pressa em passar as suas densas páginas como se fossem uma corrida de obstáculos. Sem perder tempo, abriu o volume com o índice geral. Se o inquérito foi pedido em 1800, ele só teria de procurar a cronologia dos acontecimentos. Percorreu em diagonal o texto e...

— Aqui está! — o dedo indicador parou firmemente na frase: "*Série dos acontecimentos que tiveram lugar nesta ilha Terceira desde o ano de 1766 até ao de 1820. Criação da Capitania General. O governo dos Capitães Generais".* — Tem que ser isto — reagiu, satisfeito.

A sábia disposição temporal dos volumes facilitou-lhe a localização do assunto: o terceiro volume. Avançou correndo com os dedos e começou a busca pela palavra-chave: *Corvo.*

Alguns parágrafos adiante, parou. Francisco Drumond citava:

—"*...como a respeito desta afamada estátua da ilha do Corvo, se tem desde aquele aviso régio para cá feito, algumas diligências, a fim de se descobrir qual o fundamento da sua existência nas tradições escritas e orais (...). O padre José Antônio Camões, natural das Flores, cuja mãe era de ascendência corvina, havia dito a um funcionário do governo, em 1817, sobre a ilha do Corvo que 'nunca houve nela estátua equestre de bronze, o que sim houve, e se sabe por tradição verídica, é que sobre uma formidável rocha, o que dão (pela estimativa) meia légua de altura, e fica a noroeste da ilha, antigamente se divisava um perfeito homem, a cavalo, com um braço estendido, e como apontando para a parte do meio-dia...".*

O investigador abriu a boca e ergueu a cabeça, sacudindo-a logo em seguida para se certificar melhor do que lera: o bom padre, conhecido como poeta e enjeitado por ser filho de um frade franciscano, estava preocupado em negar, isso sim, que a estátua fosse... *de bronze!* De resto, o padre Camões confirmava, afinal, *por tradição verídica*, que ela existira de fato, sobre uma formidável rocha! Francisco Drumond lembrava ainda no seu comentário que havia opiniões contrárias, como a do brigadeiro Costa Noronha que, ainda no século XIX, justificara a estátua como uma formação natural, desvirtuada por ilusão de ótica. Uma tese que resolvera, supostamente, de uma vez o problema do monumento.

Quanto à existência da *Memória* do engenheiro francês...

Curioso. O historiador açoriano afirma aqui no seu texto que 'também se acha copiada'. Ou seja, faz todo o sentido pensar que uma cópia viajou de Lisboa para os Açores e que Drumond teve acesso ao documento. Mas, por que é que ele faz silêncio quanto ao seu teor? — escreveu Sérgio no *e-mail* enviado a Lúcia, no início da noite.

A fonte parece-me sincera. Ao padre Camões era atribuído um 'Relatório das Cousas mais Notáveis que Haviam nas Ilhas Flores e Corvo' enviado ao capitão-general em 1822. De qualquer modo, parece provado que, afinal, a tradição do monumento não se apagara na memória local. — assim concluía o investigador.

Gaspar Frutuoso, que também mencionara a *voz do povo*, teria se sentido de qualquer forma mais reconfortado.

21

LISBOA
ARQUIVOS NACIONAIS DA TORRE DO TOMBO.
6 de maio, 10:00 horas

O relatório que havia chegado da ilha Terceira foi partilhado e discutido pelos quatro, logo que Lúcia abriu os *e-mails*. A historiadora respondeu imediatamente a Sérgio, agradecendo a sua persistência e pedindo que continuasse atento a outros documentos. O rastro da cópia da legenda que teria estado no sopé da estátua era agora o próximo alvo da investigação. Sara, nesse meio tempo, já tinha transmitido ao grupo a má notícia do dia: o professor B. Isserlin falecera há cerca de dois anos e a pista das escavações na ilha do Corvo ficara novamente obscura. Inconclusiva. Pelo menos por agora.

— Acho que devíamos investigar as referências de Damião de Góis na *Crônica do Príncipe D. João*. E para mim o elo mais consistente é Duarte Darmas, o arquiteto da corte que fez o desenho da estátua equestre a mando de D. Manuel I — sugeriu Lúcia.

— Hum... você acredita mesmo que o desenho original da estátua possa fazer parte do códice da obra? — perguntou Daniel com um evidente ceticismo.

— E, sobretudo, por ser autor do *Livro das Fortalezas do Reino*, muito elogiado pelos seus quatorze biógrafos conhecidos! Tem credenciais de sobra! — completou Sara.

A historiadora fundamentava as suas esperanças num testemunho que colhera do Abade de Castro, ou Antônio Castro e Sousa, ilustre acadêmico das Belas Artes, biógrafo de artistas e de antiguidades que, em 1839, assegurou ter visto, na mesma casa da Coroa, junto com outros livros de D. Manuel I, o pergaminho do *Livro das Fortalezas* e *"o desenho da estátua equestre, de mármore, achada na ilha do Corvo, ou do Marco, quando a descobrimos"*... pela pena do insigne arquiteto e desenhista real.

Michael mal podia se conter. A ação a seguir era uma regra, uma verdadeira exigência do seu cotidiano:

— Não fale mais nada. Por onde começamos? — desafiou, encarando os outros.

— Pela Torre do Tombo, claro! — respondeu Lúcia. — Nós dois trataremos do códice de Duarte Darmas e vocês dois podem dar uma olhada nos documentos das Chancelarias de D. João II e D. Manuel I...

— E pelos tomos do Corpo Cronológico — lembrou Sara. Nunca se sabe as surpresas que nos esperam no meio da poeira dos arquivos...

O dia despontara um pouco abafado, anunciando chuva. Maus presságios? Em tom de brincadeira, num exercício supersticioso que divertiu os demais, Sara fez uma previsão astrológica do dia seguinte. Bons presságios? Ou não? Agitação, pelo menos.

Lúcia sabia como se movimentar no interior dos Arquivos Nacionais. Além disso, o seu tio Martin trabalhara ali como responsável pelo Serviço de Arquivística da instituição. Com a ajuda de um colega da faculdade, a historiadora já tinha feito a marcação prévia da consulta, como era exigido pelos regulamentos. Quando soube da localização do códice, não evitou um estremecimento por causa da má e recente experiência em Ponta Delgada: o manuscrito em pergaminho fino estava depositado na Casa Forte... Por muito diferentes que fossem as condições, a simples alusão a espaços confinados, claustrofóbicos, acionava no seu interior um insidioso mal-estar. Puro sintoma psicossomático. Mas reagiu prontamente, omitindo este sentimento instintivo aos outros e convencendo-se a si mesma de que não eram situações comparáveis.

— Já sei que a obra de Duarte Darmas encontra-se no Arquivo da Casa da Coroa, o núcleo primitivo da Torre do Tombo — confidenciara Lúcia aos demais, quando saíam de casa.

O arrojo do edifício implantado na aprazível área ajardinada da Alameda da Universidade impressionou Michael. A partir das escadas externas chegava-se às quatro grandes fachadas em concreto, sobre uma base que lembrava as pirâmides egípcias. No topo, quatro gárgulas vigiavam, entre outros símbolos dos sentidos do tato e da visão, do alfabeto, as escritas e os seus instrumentos e o pergaminho. E era exatamente um pergaminho que eles iam investigar, em busca de novas respostas.

Já no interior, o americano, após cumprir as formalidades de admissão como leitor, pôde admirar a lógica interna da escadaria, lançada entre as paredes de pedra travertino e iluminada por uma claraboia apoiada em traves que sugeriam o esqueleto de uma caravela. Ali, contudo, poucos se lembravam de que, no interior do edifício, repousavam milhões de documentos espalhados por cerca de oitenta quilômetros entre os diversos pisos.

Já no reservado local de consulta, Lúcia e Michael esperaram que o funcionário lhes trouxesse as obras requisitadas. Quando, finalmente, a encadernação em pele verde-escura da obra de Duarte Darmas foi colocada à sua disposição, as cento e trinta e nove folhas do documento sobressaíram na sua preciosa singularidade. Nelas, espelhavam-se, em minuciosos desenhos à pena, os retratos de cinquenta e sete fortalezas e castelos portugueses. Não era exemplar único, pois sabia-se que a Biblioteca Nacional de Madri detinha uma outra cópia, só que muito incompleta.

Consultando página a página, detalhe a detalhe, uma hora depois Lúcia abanava a cabeça, desiludida. Passou sorrateiramente o códice ao americano, na cadeira a seu lado. Michael abandonou as páginas de um dicionário artístico e deixou os olhos à deriva pelas folhas abertas que Lúcia lhe passara para que fizesse uma nova varredura. Tinham revisto mais de uma vez, minuciosamente, a sequência do documento. Sem nada de novo.

Nenhum traço do desenho.

Algo me escapa...Só que eu não consigo saber o quê...

O americano se mexeu e Lúcia sentiu um toque no braço. Michael estava apontando para o rodapé da folha à esquerda...

Disse em voz baixa:

— Olha. Página trinta e seis. — Repare na numeração da folha seguinte, à direita: quarenta. — anotou, movendo o dedo. — Estou enganado... ou faltam aqui três páginas?! — a voz aumentara de tom, fazendo com que o funcionário da sala lhe dirigisse um olhar reprovador.

— Você tem razão... — reagiu prontamente a jovem, debruçando-se sobre o códice. — Hum... vamos ver as seguintes — disse. — Quarenta, quarenta e um... tudo bem... quarenta e cinco...olha, falta outra, a quarenta e seis! — exclamou ela, atônita.

Lúcia cruzou os braços. Não sabia o que fazer com o desenlace da pista levantada pelo Abade de Castro. Afinal, teria este autor mentido? Ou o desenho *nunca* teria feito parte da obra? O intrigante é que, na mesma data, o erudito Francisco de São Luís, mais conhecido como Cardeal Saraiva, garantia que o códice tinha apenas as cento e trinta e nove folhas que ainda hoje conserva.

— Você sabe qual a data do códice? — perguntou Michael.

— Foi composto entre 1509 e 1516, de acordo com o cartógrafo Armando Cortesão.

— Então, você está mesmo convencida de que entre as quatro folhas em falta, uma delas poderia ser a do desenho da estátua?

— Para mim é uma possibilidade bem consistente. O que você quer que eu diga? Estou confusa, Mike... — confessou Lúcia deixando escapar um suspiro de insatisfação.

— E você já pensou na possibilidade de o desenho simplesmente não constar da obra e ter ficado isolado ou então ter sido colocado em outra coleção régia? — sugeriu o americano, penteando os cabelos da nuca com os dedos esguios.

A resposta ficou em suspenso, porque naquele instante Daniel e Sara apareceram na entrada da sala de consulta, chamando-os por gestos. Pareciam ter novidades. Lúcia acenou afirmativamente e colocou o códice de volta no seu invólucro. Fez sinal ao americano para devolverem os documentos no balcão e saíram apressadamente da sala.

Num recanto discreto do bar dos arquivos, os quatro investigadores cruzaram os dados e informações. Começavam a aceitar, intuitivamente, que se ia erguendo diante deles uma inextrincável trama de lacunas, paradoxos e discordâncias de testemunhos e documentos.

Depois que Lúcia revelou aos outros a inexistência do desenho no códice original de Duarte Darmas, ficaram sabendo que Daniel tinha detectado diferenças importantes no elenco dos volumes que faziam parte da chancelaria de D. Manuel I. Uma memória descritiva recente assinalava o fato. Afinal, parece que o cronista Gomes Eanes de Zurara não teria sido o vilão da história, responsável pelo destroço a que chegara o espólio documental.

— O pobre do Zurara era visto como o grande negligente por bibliógrafos importantes, como Antônio Baião ou Braamcamp Freire — explicou o jovem assistente. — Afinal, parece que o pecado morreu solteiro. O escrivão Tomé Lopes fez um inventário por volta de 1532 e concluiu que a chancelaria manuelina abarcava setenta e um volumes em pergaminho, que foram sendo transferidos a conta-gotas para a Torre do Tombo. Ora, imaginem vocês que, atualmente, é constituída *apenas* por quarenta e sete volumes! Ou seja, *7.451 folhas foram perdidas!* — assegurou Daniel, repetindo a cifra, escandalizado.

— Credo! É obra... 7.451 folhas é muita história, não acham? — concordou Sara. O paradeiro do desenho de Duarte Darmas navegava num mar de hipóteses. Ainda por cima, muitos dos documentos mais antigos tinham sido relidos e copiados de forma pouco rigorosa...

— Mas esperem. Ainda não contei tudo. Mal tínhamos percebido estas divergências e fui pedir à secretária do diretor da Arquivística para falar com ele. O homem se chama Francisco Andrade mas, naquele momento, estava ocupado. A secretária pediu-nos para aguardar ali na sala ao lado do gabinete. Logo vimos que a reunião do diretor estava animada...

— Eu diria até que animada demais — acrescentou Sara. — Pelas vozes, os ânimos estavam alterados...

— Alguma bronca em um funcionário menos zeloso? — atalhou Lúcia.

— Nada disso — negou o assistente. — A conversa parece ter acabado subitamente. Deu para perceber que alguém tinha saído de rompante do gabinete. Logo em seguida, a secretária deve ter falado com o diretor. Pouco depois veio nos pedir desculpas e nos informou que um imprevisto de agenda impedia que fôssemos recebidos naquele momento. Perguntei a ela, discretamente, quem eram os visitantes...

— E...? — os outros olharam para ele como aves de rapina. Lá fora, um relâmpago rasgou a palidez da manhã.

— Ela me disse que eram da Interpol. Por causa de um roubo de antiguidades...

O trovão ecoou lá fora. Eram os primeiros sinais de tempestade.

22

ARREDORES DE SINTRA
6 de maio, 13:00 horas

A mansão de Martin Lacroix, com traços da arquitetura inglesa do século XIX, está incrustada no âmago primitivo de um bosque ancestral da serra de Sintra, joia sobrevivente e requintada de um outro tempo de harmonias, hoje dissolvidas e distantes. Povos antigos, como os fenícios, celtas e árabes, chamaram-lhe *Montanha da Lua*. Por isso os druídas adoraram ali, assim como os antigos romanos, as fases e as faces de Selene, o espírito feminino do lugar.

Nesse jardim terreno, o *Éden glorioso* cantado por Lord Byron nos primórdios do século XIX, das janelas do Lawrence's Hotel, os rochedos parecem gigantes num observatório que alcança as praias a seus pés, e as águas irrompem da montanha para fecundar as brumas que a habitam. Lá no alto, coroando a espinha de granito, vigilante e sobranceiro ao vilarejo, situa-se o que o compositor Richard Strauss chamou de *Castelo do Santo Graal*.

Martin, um francês de origem portuguesa, sessenta anos plenamente vividos, instalara-se ali ao final de um percurso que incluíra oito anos devotados à Legião Estrangeira, com a patente de major em campanhas na República do Congo e na Somália. Era um homem encorpado, pescoço taurino, de olhar profundo e duro, mas que facilmente amolecia diante de um sorriso, de um agrado. Às públicas condecorações militares acrescentava os seus créditos em Cartografia e Epigrafia que lhe valeram, de volta a Portugal, um cargo de direção no Serviço de Arquivística da Torre do Tombo. Apaixonado pelas culturas e civilizações antigas, de qualquer parte do mundo, obtivera sólidas respostas em reuniões internacionais sobre essas temáticas. Por conta disso, participava de instituições que recrutavam os seus membros de uma forma exigente e seletiva.

Quando Lúcia informou Michael e os amigos que nesse dia iriam a Sintra almoçar com o seu tio Martin, o convite recebeu aceitação unânime. Sara e Daniel já o conheciam e sempre comentavam os momentos que tiveram com tão singular personagem.

A jovem combinara com o tio de visitá-lo na volta da sua incursão açoriana, para lhe contar dos resultados. Ao telefone, Martin Lacroix tinha revelado uma séria preocupação por causa dos incidentes de que a sobrinha fora uma involuntária protagonista. Lúcia reconhecia o cuidado zeloso, próprio de um pai, que ele tinha por ela. E além do mais, esperava obter dele o indispensável aconselhamento sobre que direção dar à pesquisa, cujo assunto o antigo arquivista, bibliófilo consumado, conhecia bem. À sua erudição, o luso-francês juntava um moderado senso crítico, alicerçado na experiência de quem desconfia das miragens em que, às vezes, os documentos históricos se transformam.

Mal o carro de Lúcia atravessou os portões austeros da quinta, Michael deixou escapar um rosário de interjeições. Inebriado pela luxúria dos verdes que pintavam a paisagem de sombras e a muda eloquência dos velhos carvalhos pendentes mais além, o americano absorvia a singularidade da cena, como se tivesse sido transportado ao país de Oz. Lúcia levou o carro pela alameda que desembocava numa pequena praça circular ajardinada onde se erguia, alta como a torre de Babel, uma palmeira patriarcal. Atrás dela, erguia-se um chalé de linhas ecléticas, com indícios de *art nouveau* no gradeamento das varandas e das janelas.

Lúcia acabara de desligar o motor quando um farfalhar de folhagem fez com que virasse a cabeça. Um manto de acácias ali perto abriu-se como a cortina de um palco, dando passagem a uma silhueta de mulher de meia idade, elegante, que acenava. À frente dela, três irrequietas *Basset Hound* correram em direção à jovem, lambendo as suas mãos.

— *Hello!* — exclamou Katherin Lakeland, jovial, com luvas de jardineiro e avental por cima de um casaco de malha. Tinha interrompido a religiosa missão de cuidar de um pequeno lago, do limo e dos nenúfares que cobriam a sua superfície líquida, impassível, como a que só existe num jardim encantado. A mulher de Martin Lacroix atirou para as costas o chapéu de palha e saudou com efusão os recém-chegados. Um aroma adocicado e úmido, de flora exótica e rara, envolveu-os. Michael olhou em volta e absorveu lentamente o ar perfumado e único.

Katherin abraçou carinhosamente Lúcia.

— Que bom ver você, minha querida! Ah, se soubesse da nossa angústia quando tivemos notícia do que se passou nos Açores... — disse, confortando a jovem. — Mas vejo que você não perdeu o jeito para fazer novos amigos — disse, dirigindo-se a Michael, que retribuiu delicadamente a saudação. — Mas venham! Martin deve estar entretido naquele seu incrível passatempo de acertar todos os relógios da coleção. Você sabe como é... Mesmo os que já não têm ponteiros... — frisou, com um acentuado sotaque e uma gargalhada com que marcou um ligeiro rodopio sobre si mesma. As suas origens mergulhavam-se na cepa escocesa das terras de Hull, berço do Barão de Forrester, que partira de suas terras, no primeiro terço do século XIX, para se embrenhar no comércio do vinho do Porto. A genealogia e a tradição fizeram-na herdeira de confortáveis dividendos, dispersos entre companhias de vinho do Douro. Neste harmonioso cantão paradisíaco, que poderia rivalizar com Virgílio e as suas Geórgicas, os momentos mais penosos de Katherin coincidiam com as evocações bélicas de Martin, em longas danças que perturbavam a sua sensibilidade e a das plantas, suas protegidas, no conforto das estufas.

Ainda não haviam ultrapassado a soleira da porta de entrada quando foram surpreendidos por uma voz grave e familiar vinda do primeiro piso da mansão: era Martin Lacroix, que descia os degraus da escadaria central para o pátio interior da casa balançando o corpo, descalço e envolto num roupão de seda vermelho. Na contra-luz leitosa, gerada pela clarabóia central do edifício, os recém-chegados perceberam a sua silhueta densa crescendo, enquanto ecoavam pelas madeiras antigas, cada vez mais próximos e retumbantes, os versos da primeira estrofe de *By the Rivers of Babylon We Sat Down and Wept*, de Lord Byron:

> *We sat down and wept by the waters*
> *Of Babel, and thought of the day*
> *When our foe, in the hue of his slaughters,*
> *Made Salem's high places his prey;*
> *And ye, oh her desolate daughters!*
> *Were scattered all weeping away*[30].

O tio de Lúcia abriu os amplos braços e a sua face se iluminou com um enorme sorriso para receber a sobrinha.

— A minha menina está de volta! Graças aos deuses! Você está bem? — perguntou a Lúcia enquanto a envolvia em um apertado e demorado abraço.

---

30   Nós sentamos e choramos às águas / De Babel, e pensamos sobre o dia / Em que nosso inimigo, na pele de seus assassinos, / Fez das altas plagas de Salem sua prece / E sim, oh filhas desoladas! / Fostes aos prantos dispersadas.

— Tudo bem, tio. Gostaria de apresentar para você o meu colega Michael Serpa, da Universidade de Boston. — disse a jovem. — Veio conosco para continuar a investigação que iniciamos nos Açores...

Michael certificou-se do vigor de Martin pelo forte aperto de mãos.

— Essa estátua equestre está começando a se tornar um problema intrincado demais, não acha? — questionou o ex-bibliotecário. — Bem, iremos falar disso no almoço. Quero que você me ponha a par dos fatos e também gostaria de saber o que pensam os seus amigos. Vamos aos aperitivos! — disse, enquanto dava passagem aos convivas. —Alfredo! Pode servir — disse, batendo palmas que ecoaram pelos tetos altos. O mordomo rapidamente apareceu, com alguns comes e bebes. Cabelo raso, de robustez transmontana, Alfredo Colaço mantinha o porte militar do antigo cabo legionário que servira sob as ordens de Martin Lacroix em duras campanhas, de Mogadiço a Brazaville. Acompanhara o atual patrão no retorno à vida civil, persistindo a antiga fidelidade e a economia de palavras.

Sentados na luminosa varanda envidraçada, aberta para o sul, conversaram sobre vinhos e banalidades, antes de Michael explicar as suas motivações e as razões genéticas que o tinham levado aos Açores. E quando alguém falou em *flores* — não se dando conta do sentido geográfico no caso empregado — foram presenteados com uma disser-tação de Katherin sobre as suas experiências de comunicação telepática com uma mandrágora de estimação...

Meia hora depois, ao redor da mesa, a conversa foi conduzida para o tema que preocupava a todos, entre elogios aos croquetes de lentilha com acelgas gratinadas e os protestos de Martin sobre o jejum de que era vítima por parte da mulher. Lúcia fez um resumo dos acontecimen-tos, com frequentes acréscimos dos demais, e Michael provocou a boa disposição dos comensais com algumas anedotas típicas do meio acadêmico de Boston. Quando o transe angustiante da Água de Pau foi evocado, e o americano foi alçado ao posto de herói, uma lágrima furtiva deslisou pela alva face de Katherin. O tio de Lúcia deu por encerradas as emoções. Forçou a tosse, sacudiu o guardanapo com força, colocou-o sobre os joelhos e foi direto ao assunto:

— Você já sabe o que eu penso — disse para a sobrinha. — É incompreensível como se pode passar impunemente por cima do depoimento de Damião de Góis. A história da estátua equestre do Corvo é uma pequena pedra no sapato na historiografia nacional. Prefiro a sabedoria de um Pedro Batalha Reis ou de um Luciano Cordeiro à subserviência da geração do *Tudo pela Nação nada contra a Nação!* Uma pequenez mental que reduz o tempo e a história humana aos seus pequenos umbigos! — vociferou Martin, sonoro e sem pausas, protestando desajeitadamente na cadeira aveludada.

A sua verborragia era bastante tolerável tendo em vista a pertinência do seu conhecimento. Gabava-se de ter lido o que havia de mais autorizado sobre as viagens de reconhecimento da costa africana pelos fenícios, os *senhores dos mares*, desde a célebre odisseia ordenada pelo faraó Nekaw II, seis séculos antes da era cristã.

Michael estava espantado com a energia e a segurança de Martin Lacroix e aproveitou, com uma certa deferência, uma deixa digestiva do ex-militar:

— O que posso dizer a vocês é que um colega espanhol, Alfredo Martin, das universidades Complutense, de Madri e de Harvard, estudou o famoso périplo de Hannon, em 485 antes de Cristo, com sessenta navios de Cartago, calculando que teria percorrido a costa africana até Cabo Verde.

— Hum... você sabe que esse é um feito contestado entre nós pela historiografia nacionalista, que desde o século XIX tentou rebater as possibilidades e as capacidades dessas incursões marítimas mais remotas — observou Daniel.

Michael encolheu os ombros e continuou:

— Claro, mas Alfredo Martin sustenta que essa viagem de Hannon teria sido projetada no contexto da rivalidade entre Cádiz e Cartago, nos séculos IV-III a.C. Existem hoje evidências arqueológicas disso, encontradas, por exemplo, em vários pontos da geografia equatorial africana, da Costa do Marfim à foz do rio Congo. Moedas...

— Moedas! — interrompeu Martin afastando bruscamente o copo dos lábios. — Sim, sim. Isso mesmo! Lúcia! Você já falou a eles das moedas encontradas nessa ilhota enigmática e que foram identificadas como sendo cartaginesas?

— Quer dizer, no Corvo? — perguntou Daniel, inclinando-se sobre o prato.

Lúcia acenou afirmativamente.

— Reservei para vocês a oportunidade de ouvirem o meu tio contar essa outra história que também acontece na ilha do Corvo — explicou a jovem, trazendo para si uma suntuosa taça de mousse de manga.

— E essas moedas foram datadas? — perguntou Michael.

— Chegaremos lá — acalmou o anfitrião. — Preciso confessar que devo ao meu amado e genial René Chateaubriand a possibilidade de ter encontrado o fio desta meada que me levou até as moedas da ilha do Corvo. Mas vamos esperar pelo excelente café do Alfredo e também pelo chá da Katherin...

Minutos depois, no espaço da varanda, Lúcia e os amigos rendiam-se às virtudes da camomila e da hortelã, que a mulher de Martin servira em aromáticas infusões. O bibliófilo luso-francês, que tinha subido até a biblioteca, voltou com um grosso volume encadernado embaixo do braço: o primeiro tomo das *Mémoires d'Outre Tombe,* do seu semi-compatriota François René Chateaubriand.

Já sentado e servido do seu conhaque pelo silencioso mordomo, o ex-bibliotecário procurou as páginas pretendidas:

— É curioso registrar que este grande escritor aceitava como provável que os Açores tivessem sido conhecidos dos Cartagineses. Mas o que vocês talvez não saibam é que este imortal autor do *Gênio do Cristianismo* esteve durante um certo tempo nos Açores, por onde passou depois de ter deixado a pátria, em 1791, rumo à América, para escapar dos furores da Revolução Francesa. Na sua rota passou pela ilha Graciosa, nos Açores, onde esteve a ponto de naufragar. Pois bem. Como resultado desse incidente, Chateaubriand acabou por ser recebido pelos frades do convento franciscano de São Boaventura, em Santa Cruz das Flores. Numa passagem do seu livro *Voyage en Amérique*, Chateaubriand diz ter recolhido naquele lugar a tradição, viva também entre os naturais da ilha das Flores, da existência da estátua equestre, mostrando o Ocidente com o dedo, erguida na ponta rochosa da ilha do Corvo. É essa mesma tradição popular que o leva a se imaginar na pele de um explorador ao abordar o ilhéu do Corvo e escrever... aqui está, vejam, na página trezentos e trinta e nove... *"J'approche de ce monument extraordinaire. Sur sa base, baignée de l'écume des flots, étaient gravés des caractères inconnus; la mousse et le salpêtre des mers rongeaient la surface du bronze antique...*[31]*"* — citou, solene e declamatório, provocando sorrisos nos convivas.

A referência ao bronze não passou despercebida a Lúcia:

— Está aí. Ele também fala no *bronze* antigo da estátua. Uma va-

---

31   "Eu me aproximo deste monumento extraordinário. Sobre sua base, banhada pela espuma das ondas, estão gravados caracteres desconhecidos; o limo e o salitre dos mares corroem a superfície do bronze..."

riante nas narrativas que ainda não identifiquei, mas que o padre Camões desmentiu de forma clara. Vocês se lembram?

— E por que não supor que ele poderia ter sido o tal imigrante francês, autor da tão falada *Memória* enviada ao governo em Lisboa? — propôs Sara, dirigindo-se aos colegas.

O erudito franziu as espessas sobrancelhas e apreciou os derradeiros resquícios do conhaque antes de responder.

— Uma boa pergunta. Talvez, quem sabe? — disse, pensativo. — Mas ainda não terminei. O mais curioso foi que, durante a sua estadia, Chateaubriand foi informado pelos frades do convento de Santa Cruz sobre a descoberta de um conjunto de moedas cartaginesas e cirenaicas encontradas nas ruínas de uma casa, na ilha do Corvo, em 1749, ou seja, quarenta e dois anos antes, depois de uma noite de furiosa tempestade...

23

ILHA DO CORVO
4 de novembro 1749

O vento era um grito contínuo e lancinante, dias a fio desenfreado. A pequena ilha estava submetida ao açoite violento vindo do oeste, que acometia pessoas e bens, ambos esparsos e débeis, arrebatados por um inferno líquido, como se a ordem dos elementos houvesse se invertido e o mar tivesse tomado o lugar do céu. As fortes pancadas de água trazidas no ventre da tempestade arrebatavam pequenas pedras das partes mais altas do ilhéu, que se entregava, rendido, sob as chicotadas das vagas.

Ao cabo de uma semana de medo, tendo se acalmado a borrasca, o povo humilde que se encolhera nos poucos refúgios, foi saindo deles, aqui e ali, expondo-se ao ar cada vez mais sereno. Tementes a Nossa Senhora dos Milagres, os corvinos creditaram a ela as suas vidas e os bens sobreviventes. O que viram tocou-lhes fundo, numa dor imensa e grave, como a ferida que afligia todo o corpo do ilhéu, semeado das vidas dos que iam resistindo aos apelos dos baleeiros com sotaque das Américas.

Na costa oeste, o cenário apocalítico inspiraria Bosch para uma esplêndida obra de danação, fome e castigo que tocaria o mais empedernido dos seres, tamanho o estrago que por aqueles lados imperava.

Um dos primeiros habitantes do Corvo que conseguiu recobrar o ânimo e recomeçar a busca pelo sustento foi um pedinte maltrapilho, que habitualmente vagava descalço pelas veredas e caminhos conhecidos. Agora ele tentava encontrar os caminhos de novo, passo a passo, levando com ele um esquálido burro ao lado, por sobre destroços encharcados e escórias vulcânicas desnudadas pela intempérie.

O homem estacou, de repente, no final de uma trilha desfeita, quase na borda de uma encosta baixa e que ele tinha deixado de percorrer havia alguns anos. Poucos metros adiante, rodeado por um campo de urze, destacava-se um edifício em ruínas, ou o que restava dele, tal era a condição do esqueleto que ali resistia, como um espantalho na contra-luz da tarde. Uma vaga lembrança do que havia sido antes uma casa, iluminou-lhe o rosto sujo. O pobre homem puxou rapidamente o asno atrás de si e penetrou nas sombras daqueles fantasmas de paredes. Quase caiu nos alicerces do edifício destruído, subitamente revelados. Sondou vagarosamente o interior, à cata de restos que pudessem render alguns reis. Algo lhe chamou a atenção. Com cuidado, esfolando a magreza nas pedras arruinadas pelo dilúvio de água, abaixou-se, abaixou-se mais, até resgatar com as duas mãos um objeto escuro, em forma de sino.

Quando levantou-se, o mercador esfarrapado exultou com o achado: um vaso de barro negro quebrado que escondia algumas dezenas de moedas. Algumas delas reluzentes sugeriam o brilho do ouro. Mergulhou nelas os dedos magros, acariciando-as com volúpia.

Tocou o asno sobre as pedras agudas, abrindo caminho onde não havia. Cantarolava baixinho, as pernas trêmulas impacientes para chegar, apertando cioso contra o peito a inesperada dádiva, enquanto um bando de andorinhas-do-mar dava rasantes sobre o terreno à sua frente.

O lusco-fusco acolheu a ele e ao asno, exaustos mas felizes, na povoação. E ali logo o mendigo anunciou, em voz alta, com a generosa indulgência dos humildes, que tinha com ele um tesouro, arrancado das ruínas sem nome. Sem soberba, que ele nunca experimentara, o pobre mercador imitou, ali mesmo, o desprendido São Francisco, ao partilhar com os conterrâneos boa parte do seu tesouro.

Ninguém soube o número total das moedas que estavam guardadas na vasilha, nem o nome do seu proprietário. Apenas que, dias mais tarde, um anônimo corvino entregou alguns exemplares no convento de São Boaventura em Santa Cruz das Flores. Dali, um olhar de maior conhecimento fez seguir as moedas para Lisboa, passando por Madri, onde foram entregues para alguém que, partilhando os mesmos votos de pobreza, castidade e obediência que os irmãos de Santa Cruz, era bem mais esclarecido do que eles em erudição e malgrado, além da cor negra do hábito: o padre Enrique Florez de Setién y Huidobro, da Ordem dos Cônegos Regrantes de Santo Agostinho, o mais aclamado numismata ibérico da época.

24

CONVENTO DE SAN FELIPE EL REAL, MADRI
2 de julho de 1761, 12:00 horas

O sol estava abrasador quando um homem alto e robusto chegou à
Puerta del Sol, no coração da capital espanhola. Abrira o casaco acintu-
rado na vã esperança de iludir o mormaço abrasador do meio-dia. Achava-
se de novo na Madri *das cabanas e dos conventos*, oportuna definição de
Carlos III, o monarca napolitano investido no trono de Espanha dois anos
antes. O estrangeiro, contumaz viajante daquelas paragens, estranhou
que o centro da cidade se parecesse com um estaleiro: o piso das calçadas
e o asseio da via pública prenunciavam a nova face da cidade, projetada a
partir do vigoroso traço do arquiteto Francisco Sabatini e dos rigores das
determinações régias. O lixo quase sumira das estreitas *calles* ao redor
da praça, antro dos jovens varões que ainda rondavam como lobos, e às
escondidas das autoridades, as decrépitas *casas de malícia*. O homem
parara no passeio do outro lado da praça, perto da casa de Francisco
Laso, mercador de livros, oásis ilustrado naquele local de misérias do
corpo e da alma. Ofegante, limpando com o lenço do pescoço o suor
que lhe manchava as rendas da camisa, olhou à sua frente as varandas
de San Felipe el Real e, momentos depois, avançou em passadas largas
e calmas pelo piso escaldante.

A porta do convento abriu-se, finalmente, depois de um par de sonoras pancadas nos grossos batentes, enrijecidos pelos anos e pelas ferrugens. Um frade, de pequena estatura e que escondia o perfil adunco no capuz negro, ouviu o visitante apresentar-se, depois de tirar o chapéu de abas largas, decorado com plumas de avestruz: Johann Franz Podolyn, aristocrata sueco, nascido em Lisboa, de onde acabara de chegar para falar com o padre Enrique Florez. O confrade porteiro acenou com a cabeça e convidou o visitante a segui-lo. Atravessaram a placidez do grande claustro e o silêncio dos jardins interiores, expostos ao sol inclemente e à turbulêndia dos insetos que cruzavam com as sombras dos professos em oração mental, suspensos de tudo e fora do mundo. Os degraus da escada em curva, que rangiam a cada passada, castigados pela idade, davam acesso ao piso superior e aos aposentos dos frades, cujas portas perfilavam-se ao longo de um corredor interno, envolto em penumbra e com o ar parado. O religioso deteve-se diante de uma porta singela de madeira de pinho escurecida e bateu duas vezes, discretamente, com os nós dos dedos. A porta entreabriu-se lentamente libertando um bafo úmido de papel antigo acentuado pelo calor.

— Irmão Florez, tendes aqui uma visita de Lisboa... — informou num sussurro o frade-porteiro.

O rosto estreito e pálido do padre Florez emergiu no limiar da porta.

— *Señor* Podolyn? — perguntou ele.

— Sim, meu bom padre. Sou eu. — foi a resposta do outro, enquanto o seu guia se afastava, depois de uma rápida inclinação de cabeça.

— Graças a Deus que chegastes. Temi que este braseiro, que toma Madri por esta altura, pudesse tornar a vossa jornada demasiado penosa...

— Tendes razão, padre Florez. Bem temi poder faltar ao nosso encontro. Mas quando passamos por Aranjuez, e avistei o Tejo que deixara em Lisboa, senti-me reavivar... — assentiu o visitante passando o plastrão[32] pelo rosto e pescoço suados.

— Deixai-me dizer-vos, desde já, que muito me alegrou a vossa carta e o espírito de curiosidade e estudo que revelais... — disse o religioso oferecendo uma jarra de água fresca do poço do convento e uma cadeira ao visitante. Este agradeceu e, de um só gesto, sorveu o líquido apaziguador. Quando acabou, limpou o bigode extenso e alourado que coroava o seu lábio superior e lhe acentuava o sorriso.

O aposento do erudito era melhor do que a maioria das toscas celas comuns do convento, que a vontade do futuro Filipe II, reza a tradição, mandara erguer em 1574. Uma janela alta filtrava a luz diurna minimamente necessária para o trabalho intelectual. Nas horas noturnas, um candelabro de seis velas imperava numa mesa alta e larga povoada por uma pilha anárquica de papéis e livros. No canto oposto, um catre arejado e sóbrio, em caixa de pinho, assegurava o merecido descanso a tão notável saber, regido por um crucifixo.

O padre Florez, um sexagenário de ar franzino e estatura mediana, vestia o hábito negro dos Cônegos Regrantes de Santo Agostinho. No rosto destacava-se o nariz, comprido, entre dois olhos vivos, que projetavam uma testa alta e coroada pelo cabelo ralo e escuro, aparado segundo as normas dos mendicantes. Nascera no seio de uma família modesta e fértil de Burgos, um dos dez filhos que a sorte e a persistência conduziram à glória das academias e à proteção dos soberanos espanhóis. Que outras honras poderia aspirar alguém que foi historiador oficial de Fernando VI de Espanha, autor da monumental *España Sagrada*, já com vinte e nove volumes, catedrático da Universidade de Alcalá de Henares — posto a que

---

32 Tipo de gravata.

havia renunciado três anos antes —, membro do Conselho da Inquisição espanhola, condição que lhe facultava o convívio entre os mais poderosos do reino e o privilégio de ter acesso a livros proibidos? — perguntava a si mesmo o sueco posto agora diante do homem que, era o que se dizia, não hesitava em destruir as fontes quando elas não condiziam com a sua visão da história do catolicismo e do nacionalismo espanhol...

As raízes nórdicas e protestantes de Johann Podolyn conferiam a ele uma amplitude de espírito bem maior do que a rigidez católica do sul europeu, ainda que ele evitasse observações que alertassem os ouvidos das ortodoxias.

O erudito espanhol decidira, entretanto, que tinha chegado o tempo de se recolher ao anonimato de San Filipe el Real e à atmosfera contemplativa da comunidade dos Agostinhos. Já instalado na Puerta del Sol, despontara nele um interesse inesperado pelas ciências naturais. E, se vivia discreta e frugalmente, tinha a seu dispor alguns privilégios que o seu estatuto conferia, como o de poder instalar um museu numismático, para o seu prazer e dos curiosos, no espaço do convento.

De fato, a numismática e a epigrafia atingiram o cúmulo do seu multifacetado talento. Em nome delas viajou longas distâncias e muitas vezes o padre Florez, percorrendo os locais históricos e juntando espécimes, inscrições e legendas. Deste modo, edificou uma obra que foi se alastrando pela Europa da Ilustração e nela adquirira autoridade.

Johann Podolyn encontrou o pretexto ideal para saber a resposta que há muitos anos buscava e que tinha motivado tão cansativa peregrinação. Encontrara a pista de sua busca ao acompanhar, como tutor, em viagens ao estrangeiro, os filhos do grande mercador sueco Patrik Ausltromer, rico manufator de Gotemburgo. O seu gosto pela arqueologia e pela numismática acabariam por fazer jus à sua condição de membro da sociedade literária e científica desta cidade sueca.

— Não há ninguém em toda a Europa culta que não admire e estime o vosso trabalho, padre Florez. Por isso, deveis ter uma opinião fundada sobre a origem das nove moedas encontradas na ilha do Corvo e que há largos anos foram remetidas ao vosso autorizado juízo...

— Sim, posso assegurar-vos que dos nove exemplares que recebi, dois são moedas cartaginesas de ouro, cinco também cartaginesas de cobre, e duas moedas cirenaicas, também de cobre, que representam todos os tipos de moedas encontrados na ilha — descreveu o numismata em tom grave e monocórdio. — Também posso afiançar-vos que se trata das melhores escolhas em termos de conservação. Vinde aqui — chamou o agostinho, gesticulando. — Por gentileza, retirai-me aqueles três tomos amarelados ali de cima.

Podolyn levantou-se e, com ajuda de sua estatura, apanhou os compêndios de uma caótica prateleira por cima da mesa.

O erudito espanhol sacudiu o pó das lombadas e consultou ponderadamente os índices da sua mais recente obra, *España Carpetana*, exaustivo tratado sobre as medalhas das colônias, municípios e antigas localidades da Espanha, em três compactos volumes impressos, quatro anos antes, em Madri. Depois de ter aberto um dos volumes e localizado um capítulo em particular, o erudito abaixou-se, abriu uma das gavetas centrais da mesa e retirou um pequeno saco. Um som metálico denunciou fatalmente o seu conteúdo.

As nove moedas da ilha do Corvo — pensou Johann Podolyn. Sentiu a comoção crescente de quem se preparava para conviver com a intimidade da história. Como um flagrante momento histórico, longínquo, espectral, nas brumas de uma pequena ilha atlântica...

— Aqui tendes as tão celebradas moedas — exclamou, com voz pausada, o padre Florez, como quem revela um segredo, espalhando o conteúdo do pequeno saco sobre a mesa. As nove moedas, à luz de um jorro de sol que irrompera no quarto, pareceram reaver por alguns momentos o seu brilho original. O sueco aproximou-se e pousou o olhar sobre elas, sem ousar tocá-las.

— Cuidei delas ao longo destes últimos anos como se fossem minhas filhas espirituais e diletas — disse o numismata espanhol, com um tom nostálgico na voz.

— Mas que antiguidade podereis atribuir-lhes? — arriscou o sueco.

— *Señor* Podolyn, pelas referências contidas nos meus tratados e noutras obras de superior autoridade numismática, podemos asseverar, com certo grau de certeza, tratar-se de duas moedas fenícias do norte de África, da colônia de Cirene, entre o Egito e a Numídia, e de sete moedas cartaginesas. A minha experiência diz-me que são genuínas, podendo ser datadas de um período entre os anos 340 e 320 antes de Cristo — afirmou o padre Florez, taxativo. — Vede aqui estas estampas de espécimes similares — apontou ele, chamando a atenção de Podolyn para um dos volumes da *España Carpatena*. — Se as compararmos, nos mínimos detalhes, as dúvidas parecem dissipar-se. Então, que vos diz a vossa sensibilidade de curioso numismata?

— São iguais! — exclamou o visitante, sem hesitação, saltando o olhar das efígies estampadas para as moedas vivas que ali podiam ser comparadas.

— Ora aí está — confirmou o padre erudito. — A não ser pelas duas moedas de ouro, como podeis verificar nas descrições do nosso tratado, não se trata de moedas particularmente raras. Estranho, isso sim, é o lugar em que foram encontradas — considerou, imprimindo às palavras uma tonalidade de desafio e dúvida.

Uma sentença desta dimensão e autoridade punha fim ao propósito da viagem e à penitência do terrível calor que o aguardava na rua com renovado fôlego. Nada mais o retinha ali. Gratificado pelo acolhimento,

Podolyn despediu-se do anfitrião. Estendeu-lhe as mãos e ficou surpreso quando, em resposta, o padre Florez despositou o pequeno saco de moedas em suas palmas abertas.

25

CONVENTO DE SAN FELIPE EL REAL, MADRI
20 de agosto de 1761, 8:00 horas

Havia algum tempo já que a irmandade se dispersara na sua rotina diária, cumpridas as orações matinais. O grande claustro regurgitava já uma luz morna que ia aquecendo o passeio por onde alguns irmãos caminhavam enquanto liam os salmos.

Estranhamente, o padre Enrique Florez não tinha descido ao refeitório nessa manhã. Preocupado, o superior do convento mandou que se averiguasse o porquê de tal ausência. Um irmão subiu ao quarto do erudito, bateu à porta, uma, duas, três vezes, sem obter resposta. Desceu apressadamente para avisar o superior, que logo mandou buscar a chave-mestra e correr ao quarto do erudito. *Estaria doente?* — pensou o frade, lembrado de rumores recentes que diziam que o numismata estava debilitado, com maus ares.

Um pequeno bando de hábitos negros irrompeu pelo quarto, mal a porta foi aberta. Os olhares dos imãos foram de imediato atraídos para a cama, onde viram o padre Florez deitado. *Dormia?* — pensaram primeiro. *Imóvel...* — verificaram os frades, rodeando o corpo inerte. *Morto...* — certificaram-se, logo em seguida, uma vez verificados os sinais vitais, através do pulso e do espelho que não embaçava...

Uma comoção surda caiu sobre os perplexos religiosos. Uns escondiam o rosto com as mãos, outros procuravam atinar, ainda incrédulos, a ruína de um filho ilustre da Espanha, servo de Deus e da Sagradíssima Igreja, severo vigilante das ortodoxias e íntimo confidente de soberanos.

Ali mesmo, em surdina, suspeitas foram tecidas em retrospectiva, avaliaram-se sinais, trejeitos e reações. Sim — concordavam — o padre Florez não era o mesmo fazia já algum tempo. Revelava, nas últimas semanas, um cansaço crescente, que o transformava em um homem letárgico e deprimido, queixando-se de náuseas e problemas digestivos... O superior, homem dado às medicinas no mundo profano, perscrutou mais atentamente a sua máscara de morte, em busca de indícios. Discretamente, tocou nos braços, desceu até as mãos, os dedos... Então, inclinou-se para o defunto e apurou o exame pelo tato.

— Hum... estas linhas claras nas unhas dos pés e das mãos... Seria possível, imaginável sequer? Se a sua ciência não estivesse equivocada, poderia se arriscar a pensar que o padre Florez tinha sido... Não. A razão impedia-o de aceitar... Mas, aqueles sinais — o superior ficou estarrecido só de pensar — pareciam testemunhas vivas, de acusação...

Tudo levava a crer que o respeitado erudito tinha sido envenenado. Com arsênico.

26

LISBOA
14 de novembro de 1778, 00:30 horas

Provido de bens por herança familiar, Joahnn Franz Podolyn alcançara meios e tempo para se dedicar ao estudo das antiguidades e das artes em geral. Sempre que se reunia com os amigos, o sueco comprazia-se em recordar a sua bem sucedida missão a Madri, em 1761, onde havia recebido do padre Enrique Florez o inesperado prêmio pela sua curiosidade de amante das antiguidades. Suprema recompensa, o erudito espanhol acabara por depositar nas suas mãos as peças comprobatórias sobre as origens do tesouro numismático recolhido vinte e nove anos antes no ilhéu do Corvo.

Com créditos assim sustentados, a Sociedade de Gotemburgo, de que Podolyn era membro, acolheu sem reservas, no volume I do *Göteborgske Wetenskap og Witterhets Samlingar*, relativo a esse ano de 1778, uma notícia intitulada *"Algumas anotações sobre as viagens dos antigos, derivadas de várias moedas cartaginesas e cirenaicas que foram encontradas em 1749 numa das ilhas dos Açores"*.

Com esta revelação, o multifacetado sueco iniciou uma intensa controvérsia sobre o tema nos meios acadêmicos especializados, de que se regozijava nos encontros dos quais participava. As origens aristocráticas do expansivo Podolyn não o inibiam de conviver com outros estratos sociais, da nobreza cortesã aos burgueses mais abastados, ou com intelectuais iniciantes nos saraus lisboetas. Vestia-se com requinte e era exótico no paladar e nas companhias que levava à mesa. Apreciava também a música e o canto, atividades das quais participava ativamente.

Assim foi vivendo o feliz Podolyn, por ter inquietado as certezas acadêmicas. Mas também este participante do episódio das moedas corvinas não iria conhecer melhor sorte do que a do numismata espanhol. Exímio nas artes da esgrima, o nórdico não conseguiu fazer valer seus dotes numa madrugada chuvosa, depois de uma animada ceia entre amigos.

Embaixo de soturnas e vazias arcadas de Lisboa, a morte esperou por ele com uma longa lâmina, aguda e silenciosa...

27

DIAS ATUAIS
ARREDORES DE SINTRA
6 de maio, 16:00 horas

Depois de ter resistido estoicamente ao assédio de Katherin, que o perseguia com um chá de pés de cereja e barbas de milho, Martin se recompôs na *chaise longue* da detalhada descrição que tinha feito das moedas do Corvo e dos seus protagonistas. Enquanto dissertava, ocupou-se em limpar mecanicamente o seu cachimbo favorito e enchê-lo com nova provisão de Black Cavendish, trazido pelo imperturbável Alfredo. Ao fundo, como um terremoto, ribombava pela casa a sonoridade tremenda do Coro dos Escravos Hebreus[33]...

— Devo dizer que a roda da fortuna sorriu para mim, porque há uns dez anos pude resgatar, em um velho livreiro de Lisboa, um precioso exemplar das tais *Memórias da Sociedade de Gotemburgo*, em que Podolyn se referiu, pela primeira vez, ao exame do espólio monetário do Corvo feito pelo padre Florez. Foi assim que tomei conhecimento da deliberação do erudito espanhol — confessou o bibliófilo, entrecortando as palavras com as baforadas de fumo que expelia com deleite. — No seu texto, o literato sueco se mostra convicto de que os fenícios ou os cartagineses tinham visitado as ilhas açorianas não apenas por acaso

---

33   Terceiro ato da ópera *Nabucco*, de Verdi.

ou levados pelas tempestades. Para Podolyn, o fato de terem erguido uma estátua significaria que tinham estabelecido ali uma comunidade, prosperando de tal maneira que teriam chegado ao ponto de erguer um monumento daquela envergadura. Mas admite também que a intenção possa ter sido a de deixar um sinal sobre a existência de terras a oeste...

— disse Martin, fazendo circular em gestos amplos o cachimbo no ar.

Michael aproveitou para questionar:

— Mas o senhor não acha que existem aspectos pouco claros nessa história? Por exemplo, o que essas moedas faziam nas fundações de uma casa em ruínas, na minúscula ilha do Corvo e nos limites do arquipélago? Quem teria levado as moedas para lá? A existência delas bastaria para provar a estadia dos seus utilizadores na ilha do Corvo? Vocês entendem? São detalhes que qualquer historiador consciente vai ter de elucidar...

— acrescentou o americano.

— Sim, de fato, qualquer advogado do diabo diria sem pestanejar que se trataria da coleção de algum abastado aristocrata da ilha, apaixonado pela numismática, assim como Podolyn, e que nunca seria a prova da utilização corrente dessas moedas por habitantes temporários de Cartago naquele local, alguns séculos antes de Cristo... — opinou Sara, completando a dedução.

— Não me parece impossível que moedas cartaginesas de ouro fossem usadas ainda pelos árabes, pelo seu próprio valor intrínseco — pontuou Daniel, por sua vez. — O que me parece bem mais improvável são as moedas de cobre, cujo uso só faria sentido para o próprio povo que as fez.

O ex-bibliotecário teve um súbito acesso de tosse, acossado por um excesso de fumo. Passada a crise, retorquiu:

— As moedas podem ter sido guardadas ali como uma reserva que pudessem usar numa próxima passagem dos navios... hum... isso faria especialmente sentido se não existisse uma presença regular na ilha, e se a sua localização... hum... fosse no meio do oceano Atlântico.

— Sim, mas quando assim se procede, as moedas guardadas geralmente são de baixo valor e nunca de ouro... — rebateu Daniel.

— Tudo bem, mas não esqueçam da hipótese de que o proprietário da casa em ruínas, no Corvo, talvez não fosse o primeiro nem o legítimo detentor da moedas. Simplesmente pode tê-las achado em outro local, não é? — interviu Lúcia.

— Que não teria nada a ver com o local explorado pela missão arqueológica do nosso colega B. Isserlin! A análise do vaso que continha as moedas é que seria essencial. Hoje, qualquer aprendiz de arquéologo sabe disso... — apontou Michael, atento aos detalhes metodológicos.

— Houve algum estudo independente das moedas do Corvo, posterior ao do padre Florez e de Podolyn? — quis saber Daniel.

Martin sacudiu os últimos resquícios de tabaco da borda do cinzeiro e esclareceu:

— Sim. Existe o parecer do eminente geógrafo alemão Alexander Humboldt, que marcou as ciências naturais entre os séculos XVIII e XIX. Ele não tem dúvidas quanto à autenticidade das moedas, uma vez que os seus desenhos foram comparados com as moedas conservadas no gabinete do príncipe real da Dinamarca.

— Mas não foi este mesmo Humboldt quem sustentou que os árabes e os normandos teriam visitado os Açores na Idade Média? E que poderiam ter sido eles que levaram as moedas fenícias para o Corvo? — perguntou Lúcia.

O tio arregalou os olhos e reagiu prontamente, braços no ar:

— Olha, Lúcia, essa hipótese não tem pé nem cabeça! Os normandos apareceram muitos séculos depois da destruição de Cartago e da cunhagem das moedas na Sicília, em Panormo, atual Palermo, fundada pelos fenícios. A verdade é que a visita dos Árabes aos Açores não está documentada, muito menos a dos normandos. Não há nenhum motivo para atribuir a eles o papel de transportadores das moedas cartaginesas para os Açores. É um vício dogmático essa insistência no *sabe-se*, como Humboldt pretende. Porque não se sabe, não senhor! Se aceitássemos a doutrina do sábio alemão, teríamos de concluir que em todo lugar onde se encontrarem moedas cartaginesas devemos logo dizer que foram os árabes e os normandos que as conduziram para os mais diferentes lugares a partir das ruínas de Panormo! — revoltou-se Martin, num crescendo de exaltação, o rosto transformado num rubi faiscante.

Ato contínuo, o bibliófilo inclinou-se e retirou da parte de baixo da mesinha central da varanda um volume que colocou no colo. Abriu-o e, como um sacerdote que transmite o saber aos iniciados, informou os quatro ansiosos ouvintes:

— A minha pesquisa me levou até esta obra fundamental: *Carthaginian gold and electrum coins*, de G. K. Jenkins e R. B. Lewis, publicada pela Royal Numismatic Society, de que sou membro. Façam o favor de ver o capítulo dedicado às gravuras originais das moedas do Corvo, publicadas em 1778 no estudo de Podolyn-Florez. Lúcia, você se importa de ler aos seus colegas esse excerto de Jenkins e Lewis que sublinhei a lápis? — pediu Martin.

A historiadora pegou no compêndio e traduziu:

"As duas moedas de ouro têm cerca de noventa e cinco por cento de ouro, e a moeda de bronze número seis é uma variante do tipo básico cunhado durante a Segunda Guerra Púnica. Existe também uma outra de bronze datada do séclo III a. C. , da Cirenaica".

Martin pegou o copo e levou-o à boca, fazendo desaparecer o último trago de uísque. Levantou-se da sua cadeira predileta e, rondando o círculo dos seus ansiosos ouvintes, foi explicando:

— Meus amigos. Especialistas de renome, como o professor Bernardt, aceitaram o trabalho do padre Florez e atestaram a descoberta das moedas na ilha do Corvo como autêntica, assim como as suas origens cartaginesas e cirenaicas. A datação foi novamente testada por comparação com novas séries de moedas do período entre 330 e 320 antes de Cristo. O próprio perito, diante das conclusões dos tratados de numismática, está propenso a aceitar a descoberta dos Açores pelos cartagineses no fim do século IV antes da era cristã!

28

LISBOA, MARGENS DO TEJO
6 de maio, 22:00 horas

Os pés do homem avançavam pelo areão e provocavam um ruído de esmagamento crepitante que arrepiava a morna quietude noturna do lugar. A cadência certa da passada assumia um rigor quase militar numa parada sombria, sob um céu cor de chumbo, ausente de luar. O homem aproximou-se de um automóvel de luxo, estacionado à beira do Tejo, apenas com as lanternas acesas e protegido do fluxo de carros que escapava da cidade para a noite libertadora das pulsões.

Já perto do carro, o homem diminuiu o passo e parou. Olhou vagarosamente em volta, examinando cada intervalo de sombra entre os postes próximos que pontuavam a serenidade lenta do grande estuário. Depois, avançou. Bateu com os nós dos dedos na janela dianteira do lado direito. A porta se abriu. O homem desapareceu no interior obscuro.

O condutor manteve-se imóvel, mãos grudadas na parte superior do volante. Apenas os olhos passeavam pelo negrume próximo do rio. Sem mexer a cabeça, perguntou secamente ao recém-chegado:

— Novidades?

— Como você já deve estar sabendo, estiveram nos arquivos... Não conseguiram nada... — respondeu o visitante, com voz insegura.

— Esperemos que não. — disse o outro, pouco amistoso. — Para o

seu bem. Presumo que você entendeu bem a mensagem desta manhã...
— advertiu, elevando o tom de ameaça.

— Pode ficar tranquilo... Estarei atento...

— A moça é teimosa e o americano, perspicaz. O que importa é que as pistas sejam apagadas. Também estamos preocupados com o velho...

— Estou fazendo o melhor que posso... Não é justo ter que ouvir intimidações... — arriscou o homem.

— Desgraçado! Não me venha com integridades... Você não tem escolha! Pensa bem no que você fez antes... Nós safamos essa sua pele miserável! — exaltou-se o outro, sem tirar as mãos do topo do volante, olhar impávido no breu que iludia as águas mais adiante.

Um intervalo insustentável de agonia preencheu o espaço entre os dois, numa tensão desconfortável em chocante contraste com o requintado interior do automóvel. A voz rouca do condutor quebrou o silêncio:

— Vá. Vá e trate de eliminar esta ameaça — ordenou rispidamente, enquanto o homem abria a porta. Antes que desaparecesse, envolvido pela noite, ouviu ainda uma advertência que lhe gelou o sangue:

— Ou você é a solução ou parte do problema. Você pode se salvar, ou se condenar...

29

SINTRA
7 de maio, 15:00 horas

Na véspera, já noite, de volta ao apartamento em Lisboa, o quarteto ponderara sobre a situação e as opções a seguir. Lúcia estava preocupada com a possível interferência de detetives privados, agentes de seguradoras, traficantes internacionais, representantes de museus, sabe-se lá que mais... Sara apontava alvos urgentes para a pesquisa: os arquivos da Chancelaria de D. Manuel I. Sim, ela reconhecia, era uma tarefa ciclópica. Mas eles tinham que prosseguir por algum lado. De Boston, Marylin ia pedindo regularmente notícias a Michael...

Estavam se preparando para executar esta agenda quando o celular de Lúcia tocou. Do outro lado da linha, soava uma voz serena, fina, entre tímidos pedidos de desculpa. Adriana Sampaio, dona de uma livraria em Sintra, livreira especializada em temas esotéricos, explicava como tinha obtido o contato: por um telefonema de dois dias atrás, de Gonçalo do Canto, seu velho amigo de infância e com quem, no passado recente, tratara regularmente da venda de primeiras edições para a Biblioteca Nacional. A conversa entre os dois acabou abordando, casualmente, o encontro em Ponta Delgada sobre as Ilhas Imaginárias do Atlântico e foi parar no empenho de Lúcia e Michael em desbravar o enigma da ilha do Corvo e o seu eventual pré-descobrimento.

— Gonçalo me confessou ter uma estima muito especial pelo seu trabalho. Falou do seu tio, que ele conhece tão bem, e do trágico desfecho da carreira dos seus pais... — disse-lhe Adriana, antes de uma curta pausa de contenção. Com a mesma serenidade na voz, a livreira confidenciou:

— Eu sei de algo que talvez possa ajudar na investigação. Se quiser passar aqui amanhã à tarde, podemos conversar...

— Ah é? Sim, claro que estarei aí! — confirmou Lúcia, sem hesitar. Mal desligou, depois de combinada a hora da visita a Sintra, dividiu com os restantes a mais recente novidade. Experimentaram todos um novo fôlego de esperança.

Adriana Sampaio era uma mulher simples, impecável no vestir, estatura mediana e cabelo curto liso, com a cor da maturidade. Militante de causas, ativista ecológica, fazia do olhar resoluto e da serenidade o seu cartão de visitas. Recebeu afavelmente Lúcia e Michael na porta do seu espaço de ócio, mais do que negócio. O sol morno brilhava nos verdes ao redor, submissos e ondulantes pela ação de uma brisa oeste. A livraria de Adriana, que ocupava o piso inferior de uma casa antiga, no sopé da mítica montanha de Sintra, que se erguia à sua direita, fazia as vezes de santuário reservado aos *bons espíritos* que se alimentavam de reflexões gnósticas e outras heterodoxias.

Mal tinham entrado nesse pequeno reduto, Lúcia e Michael viram-se cercados de pequenas mesas ou estantes envidraçadas, que ostentavam preciosidades literárias de um saber desconhecido de muitos e procurado por poucos. Um forte odor típico de papel, impregnado pelo tempo e pela austeridade, marcava alguns recantos do espaço em ambas as alas do respeitável casarão de pé direito alto.

Feitas as apresentações, a dona da livraria levou os dois para uma minuciosa apresentação pelos cantos do espaço, um ritual de reconhecimento que ela proporcionava somente para pessoas da sua confiança. Depois, Adriana conduziu-os até o pequeno escritório, misto de depósito de livros mais raros e ambiente para conferências para convidados, longe de ouvidos vulgares. Sentaram-se num sofá, testemunha de muitas revelações, parcialmente atulhado de revistas antigas, coleções raras. A alfarrabista contou o histórico da vocação familiar e recapitulou rapidamente as circunstâncias que justificaram o seu telefonema e a sua proposta na noite anterior.

— Pelo que soube, a investigação de vocês se refere à história primitiva açoriana. Logo que meu amigo Gonçalo me falou da reunião sobre a cartografia relativa às Ilhas Imaginárias, a minha memória me fez um sinal. Assim de repente, lembrei de uma obra, pertencente à Biblioteca do Convento de Mafra, e que tinha sido recuperada pelo meu avô, livreiro em Alcobaça, quando a biblioteca do mosteiro se mudou para a Biblioteca Nacional em Lisboa. Imaginem que o transporte desse espólio foi feito em carroças puxadas por burros, de maneira que muitos livros ficaram perdidos pelo caminho. Lojistas de Alcobaça chegaram a decorar as suas vitrines com páginas arrancadas de livros renascentistas! Autênticos tesouros, iluminuras raras servindo como enfeites vulgares!
— indignou-se a livreira veterana, para quem os seus livros eram seres delicados, memórias vivas.

Contou-lhes que, de fato, ela conhecera a obra em questão por causa de um curioso percurso de sobrevivência: saíra incólume do incêndio parcial do Mosteiro de Alcobaça pelos invasores franceses, encabeçados por Massena, em 1810; escapara aos estragos e depredações da primeira transferência em 1834, via Peniche, para Lisboa, de dezenas de caixotes de livros e manuscritos da sua famosa, rara e antiga livraria.

— Uma verdadeira crueldade para um monumento tão inestimável, feito do paciente trabalho dos monges cistercienses. Um insulto ao talento dos seus tradutores, adaptadores e copistas do *scriptorium* de Alcobaça — lamentou Adriana a meia-voz.

Os seus interlocutores se recuperaram do assombro:

— Mas a obra...

— A obra chama-se *Tratado dos Descobrimentos Antigos e Modernos...* — revelou a anfitriã.

— De Antônio Galvão?... — perguntou Lúcia.

— Conhecemos bem, mas não... — acrescentou o americano.

Adriana interrompeu a interpelação:

— Ouçam o resto. Um dia, meu avô me contou que essa obra, resgatada por ele em plena estrada e levada para Mafra, continha um mapa, uma raridade, com o desenho de uma estátua bastante singular, erguida no meio do Oceano Atlântico. Foi isso que ele me disse e nunca mais me esqueci...

Lúcia e Michael entreolharam-se, diante de tão promissora indicação:

— Mas com o desenho de uma estátua? Tem certeza de que ele falou *de um mapa*? No livro de Antônio Galvão? Não poderia ser outro título... — insistiu a historiadora.

Lúcia sabia que, no decurso do século XIX, o literato Antônio Ribeiro dos Santos tinha feito alusão a dois antigos mapas, um deles trazido pelo Infante D. Pedro no retorno da sua viagem pela Europa e Oriente Próximo, no século XIV, e que comunicou ao seu irmão, D. Henrique.

— E essa história merece credibilidade? — estranhou o americano.

— O que se sabe é que Gaspar Frutuoso foi um dos primeiros a falar desse achado em *Saudades da Terra* — lembrou Lúcia. — Dizem que nesse mapa as míticas Antilhas já estariam representadas, e também toda a circunferência da Terra, o Estreito de Magalhães, o Cabo da Boa Esperança e a fronteira da África! Depois, o próprio Antônio Galvão cita o testemunho do seu testamenteiro e editor, Francisco de Sousa Tavares, que confessou ter visto um mapa, em 1528, mostrado a ele pelo Infante D. Fernando, filho de D. Manuel. Teria sido encontrado no cartório de Alcobaça e feito há mais de cento e setenta anos, na época. O mapa conteria toda a navegação da Índia, com o Cabo da Boa Esperança e, como escreve Galvão, *"devia ser o que o Infante D. Pedro tinha trazido, e dele se valeria o nosso Infante para mandar fazer os descobrimentos das nossas ilhas"*. O nosso cronista, navegador e conquistador do Índico e apóstolo das ilhas Molucas, era muito considerado por autores da mesma época, como Diogo do Couto ou João de Barros. O problema é que a historiografia atual se recusa a adotar o testemunho de Galvão, que vêem como pouco confiável, por falta de fontes adicionais.

Estimulada pela sensibilidade da sua ouvinte, Lúcia explicou a ela a diferença entre *experiência adquirida* e simples conhecimento, que tinha aprendido com Pedro de Azevedo, respeitável historiador do início do século XX, para quem *"a virtude de uma invenção não está só no seu descobrimento, mas essencialmente na valorização dela"*. Por isso, ele admitiu como *"doloroso para o amor-próprio português ter de reconhecer que parte das ilhas atlânticas, já muito antes da colonização, haviam sido visitadas por navegadores, provavelmente genoveses ou catalães"*.

A alfarrabista ouviu a explicação da historiadora com a sua imperturbável modéstia. Não sendo especialista, deixava as contestações aos intérpretes autorizados da História. Por isso tinha se disponibilizado a ajudá-los. Curiosa, perguntou:

— Você acha então possível que esse tão falado mapa seja aquele a que se referiu o meu avô?

A jovem historiadora nunca sonhara que algum dia essa clássica alegação pudesse vir a ser confirmada.

— Adriana, a questão é esta: o mapa até pode existir, mas eu nunca esperaria poder encontrá-lo em nenhuma edição do *Tratado dos Descobrimentos...* — confessou Lúcia.

— Talvez seja uma edição desconhecida, propriedade dos monges de Alcobaça. Quem sabe? Não existe uma versão em inglês? — argumentou o americano.

Lúcia esclareceu:

— Sim, Mike, uma de 1601. Mas também não insere mapa nenhum. Depois, a edição seguinte, em português, só apareceu em 1731. Tem algo aqui que não está certo...

De forma alguma os dois investigadores poderiam se mostrar ingratos. Restava-lhes seguir a sugestão de Adriana e avançar para Mafra. Alguém de confiança iria recebê-los. Enfim, não era lá uma pista muito coerente. Mas, quando se despediram, com o sol morno descendo em direção ao poente, entenderam que o sorriso cúmplice da dona da livraria poderia ser um bom presságio.

30

SINTRA
7 de maio, 9:30 horas

O final do dia, coroado por algumas nuvens baixas, era anunciado pelo corre-corre dos turistas em busca das concorridas esplanadas[34] para o jantar. No centro histórico de Sintra, Michael virava a cabeça para lá e para cá, em função das maravilhas emblemáticas do Palácio da Vila, conduzido por Lúcia numa excursão divertida, que testou o vocabulário artístico do americano e aumentou o seu apetite. O passeio terminou ao redor de uma mesa típica, enquanto debatiam sobre o momento atual da investigação, sobre os obstáculos e vicissitudes da busca.

No canto oposto da praça, um desconhecido estava interessado na dupla de historiadores. Não eram propriamente as opções gastronômicas o que mais lhe interessava, até porque a dupla se preparava para pagar a conta e logo sair dali. Apagou o cigarro com a ponta do sapato; a mão pegou um celular e discou um número. Pronunciou meia dúzia de palavras. A resposta foi breve. Em algum lugar, por perto.

A mesa, há pouco ocupada pelo par, estava agora sem ninguém. No canto oposto da praça, o desconhecido afastou-se.

---

34   Em Portugal, lugar para se comer e beber ao ar livre.

No interior de um automóvel, parado nas imediações, outra figura observava o movimento da praça e dos seus transeuntes. Tamborilava com a ponta dos dedos no volante, atento ao menor sinal...

31

ESTRADA FLORESTAL, SINTRA
7 de maio, 20:45 horas

No céu crepuscular, as estrelas despontavam sobre a Montanha da Lua acordando as suas sutilezas e mistérios primordiais. De volta à casa de Martin Lacroix, o automóvel de Lúcia e Michael serpenteava pelas voltas da estrada florestal, aberta entre árvores de copas cerradas, sentinelas altivas que os faróis iam descobrindo.

O mapa referido pelo avô de Adriana Sampaio poderia ser o próximo passo, decisivo, de uma charada que parecia interminável. Michael estava confiante:

— Se esse mapa existe e contém essa referência à estátua no meio do Atlântico, então estamos no caminho certo! Sara e Daniel vão ter uma bela surpresa...

— Espero que tenham se divertido nos arquivos manuelinos... — disse Lúcia, em tom jocoso, com pressa de chegar na casa do tio e confidenciar-lhe a novidade.

A luz à sua frente mostrava o caminho aberto naquele abraço indefinido entre o dia e a noite, responsável por uma contra-luz que ressuscitava espectros animados em cada saliência rochosa...

Subitamente, um carro surgira atrás deles. Lúcia se deu conta dele por causa do incômodo reflexo que a intensidade dos faróis altos produziam no espelho retrovisor. Segundos depois, estranhou a repentina assimetria dos faróis dianteiros do veículo. Olhou de novo pelo espelho. *Que diabo* — pensou ela. *Pareciam se afastar para cada um dos acostamentos...* Um ronco forte de motores cresceu e chegou aos tímpanos dos dois. Então Lúcia percebeu, em rápidos relances, as luzes em movimento que...

Aquilo não era um automóvel.

— Mike... — alertou ela, preocupada, de olhos atentos à estrada. — Atrás de nós. Olhe!

— O que é?... — disse Michael. O americano como que saltou no banco. Voltou-se para trás. E viu duas poderosas fontes de luz crescendo. A uns dez metros. Uma de cada lado da estrada sinuosa. Um ruído aumentando, como uma trovoada, sobrepôs-se a todo o resto. Michael elevou a voz:

— São duas motos! Mas que desgraça!...

— O que eles querem?! — perguntou Lúcia, assustada, tentando não perder o controle do carro. Segurou firme a direção e acelerou. O ponteiro avançou: noventa...

Mais perto, mais... Poucos segundos depois, a primeira batida foi do lado direito, no pára-choques. O carro guinou um pouco. Os freios chiaram...

— Merda! — gritou a jovem, endireitando o volante. Pisou de novo no acelerador: noventa e cinco...

— Mais depressa! — gritou o americano, já debruçado sobre o encosto do banco direito, tentando ver o rosto dos motociclistas. Uma tarefa difícil com os capacetes escuros...

— É fácil falar, Mike! Não estamos exatamente no autódromo! Cretinos!... — os olhos da jovem saltavam num pingue-pongue entre o retrovisor e o chão da estrada que ia desaparecendo cada vez mais veloz embaixo do carro.

O velocímetro atingira os cem. Felizmente, ela conhecia bem o caminho. Mas não podia exigir muito mais de um carro de passeio...

Trinta segundos. Um tempo incrivelmente longo, saturante.

— Esses caras não desistem!? — pragejou o americano, agitando-se no assento, ao ver que as duas *Hayabusa* estavam novamente coladas, uma de cada lado. Uma escolta negra, indesejável e aterrorizante. Como a roupa dos seus pilotos...

Michael abaixou o vidro da janela. Gesticulava com os punhos fechados, sem palavras, tentando repelir o agressor do lado direito, com agonia de presa encurralada. *Infrutífero e patético* — pensou. O americano voltou a olhar para frente e, sob os faixos de luz dos faróis, reparou que, do lado direito da estrada, o nível inferior do acostamento baixava sensivelmente.

Gritou para Lúcia:

— Jogue tudo para a direita! Rápido!

A jovem reagiu na mesma hora. Mas a moto era potente. Com agilidade felina, escapou pelo declive paralelo à estrada, mantendo a perseguição a uns dez metros de distância.

Mas a abordagem continuava do lado de Lúcia. Um ruído intenso, de metal contra metal, deixou bem claro que o outro atacante não tinha desistido. A poderosa motocicleta forçava o carro a derrapar perigosamente para a direita. Dez segundos depois, o pneu do veículo tocou o acostamento de areia grossa. Lúcia manteve a velocidade e virou o volante para a esquerda.

Sessenta infindáveis segundos tinham se passado...

O velocímetro estava perto dos cento e vinte quilômetros por hora. Lúcia sabia que não aguentaria muito mais num caminho como aquele... Estava usando as marchas do carro como se fosse um *Playstation*...

— Mike, me ajude!

Michael ajudou-a a segurar o volante, reagindo aos impactos na direção contrária. Um novo baque, mais potente, sacudiu ambos nos assentos. Pelo retrovisor esquerdo, Lúcia viu a moto que estava do seu lado se afastar um pouco para depois aproximar-se, crescendo rapidamente no espelho. Pela segunda vez, o som estalou na funilaria, arrepiante, como se fosse o próprio martelo de Thor. O carro foi sacudido e atirado para a direita, e Lúcia sentiu os pneus batendo nas pedras e arbustos que ficavam na borda da estrada. Com a adrenalina em ebulição, a jovem conseguiu recolocar o carro na estrada...

— Mais rápido, Lúcia! — gritou Michael, ao perceber que a moto do seu lado reaparecera e se preparava para o próximo bote. Como ratos acossados numa gaiola sem saída.

A jovem sabia que o desvio para casa do tio estava apenas a algumas centenas de metros. Apertou os dentes numa careta de raiva. A caixa de marchas reclamou dolorosamente do esforço, mas aguentou firme...

A rotatória estava ali, a menos de cem metros...

Foi Michael o primeiro a ver que a trajetória da moto do seu lado se descontrolara. Subitamente, a potente *Hayabusa* começou a dar saltos como um cavalo sem freio. Pelo retrovisor viu o piloto de negro, impotente, deslizar pelo chão em cambalhotas sucessivas, separado da máquina empinada num voo à sua frente...

O americano saltou no assento:

— Olha, Lúcia! O filho da puta caiu! — gritou. A moto tinha desaparecido em um curto declive, no anonimato do arvoredo.

A jovem olhou pelo espelho, levantou-se um pouco e bateu com o punho no volante, trocando de marcha e reduzindo a velocidade:

— *Yes!* Vai para o inferno! — gritou ela, tão nervosa quanto eufórica em plena e súbita agonia do confronto. Nos segundos seguintes, um novo estrondo metálico abateu-se sobre os seus ouvidos como um abalo sísmico.

— O do teu lado também! — apontou o americano olhando pelo espelho esquerdo.

Mais um longo minuto se esgotara.

Desfeita do choque, Lúcia conseguiu dirigir o automóvel até a casa do tio. Mecanicamente, sem consciência do trajeto. As suas mãos tremiam, contagiando o corpo. Um fina camada de suor cobria o seu rosto, mais branco do que um peça de fina porcelana. Ultrapassou o portão e estacionou no parque que ficava em frente à residência, sob as faias quietas e um discreto murmúrio de águas lentas. Desligou o motor, apagou as luzes e deixou a cabeça tombar sobre o volante. Um braço protetor abraçou-a sobre os ombros...

32

ESTRADA FLORESTAL, SINTRA
7 de maio, 20:50 horas

Dois cavaleiros, de rosto coberto, emergiram por entre as árvores densas ao redor da estrada. Aproximaram-se dos corpos de dois homens caídos a alguns metros dos dois lados da estrada. Não davam sinal de vida. Vestiam uma roupa preta inteiriça, típica de motoqueiros, e continuavam com o capacete que escondia as suas feições.

Os recém-chegados estavam armados com bestas, espécie de arcos sofisticados, com miras telescópicas reguláveis. Desceram das montarias e depois de uma rápida inspeção nos corpos dos motoqueiros, foram procurar algo nas motos. Dos pneus de cada uma delas retiraram um dardo com poucos centímetros, feitos de um corpo de madeira com cabeça de aço em calota esférica, e uma ponta achatada também de aço.

Um deles ligou o celular.

— Está feito — disse um dos cavaleiros.

E diluíram-se, furtivos, no breu em que ia mergulhando a serra.

33

ARREDORES DE SINTRA
7 de maio, 21:15 horas

Quando Lúcia entrou na casa do tio amparada por Michael, foi uma alvoroçada Katherin a primeira a recebê-los no piso inferior da mansão. Guiou-os para a varanda, acomodou a sobrinha na *chaise longue* e correu para preparar um chá de camomila que ajudasse a recobrar as energias. Martin Lacroix, assim que se deu conta do timbre aflito da mulher, desceu descalço e apressado do escritório, agitando as abas do robe como um vingador noturno.

Michael fez uma breve resenha dos frenéticos minutos da perseguição, o inesperado epílogo com o despistamento dos motoqueiros...

— Tudo bem, tudo bem. Pelo visto, temos companhia! — disse, animando à sobrinha. Abraçou-a. — Como você se sente?

Lúcia assentiu com a cabeça e esboçou um sorriso.

— Está tudo bem, tio... Devemos avisar a polícia...

— Nem pense nisso — disse Martin, rejeitando de imediato a sugestão. — Só traria inconvenientes — justificou, enérgico. Depois, perguntou para o americano:

— E você, Mike? Acha que Chicago se transferiu para o nosso pequeno país de brandos costumes?

O americano expressou dúvida:

— Não creio que quisessem algo mais do que nos assustar. Mas é bom dizer que não vão conseguir...

— Claro! Mas é bem evidente que a investigação de vocês está perturbando o sono tranquilo da História! Enfim, também nos cabe agora enfrentar o nosso Cabo Bojador! Vamos ser Gil Eanes, de novo! — vociferou Martin batendo com as mãos no amplo abdome.

— Afinal, sou levado a concluir que o testemunho de Damião de Góis ainda causa irritação... — comentou o americano, determinado. — Mas eu garanto a vocês que, da minha parte não haverá condescendência nenhuma. Este assunto me diz muita coisa para que eu desista. Ainda ontem falei exatamente isso a Marylin...

A camomila cumpriu as suas funções ajudando a dissolver os reflexos somáticos do medo; o susto estava suspenso, por enquanto. Mas os sinais eram óbvios. *Alguém* dava indicações claras de que o pó, que há séculos estava assentado sobre os mistérios da ilha do Corvo, deveria manter-se ileso, no seu lugar...

34

ARREDORES DE SINTRA
8 de maio, 3:00 horas

A manhã ensolarada serviu de bálsamo para curar as comoções. Uma leve névoa desprendia-se por entre a vegetação cerrada e baixa, ao redor da casa, exaltando aromas únicos e pequenos rumores de aves singulares, que só a floresta indomada e secreta abrigava. E foi esse o exercício prescrito pela dedicada Katherin como terapia de revigoração física e mental para Lúcia e Michael: uma peregrinação pagã, com lendas históricas, por entre carvalhos gretados e faias de copas densas, de uma densidade tamanha que as suas vozes ecoavam como canto gregoriano numa catedral gótica; um caminho feito por trilhas estreitas nos limites da propriedade, de repente abertas para um abismo horizontal e plano que bordejava ao longe a bruma oceânica da Praia das Maçãs.

De volta para dentro de casa, Lúcia e Michael receberam de Adriana a informação de que a visita à Biblioteca de Mafra tinha sido marcada para o dia seguinte. Imediatamente, lembraram-se do mito da estátua de bronze e do desmentido do padre Camões, que garantira no século XIX, que o monumento corvino era de pedra. Era necessário esclarecer essa minúcia historiográfica. Ambos detestavam ambiguidades e, por isso, requisitaram a sólida informação de Martin: afinal, como e de onde surgira o mito das estátuas de bronze nas culturas da Antiguidade?

O luso-francês levou-os ao escritório, espécie de *bunker* caótico e sábio, cujas armas liquidavam com a ignorância de qualquer mortal mais exigente. Colocou-se diante de uma das estantes atravancadas de velhos volumes encadernados. Percorreu as lombadas com um dedo e deteve-se num deles, um calhamaço oitocentista de Geografia da Antiguidade, pérola resgatada num leilão. Retirou-o, afundou-se numa cadeira de palhinha e folheou-o em silêncio durante alguns momentos.

— Ah,...aqui está. — disse, marcando o volume. — A tradição das estátuas diz que elas são, inicialmente, feitas de cobre ou de bronze. Foi o velho Ptolomeu quem, na sua *Geografia*, afirmou que o mar do império bizantino e do Egito começa no mar dos ídolos de *cobre*. Ou seja, as famosas Colunas de Hércules, fronteira entre o Mediterrâneo e o oceano desconhecido, que Estrabão sugeria serem as colunas de *bronze*, de oito côvados[35], localizadas em Cádiz — explicou o ex-bibliotecário, enquanto acendia o cachimbo, indiferente ao olhar reprovador da sobrinha. — Os extremos das regiões eram marcados por colunas e os historiadores e geógrafos da Antiguidade, de Píndaro a Hecateu de Mileto, de Heródoto a Rufo Festo Avieno, exprimem a ideia de limite pela palavra *coluna*, o objeto material que o assinalava. Os portugueses continuaram essa demarcação de territórios com outras colunas — os *padrões*.

Duas longas inspirações e duas baforadas de fumo depois, continuou:

— Mas existe um outro autor essencial: Masudi, escritor árabe do século X da nossa era, um dos responsáveis pela sobrevivência da cultura greco-romana, pelas traduções, e das fontes orientais mais remotas. Na obra *Os Prados de Ouro e As Minas de Pedras Preciosas*,

---

35 Medida de comprimento equivalente a 66 cm.

conta-nos que, nos limites em que se juntam os dois mares, o rei Hirakl, o *Gigante*, levantou colunas de *cobre e pedras*. E sobre estas colunas há inscrições e figuras que mostram, com as suas mãos, — vamos ver se vocês adivinham... — solicitou Martin fazendo uma pausa inquisidora — Que não era possível ir mais adiante! O curioso é que, segundo alguns, estas colunas não estavam no Estreito, *mas sim numa das ilhas do Oceano e das suas costas.* Uma sensação de *déjà-vu*, não é? Figuras de mãos estendidas para o oceano...

Lúcia e Michael entreolharam-se espantados. A História era um poço inesgotável de surpresas para os insatisfeitos. Martin prosseguiu:

— Porque, acrescenta Masudi, nenhum navio pode navegar nele, não existe terra cultivada, nem seres humanos. É o mar da obscuridade, também chamado — atenção! — o mar *verde*.

— O mar dos Sargassos? — sugeriu Michael, dedo no ar.

— É bem possível — concordou Lúcia fixando o tio. — Curioso como o ambiente da fábula desemboca, assim de repente, numa informação plausível...

— Mas esperem, tenho aqui uma outra referência — pediu Martin tirando o cachimbo na boca. Algumas páginas depois, examinou circunspecto e deteve-se:

— Posso ler para vocês uma deliciosa história, recolhida do fragmento de um manuscrito árabe existente na Biblioteca de Paris, intitulado *Akhbar ez-ezmán* e que inclui uma relação de viajantes que ousaram ir por esse largo mar desconhecido. Entre eles está um mouro da Espanha, de nome Khoshkhash, natural de Córdoba que, com outros jovens, aparelhou um navio e foram pelo oceano desconhecido, obscuro, infestado de medos. Ninguém mais soube deles, até que um dia foram vistos regressar carregados de riquezas...

O tio de Lúcia, de olhos vigilantes no volume que apoiava nas coxas, ergueu a mão armada do cachimbo:

— Calma, que ainda não acabei. O mesmo manuscrito de Paris refere-se ao mar Atlântico e descreve nele três ídolos, feitos por Abrahah, antigo rei dos Árabes Himayritas: uma destas estátuas é amarela e faz sinal com a mão, como se se dirigisse a alguém e ordenasse que voltasse atrás; a segunda estátua é verde e tem o braço levantado e estendido, como se quisesse perguntar *aonde é que você vai?*; e a terceira é negra e aponta com o dedo para o mar, para advertir que quem passar deste limite será afogado...

— O mesmo *leitmotiv* do mito das ilhas imaginárias atlânticas... — recordou Lúcia.

— Impressiona a continuidade dessa tradição em outras geografias — sussurrou o americano.

— E em outras culturas! — replicou o ex-legionário remexendo-se na cadeira de palhinha. — É impressionante como a história e a função da estátua está presente na mitologia de fundação do Brasil. Vocês sabiam?

— Ah, sim... eu sei, eu sei — respondeu Lúcia arregalando os olhos numa expressão afirmativa. — Você está se referindo ao frade agostiniano José de Santa Rita Durão, protetor dos índios brasileiros, que em 1781 menciona a estátua da ilha do Corvo no poema épico *Caramuru*, evocando o descobrimento da Bahia, no estilo de Camões... É isso?

Martin confirmou com a cabeça:

— Exatamente. Ele dizia mais ou menos isto: *"E na ilha do Corvo, de alto pico (...) Onde acena o país do metal rico (...) Voltado estava às partes do ocidente, donde o áureo Brasil mostrava a dedo"*. Ele chegou a alegar nesse poema que *"um grande do reino, fidalgo eruditíssimo"*, fez com que conhecesse uma história da estátua, manuscrita, de autoria de outro notável historiador, João de Barros... O fato é que, se existiu, essa história se perdeu. Infelizmente...

— Que pena... — desabafou Michael alisando com os dedos o cabelo sobre as orelhas. — Imaginem agora o que poderíamos saber se estas lacunas não existissem...

— Mas ainda não é tudo, meus caros — anunciou o ex-legionário. — Eu me recordo de ter lido há muitos anos, num canto esquecido da Biblioteca Nacional do Rio de Janeiro, um manuscrito muito antigo e carcomido. Tinha sido descoberto em 1839 pelo naturalista Manuel Ferreira Lagos. O documento, com o número quinhentos e doze, intitulava-se *Relação histórica de uma oculta, e grande povoação antiquíssima sem moradores.* Descrevia uma expedição de bandeirantes em busca das minas de prata de Muribeca pelos sertões da Bahia...

— Novamente a Bahia... — estranhou Michael.

— Mais uma coincidência... — sussurrou Lúcia piscando o olho para o americano.

Martin prosseguiu:

— Resumindo: o mais interessante é que o relato descreve o achado de uma grande povoação no topo de uma montanha. O local estava deserto. O acesso à cidadela era feito por um caminho de pedra. De acordo com o documento, os bandeirantes se depararam com uma praça regular, que possuía no seu interior uma coluna de pedra preta de grandeza extraordinária e sobre ela uma estátua de homem comum, com uma mão no quadril esquerdo e o braço direito estendido, mostrando com o dedo indicador o Polo Norte...

O bibliotecário sorriu diante da expressão de espanto de seus interlocutores, capturados pela narrativa.

— Quem diria... Fabuloso... — balbuciou Lúcia.

O americano se recuperou do choque:

— Fascinante! — exclamou Michael, agitando-se na cadeira. — De fato, todo este fundo lendário não parece contraditório com os depoimentos históricos sobre a estátua do Corvo! Muito pelo contrário!

— E a referência fabulosa ao bronze ou cobre das estátuas sobreviveu na tradição popular até o século XIX. O desmentido do padre Camões, — *não é de bronze, mas de pedra,* — é sintomático da permanência do mito... — opinou Lúcia, animada pela sucessão de correlações.

Martin voltou à carga com novos detalhes:

— Por falar em mito: quem primeiro propôs a narrativa de Góis, como extensão típica de um *mito geográfico,* foi o nosso conhecido Alexandre Humboldt, autor do celebrado *Kosmos,* um repositório colossal dos conhecimentos científicos da sua época nas áreas das ciências naturais. Em um outro livro, com investigações recolhidas entre 1814 e 1834, com o título *Examen critique de l'histoire de la géographie du Nouveau Continent,* este sábio berlinense fala inevitavelmente na história da estátua da ilha do Corvo. Ele aceita que a tradição das estátuas vinha desde a antiguidade grega até os portulanos dos Pizzigani, em Veneza, e que teria sido transmitida pelos árabes aos geógrafos italianos e viajado durante a Idade Média de leste para oeste. Mas não se esqueçam de que o barão de Humboldt só conhecia a narrativa da estátua do Corvo pela *História del Reyno de Portugal,* de Manuel de Faria e Sousa, decalcada sobre a original de Góis. Aliás, ele afirma que os contemporâneos de Colombo não tiveram conhecimento daquele achado...

— Não tiveram? Por quê? — interrompeu Michael, perplexo com semelhantes deduções. — Como ele pôde ter essa certeza, de forma tão categórica?

— Pura intuição. Nada mais — disse Martin abrindo as palmas das mãos e se balançando na sua cadeira de palhinha. — Mas ele tinha razão quando atribuiu aos árabes a responsabilidade por essa tradição. Eles se apossaram das concepções e palavras gregas e por isso imaginaram também estátuas nas terras mais ocidentais, nos limites do mundo conhecido, como referem Ibn-Khaldun e Bakui. Vejam que já no século XII, mais concretamente em 1154, no *Livro das Maravilhas*, o seu autor Edrisi, outro famoso geógrafo árabe, ao falar das míticas ilhas Afortunadas, diz que em cada uma delas existe uma estátua com cem côvados de altura, qualquer coisa entre 40 e 50 metros, feita de pedras. E em cada estátua teria uma figura de bronze que indica com a mão o espaço que fica para trás...

A jovem reparara que os olhos de Michael tinham crescido como fogueiras que despertam mais brilhantes com os novos indícios. O americano tinha levantado da cadeira e com as mãos nos bolsos das calças, circulava em curtas passadas por toda a extensão do escritório. De súbito deteve-se, olhos fixos num ponto imaginário da sala, como se nele encontrasse a desejada solução.

— Se não estou errado, o significado inicial da palavra *stele* era *coluna* mas, gradualmente, passou a se referir a *estátua*...

— Sim, sim — concordou Martin. — Há um manuscrito grego do século X, da Biblioteca de Paris, que usa a palavra *stele* no sentido de *estátua*. Houve também quem tenha traduzido *stele* por *meta*, como duplo sinônimo de coluna ou estátua, tornando-se esta uma identificação de *limite*...

— E seria essa, provavelmente, a função da estátua do Corvo: marcar um limite — sugeriu Michael, afagando o cabelo com os dedos, no seu usual tique de concentração.

— Possivelmente — concordaram o tio e a sobrinha. Uma primeira badalada, tremenda e profunda, vinda de um dos antigos relógios de Martin, ribombou pelos tetos da residência, abalando vidros e estômagos. Lembrava ao grupo que já era meio-dia.

Perto da hora de almoço, o celular de Lúcia tocou. Era Sara, informando que estava na Torre do Tombo, com Daniel. Tinham procurado em mais um maço de documentos régios, sem resultados práticos a não ser uma razoável rinite alérgica. Posta a par do incidente da véspera, sossegou quando soube que os dois amigos tinham se recuperado bem da insólita experiência. Combinaram de se encontrar logo em seguida, depois de uma escala pelo apartamento.

Um almoço leve de canapés, saladas e sucos, exigido veementemente por Martin e servido pelo diligente Alfredo, ajudou a fazer voltar a serenidade e o otimismo. A excitação da noite anterior tinha relegado para segundo plano o mais importante das informações de Adriana Sampaio. A próxima investida a Mafra, na trilha do prometido mapa, foi o pavio para a conversa, com novas suposições e hipóteses. No ruído de fundo da televisão, o boletim de notícias da tarde desfilava o resumo das principais notícias do momento.

"...nova instabilidade na fronteira entre Israel e o Líbano pode provocar..."

Lúcia já fazia planos para a visita à Biblioteca de Mafra, na pista do precioso mapa indicado pela generosa alfarrabista...

"...inquietações na zona do Euro por causa das novas taxas de juros anunciadas..."

enquanto Martin questionava a pesquisa do arquivo da chancelaria régia na Torre do Tombo...

"...guerra civil no Iraque determina nova subida de preços do petróleo..."

e Michael reafirmava a sua esperança nos arquivos açorianos...

"...entretanto, a Polícia Judiciária tenta descobrir as estranhas circunstâncias..."

— Psiu! Ouçam! — pediu Martin, de mão erguida e olhar vidrado na pequena tela. O americano ficou suspenso nas suas observações...

"...*na estrada florestal de Sintra, onde foram encontrados os corpos de dois motociclistas que, segundo as primeiras avaliações das autoridades, teriam perdido a direção e saído da estrada. As investigações prosseguem...*"

Breves imagens, colhidas no local, desfilaram como pano de fundo enquanto falava o apresentador diante dos olhares apreensivos e curiosos:

— Fanáticos. Sem carácter... — murmurou Martin, em voz baixa, mas firme. Lúcia, o rosto amparado entre as mãos, tinha se fixado na frieza da notícia, que vivera na sua textura física, intensa e total. Sentiu um leve arrepio de rejeição, mas também o amparo paternal do tio:

— O respeito pelo crédito de Damião de Góis começou a ficar muito pesado. E perigoso... De qualquer modo é preferível manter a polícia afastada — ponderou. — Se eu não conhecesse você, Lúcia, diria para desistir. Mas você é corajosa, feita da mesma matéria do meu irmão. Não quebra. E você, Mike, teve sorte de encontrar uma parceira como ela!

Sara e Daniel chegaram pouco depois, de forma intempestiva, precipitando-se para os restantes com ar de urgência. A jovem, nervosa, brandia um papel.

— Ei! Onde é o fogo? — perguntou Martin, surpreso.

A jovem suspirou e sacudiu a folha, que estendeu aos outros:

— Leiam isto...

```
From: sergio furtado [mailto:sefur@uac.pt]
> Sent: tuesday, May 8th 2007 9:25 AM
> To: saba@flul.pt
> Subject: Gonçalo do Canto
```

Cara Sara e Colegas,

É com tristeza que vos informo da morte do bibliotecário Gonçalo do Canto, ao fim do dia de ontem, na Biblioteca de Ponta Delgada. Foi encontrado já sem vida no fundo das escadas que conduzem aos depósitos do cofre-forte. Infelizmente, ainda não é desta vez que vos envio boas notícias relativas à pesquisa em curso.
Aguardemos melhores dias.

Saudações cordiais
Sérgio Furtado

35

BIBLIOTECA DO CONVENTO DE MAFRA
9 de maio, 10:00 horas

Os acontecimentos das últimas horas deram motivos para um certa apreensão. A notícia da morte de Gonçalo, além do pesar que em todos causara, deu origem a novas especulações. Como lhes dissera Sérgio, até prova em contrário, segundo as autoridades, tinha sido um acidente. Mas as insólitas coincidências em série das últimas semanas autorizavam todas as suspeitas.

Daniel e Sara regressaram para Lisboa dispostos a desencavar novas pegadas do cavaleiro dos rolos empoeirados da chancelaria manuelina, na Torre do Tombo. Lúcia e Michael prepararam-se para, nessa manhã que o sol prometia esquentar bastante, irem até o Convento de Mafra. Antes, o americano tinha enviado um detalhado e-mail a Marylin descrevendo as últimas peripécias da investigação. Quando voltou, recebeu um animador *keep going!*...

Por sugestão de Martin, como medida preventiva, foi-lhes disponibilizado um outro automóvel. Era importante diluir, tanto quanto possível, o sinais do indicente com os motoqueiros.

— Muito bem, vamos apertar o cinto! História: aí vamos nós! — disse Michael, em tom declamatório, tentando recuperar a fogosidade habitual de Lúcia. A sobrinha de Martin Lacroix tinha ficado mais séria e desconfiada desde o episódio dos motoqueiros:

— Pense! O mundo lá fora desconhece a nossa existência, Mike! Quem se importa que nós fiquemos como vigilantes furtivos pelos cantos escuros das bibliotecas reconstituindo o passado, se é o presente que importa às conveniências da maioria? Preste atenção no fim inglório, anônimo, do infeliz Gonçalo... — respondeu ela, atenta à estrada.

— Não podemos tirar conclusões precipitadas sobre a morte do homem... — disse Michael suportando o desabafo, que comprendia muito bem. Cabia a ele animar a parceira de pesquisa, por quem nutria uma crescente simpatia. Calmamente, contrapôs:

— E não tem sido sempre anônimo, sem brilho, fora da ribalta, o trabalho da maior parte dos historiadores?

— Sim. Os que sacrificam a fama e o lucro, se arriscam pela verdade e não pactuam com as leituras etnocêntricas de conjunturas vitoriosas... — corrigiu Lúcia respirando fundo e vigiando de relance o retrovisor. — Por isso julgo que Antônio Galvão, por exemplo, tem sido penalizado por ter escrito coisas como esta: *"Se assim é isto, já em tempo passado era tanto como agora ou mais descoberto"*. Ou que *"fomos os primeiros a intentar rotas há tantos anos interrompidas"*.

— É exatamente isso. A mesma lógica universalista, aberta aos outros e às suas realizações fora do *nosso* tempo. *"Que não é nem traduz todo o tempo do mundo!"* Apenas uma ínfima fração perceptível pela nossa consciência individual e coletiva. Portanto, alguém deve ter tramado isso! Como fizeram para Damião de Góis, para os restos da Estátua, para a inscrição da laje, para o desenho de Duarte Darmas... — observou o americano, de olhar perdido no asfalto.

O Convento de Mafra surgiu diante deles, resplandecente e solar, reflexo do seu monarca inspirador, no seu traçado barroco e no toque germânico de João Ludovice. Na longa fachada do edifício aninhava-se a basílica, sustentada por dois maciços torreões esbranquiçados, imitando o desenho da opulenta Casa da Índia, no antigo Terreiro do Paço.

Os dois pesquisadores dirigiram-se para a entrada monumental do edifício. Um funcionário zeloso tomou nota de suas intenções e pediu que aguardassem. Pegou o telefone e informou alguém. Pouco depois, um homem, portando um blazer castanho escuro apareceu junto dos dois visitantes.

— Afonso Martins. Muito prazer — apresentou-se, cortês, com voz baixa e grave.

O afilhado de Adriana Sampaio, um dos bibliotecários, era um indivíduo magro, de cabelo grisalho nas têmporas e gestos refinados, acentuados por uma barba impecavelmente aparada e óculos redondos de aro fino. Havia revertido a sua formação de seminarista, nunca manifestada verdadeiramente como vocação, e reingressara no contingente dos estudiosos laicos da História. Tinha contraído o vírus familiar — gostava de dizer Adriana, que desde sempre mimara o bibliotecário como um filho.

Afonso tinha sido previamente informado da visita e dos objetivos de Lúcia e Michael. Dispôs-se a guiar os historiadores até o delicado espólio dos cerca de trinta e oito mil volumes da biblioteca monástica e régia, enriquecida por D. João V e desenhada no estilo *rocaille* por decisão dos monges agostinhos.

Penetraram no *sancta sanctorum* daquele antro de cultura, tendo por única companhia o eco dos seus próprios passos no pavimento ilustrado por um xadrez de mármores azuis e brancos. Sobre eles pendia uma abóbada de estuques emoldurados, tendo ao centro uma cúpula fechada em mármore decorada por festões e uma representação solar.

Percorreram longos corredores ladeados de estantes ostentando lombadas magníficas, amareladas, que jaziam na sua imobilidade secular, interrompida apenas de vez em quando.

Afonso Martins conduziu os visitantes até um gabinete reservado e convidou-os a sentar. Em seguida, aproximou-se de um armário fechado com um cadeado, abriu-o e dele retirou um volume de capa enrugada, de marroquim amarelo pálido, visivelmente desgastada. O livro tão esperado, que Antônio Galvão publicara pela primeira vez em 1563, nos prelos de João da Barreira, passou das mãos do bibliotecário para as dos dois pesquisadores, cuja expectativa ia muito além do sentido do tato. Sob a luz discreta de uma mesa, os dois tomaram a obra como se ela fosse a panaceia para todas as suas dúvidas.

Os olhares cirúrgicos dissecaram rapidamente a capa e a contra-capa, em busca de possíveis sinais ou marcas. Nada de suspeito os animou. Abriram o volume na página de rosto e foram lendo: *"Tratado que compôs o nobre e notável capitão Antônio Galvão dos diversos e desvairados caminhos..."*

— Hum... por aqui nada de especial... — desabafou Lúcia. Voltaram a segurar delicadamente o documento, para estimar seu peso, a tatear a intimidade dos fólios como se os dedos também lessem...

Lúcia virou a última página. Restava o verso da contracapa, forrada com uma folha pardacenta. Michael, que seguia atentamente o movimento das mãos da colega foi o primeiro a perceber uma curta legenda no rodapé.

— Olha aqui... — apontou.

Leram ambos: *"Absconsor 1367"*.

— O quê? — quis saber Afonso. A letra resistira, acastanhada e tênue, possível testemunho de algum monge bibliotecário de Alcobaça, talvez da mesma época da edição do século XVI.

O bibliotecário fez valer a sua experiência de ex-seminarista:

— *"Absconsor"* significa *aquele que esconde.* Elementar... Mas como...

A reflexão foi abruptamente interrompida pelo inesperado grito de Lúcia. Os outros dois baixaram institivamente as cabeças em reação a um vento súbito que se erguera sobre eles. Um ruflar aveludado de asas cortou raso o ar sonolento do lugar e desapareceu em poucos segundos na penumbra dos corredores.

— *Anjos ou vampiros?* — pensou Lúcia, assustada. Era só o que faltava: uma nova surpresa inspirada do conde Drácula...

O bibliotecário procurou tranquilizá-los:

— Tenham calma. São pequenos morcegos que dormem nos recantos das galerias. Os melhores e mais econômicos funcionários na preservação desta enorme riqueza de papel...

— Sério? — estranhou a historiadora.

— Eles localizam insetos danosos às obras graças à emissão de sons de alta frequência — explicou Afonso, com a afabilidade didática de um cicerone.

— Uma espécie de *bugbusters!* — brincou o americano, sorridente.

O ataque aéreo tinha passado e o sossego se restabeleceu. O que eles precisavam agora, com urgência, era de um caça-legendas...

— Bom, temos então... *"Aquele que esconde 1367"* — foi repetindo o americano enquanto revirava o volume tão ancestral quanto mudo nessa charada hermética... Que sentido teria...

O bibliotecário parou de afagar a barba:

— 1367 só pode ser a data do documento...

— Sim...! *Aquele* ou o *aquilo* que esconde... — concordou Lúcia, fitando a cobertura silenciosa do livro.

Dois segundos bastaram:

— A capa! — exclamaram os três, quase em uníssono.

Tão longe e tão perto. E imediatamente as mãos se estenderam, ávidas pela confirmação, para a cobertura do *Tratado* do capitão das Molucas. Afonso pediu licença e ele mesmo se ocupou, zeloso e institucional, dessa tarefa. O silêncio caiu sobre trio, de tal modo que o minucioso exame da cobertura da capa parecia insuportável de tão lento que se anunciava o final.

A cobertura de marroquim foi enfim solta com a ajuda de um estilete habilmente manipulado por Afonso. Três pares de olhos viram-na crescer, desdobrando-se num plano equivalente a uma folha A3. Viraram a capa do avesso. Ali estava: o que até há pouco era uma capa rude, insignificante e massacrada pelo tempo, ressuscitou no seu avesso num esplendoroso mapa das margens do Atlântico. A paternidade do surpreendente documento estava ali, bem explícito. Afonso alertou os dois:

— É incrível!... — exclamou o bibliotecário, com ar abismado, passando as mãos pela barba. — É a famosa carta náutica feita pelos irmãos Francesco e Dominico Pizzigani em 1367 e descoberta na Biblioteca Palatina, em Parma... Vocês sabiam que o segundo visconde de Santarém menciona este mapa dos Pizzigani no seu monumental *Atlas Composto de Mapas-Mundo, Portulanos e Cartas Hidrográficas e Históricas*?

Lúcia sentiu as faces ruborizando, como se tivesse sido apanhada em uma falha:

— O quê? Não... não acredito... — abanou a cabeça, incrédula. — Como é que nem eu nem o meu tio nos lembramos de consultar as obras do fundador da cartografia portuguesa! Que falha.... Você sabia Mike, que ele foi guarda-mor da Torre do Tombo e se exilou em Paris depois da derrota dos miguelistas na guerra civil? É verdade. Abençoado exílio, porque durante o século XIX, este diplomata e investigador reuniu uma notável coleção de portulanos, cartas e mapas da Idade Média e do Renascimento...

— Lúcia, não é hora de se autocensurar. Você é humana e não onisciente. O que importa é o que temos aqui. Vivo e concreto, sobrevivente pelo séculos, não é? — retorquiu Michael. — Você tem certeza de que os monges de Alcobaça nunca poderiam ter forjado...

— O quê? Desenharem de próprio punho um mapa portulano com indicação de lugares que os portugueses ainda nem tinham visitado? Nunca, pelo menos não da parte dos cronistas de Alcobaça! Lembre-se de que eles foram os indefectíveis guardiões das virtudes e primazias lusitanas. Sempre acalentaram o mito de Ourique e de outros feitos grandiosos, como se a história pátria fosse um desígnio privado celeste! — reagiu Lúcia.

— Mas por que colocar o mapa na capa do *Tratado dos Descobrimentos*, de Antônio Galvão? — perguntou o americano, intrigado.

— Provavelmente um excesso de zelo nacionalista por parte dos monges de Alcobaça... Estou pensando em um Frei João Claro, por exemplo, que foi abade e um famoso teólogo formado em Paris, ou então os próprios cronistas Bernardo de Brito ou de Antônio Brandão. Alguém do *scriptorium* de Alcobaça escondeu o mapa, dividido entre a fidelidade ao documento e a *verdade* da doutrina oficial da nação que deu outros mundos ao mundo. Felizmente, essa pessoa não teve a coragem de destruir o mapa — sugeriu Lúcia, dobrada sobre a mesa gozando da intimidade física com o documento, o seu odor forte de séculos, a sua textura amassada e frágil.

Afonso Martins também não disfarçava o seu deslumbramento. Sentia sempre a descoberta de novos dados históricos como a renovação fatal e regular das células do seu próprio corpo. Adriana já tinha falado da suposta existência do mapa no livro de Galvão, mas como assumido conhecedor da edição, sempre descartara tal hipótese. Agora ali estava ele, apoiado nos cotovelos, na beira da mesa, reverenciando a carta dos

Pizzigani, revelada depois de uma longa reclusão.

— Então foi este um dos tais controversos mapas trazidos pelo infante D. Pedro para dotar melhor o seu irmão D. Henrique com os conhecimentos geográficos dos antigos... — observou meditativo, o bibliotecário.

A superfície do mapa ostentava nomeclaturas familiares: logo viram uma das variantes da ilha Braçil, a oeste de Portugal, as ilhas Afortunadas, as Canárias, ainda nomes e locais num misto de lenda e fato geográfico, avulsos entre as linhas de rumo. As referências emocionaram Lúcia.

Sem mais demora, com a permissão de Afonso Martins, prepararam-se para fotografar a carta: um valioso acréscimo ao testemunho de Damião de Góis em defesa da existência física da estátua do Corvo.

O detalhe que logo atraiu as atenções dos três estava na margem esquerda do documento: no meio do Atlântico, perceptivelmente na longitude dos Açores, os autores tinham colocado uma legenda na vertical e no topo dela, o desenho de uma figura humana, em meio-corpo, com o braço direito desproporcionado como uma bandeira levantada num gesto de aviso; logo abaixo, no interior de um círculo, como um trecho, duas outras figuras menores pareciam dialogar, tendo como fundo uma encosta rochosa...

— Mas isto é... É fascinante! Inacreditável! — exclamou o americano, empolgado.

— Quem diria... Que coincidência, não é? — repetiu Lúcia, de olhos grudados na carta dos Pizzigani.

— Vocês podem ter certeza de que já ganharam o dia... — foram as palavras de Afonso, cada vez mais entusiasmado com os desobramentos da insesperada descoberta.

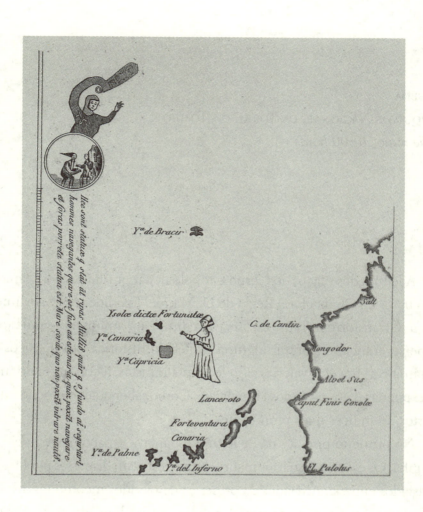

36

LISBOA
ARQUIVOS NACIONAIS DA TORRE DO TOMBO
9 de maio, 10:00 horas

A leitura dos maços do Corpo Cronológico requisitados por Daniel e dos livros da Chancelaria Régia de D. Manuel I pedidos por Sara ameaçava se transformar numa odisseia sem fim. Para ambos, apesar de toda a perseverança, encontrar alguma evidência histórica dos detroços da estátua corvina equivaleria, caso fossem alpinistas, à conquista do mais inexpugnável dos picos dos Himalaias... Como saber quais os documentos certos, os índices mais promissores?

No primeiro piso, a sala de leitura esbanjava espaço nesse início de manhã. Os escassos usuários madrugadores estavam dispersos por lugares afastados entre si. Aliviados da presença de ouvidos incômodos, os dois pesquisadores, frente a frente, debatiam em prolongada assembleia, a agenda da pesquisa. Um murmúrio que ousava enfrentar o zelo sisudo dos funcionários entrincheirados no longo balcão de atendimento. Um deles em particular, já tinha conseguido atrair a antipatia de Sara, a quem os últimos acontecimentos tinham aguçado a perspicácia. Era um homem pequeno e franzino com bigode à Clark Gable, que franzia regularmente a sobrancelha até à testa alta e enrugada.

— Tudo bem... desabafou Daniel. — Se estivéssemos no tempo daquele historiador, o Braancamp Freire, todo este acervo manuelino seria uma confusão assustadora, uma mistura desconexa de cadernos e folhas, capaz de fazer os menos persistentes desistirem rapidamente. Agora está tudo devidamente catalogado...

Sara, ocupada com a leitura de concessões e despesas régias a marinheiros e pilotos do último terço do século XV, concordou:

— Dessa falta de cuidado de outros tempos, o próprio Damião de Góis já tinha se queixado, na *Crônica de D. Manuel*, quando menciona documentos que devem ter se perdido, *"como outras coisas dignas de memória por se não lançarem na Torre do Tombo, como em seu próprio e ordenado lugar"*... E até chega a insinuar que Rui de Pina poderia ter furtado tais raridades...

— Bom, acho isso improvável, Sara. Rivalidades entre dois galos do mesmo terreiro...

A historiadora encolheu os ombros e voltou aos fólios amarelados, subitamente ressuscitados pela luz que pendia sobre a mesa. Optara pelo silêncio, diante do olhar insistente do funcionário com cara de fuinha. Mas não deixou a desconfiança de lado:

— *Ok, pode até ser assim... Mas Jaime Cortesão lançou o mesmo tipo de suspeita. Sugere até que tenham desaparecido crônicas de Fernão Lopes, de Azurara, Afonso Cerveira, além de diários de bordo dos capitães de grandes expedições. E o que teria para nos contar João de Barros nas obras de que perdemos o rastro? Pois é. No mínimo, houve desleixo no registro de fatos fundamentais da época dos Descobrimentos. A tão falada 'política de sigilo' não pode justificar tudo!...* — pensou.

Assim ia se consumindo a manhã na sala da Torre do Tombo, sob a modorra do vai e vem dos volumes de pergaminho e outros documentos em caixas de papelão oriundos da casa-forte. Sara abriu um volume da chancelaria de D. João II e leu uma a uma, cartas de doações de terras, sentenças e privilégios a capitães donatários e navegadores. Em seguida, com indômita paciência, dirigiu suas atenções para os documentos do corpo cronológico, requisitados por Daniel. Subitamente, seus dedos ficaram suspensos num documento em particular: uma carta de Pedro Velasco. Sara atentou melhor no nome. Concentrou-se e redobrou o esforço na difícil leitura da letra gótica cursiva do último terço do século XV, quando os sinais de abreviaturas se tornaram mais complexos. Sabia-se que o espanhol Pedro Velasco, natural de Palos de Moguer, acompanhara Diogo de Teive até os Açores, em 1470. A novidade era que a carta, datada de 1486 e escrita em castelhano, tinha como destinatário o soberano português...

— Vamos ver: ..."*Vossa Alteza saiba que*"... hum... curioso... olha o que temos aqui... — disse Sara entredentes, depois de alguns minutos. Mais uma linha e seu sorriso se abriria como um girassol rendido ao sol. Daniel, que retornava ao seu lugar após uma rápida consulta pelos catálogos das estantes, percebeu os indícios de emoção da parceira.

— O que acontece? — disse num sussurro quase reduzido aos movimentos labiais. Da sua mesa, lançou um olhar de rapina para o documento que Sara estava analisando. Ouviu-a transcrever, com alguma impaciência, de forma pausada e num crescendo, como um fragor de ondas na subida da maré.

— Isto é precioso, Daniel... É ouro puro!... — cochichou fascinada, entreolhando o parceiro e tomando notas. — Escute isto: ..."*um homem de nação, genovês, chamado... Cristoval Colom, avisado e prático na...*" hum... "*arte*"? Sim, "*na arte*"... Que droga! Sempre me irritaram estas inversões do traço no t...

— E a mim essa inclinação da letra para a direita — protestou Daniel, sibilino, debruçado sobre o documento.

Lúcia continuou.

— "*Da navegação... tendo pedido agasalho no Mosteiro de La Rábida... comunicou suas imaginações...*" outra vez o raio do traço... "*certo*", é isso... "*certo dia a mim, Pero Velasquez, a frei Antonio de Marchena, superior do mosteiro*"...

— O que, o ex-confessor de Isabel, a Católica? — espantou-se o colega.

— Sim... aliás frei Juan Perez de Marchena... — acrescentou Lúcia.

A leitura continuou, lenta e conflituosa:

— "*E a Garcia Hernandez, físico da comunidade... dando-lhe conta que havendo muitos anos... partira da ilha do Faial com Diogo de Teive pelo mar oceano do... poente cento e cinquenta léguas com vento noroeste... avistaram na volta a ilha do Corvo e a das Flores...*"

— Fabuloso! Um autêntico auto de notícia de descoberta! — exultou Daniel, esforçando-se por conter o entusiasmo.

— ..."*guiando-se pelas muitas aves de... terra que víramos voar em torno delas. Sucedeu descobrirmos...*", olha isto, Daniel!, "*na primeira das ilhas no alto de um monte...*" — a jovem sentiu a cavalgada das pulsações. — "*...uma estátua na forma de um homem com o braço estendido a poente...*" — leu de um fôlego, como se uma brasa queimasse o seu palato.

A sua voz se definhou. Reclinou-se na cadeira e passou as mãos pelos olhos, com que para comprovar que estava lúcida e acordada. Sentiu a respiração ofegante do colega a seu lado. Ignorou as cabeças que que viravam por causa do seu estupor. Por detrás do longo balcão, o rosto do funcionário com ar de fuínha alterou-se como se fosse um semáforo...

37

BIBLIOTECA DO CONVENTO DE MAFRA
9 de maio, 12:30 horas

Para Lúcia e Michael, finalmente, era oferecida a mais fidedigna e coerente peça de um roteiro que eles se esforçavam por tecer. A carta náutica dos Pizzigani de 1367 tornava mais verosímil a existência do monumento equestre do Corvo.

A legenda em latim revelava-se, entretanto, de difícil tradução, não só pelas abreviaturas mas, sobretudo, pela falta de nitidez do texto. Afonso recorreu às suas credenciais de latinista e se pôs a ler, num exercício demorado e experimental de significados:

— Acho que aqui não haverá dúvidas. "Hoc sunt statuae"...

— Olha! Começamos bem... pelas estátuas... — disse Michael. —

... "quae stant"... hum, e isto aqui...Não sei... Será "Antilia"? — hesitou Afonso.

— Pouco provável — retorquiu Lúcia. — Os especialistas asseguram que a designação Antilia só aparece na carta náutica de 1424...

— Que diabo... Estou sendo idiota! — desabafou o bibliotecário.

Decidido, rodou sobre os calcanhares e foi até um pequeno armário próximo. Abriu-o, retirou dele um pequeno microscópio e o levou para a mesa de leitura. Ante a curiosidade dos visitantes, Afonso pediu que colocassem a parte com a legenda sob as lentes do aparelho.

— Tentem não mexer. Tudo bem? — pediu ele. Duas mãos fixaram a delicada face do marroquim diante do revólver de lentes objetivas.

— Quando a montanha não vem a Maomé... — suspirou Afonso. Pelo visor testou a objetiva 10X e regulou a fonte luminosa.

— Hum... está melhor. Vamos ver. Ah! De fato, parece ser Arculis ou Arcules...

— As Colunas de Hércules! — supôs Michael, sondando as reações dos restantes.

— Boa! — disse Lúcia. — Faz sentido.

Afonso continuou a traduzir, agora mais confiante no auxiliar ótico:

— Vocês têm razão... Agora ouçam isso: hum... *"quae fuirant ante templum"*... *"Arculis"*... Certo. Depois... *"quae in fundo ad securandos homines et fores porrecta statua est mare sorde"*... ou *"sotile"*... *"quo non possunt intrare nautae..."* — foi soletrando o bibliotecário. Parou. Afastou os olhos do visor. Abriu um largo sorriso no rosto afilado e normalmente sisudo.

— Não se pode dizer que seja o latim impecável de Cícero... Mas isso é o que menos importa...

Lúcia e Michael afastaram a carta do microscópio. Procuravam assimilar a leitura da legenda. O bibliotecário redigiu rapidamente um rascunho da tradução. Leu:

— No essencial, apesar das ambiguidades, podemos estabelecer que a legenda diz mais ou menos o seguinte: *"Aqui estão as estátuas diante das Colunas de Hércules e que foram levantadas para a segurança dos marinheiros e que lhes mostra o quão longe é possível navegar nestes mares e que, para além destas estátuas, está o obscuro oceano que ninguém deve atravessar".*

Lúcia permanecia num estado misto de apreensão e maravilhamento com os passos obtidos nessa manhã, na quietude dos claustros.

— As estátuas diante das Colunas de Hércules... Ou seja, no oceano. Damião de Góis estaria se sentindo recompensado se fosse vivo... Mas continuamos sem saber para onde teriam sido levadas as ruínas do Corvo... Por quem e, principalmente, por quê...

O solícito Afonso Martins recorreu à sua faceta discreta de persistente detetive de velhos periódicos.

— A história das estátuas-marco parece ser uma *vexata quaestio* na nossa memória cultural. Em 1844, o acadêmico Costa de Macedo, secretário perpétuo da Academia Real das Ciências de Lisboa e membro de diversas sociedades científicas e literárias da Europa e América, escreveu uma informativa *Memória em que se Pretendia Provar que os Árabes não Tinham Conhecido as Canárias antes dos Portugueses*. Esse minucioso estudo descreve os segredos da tradição das estátuas nas culturas mais prósperas do mundo antigo. O tal Costa de Macedo, empenhado em pegar em armas pela defesa da sua dama, a prioridade portuguesa no conhecimento das ilhas Canárias, acabava reconhecendo que o relato transmitido por Damião de Góis era tudo menos ficção! Está escrito, preto no branco!

— E ele se refere a quem teria colocado a estátua na ilha? — perguntou Michael.

— Sim. Imaginem. Propõe os fenícios, os cartagineses, os antigos povos de Espanha, os antigos árabes ou outros. Os candidatos óbvios...

— Como são insondáveis os caminhos da História! — exclamou Michael! — Um erudito português do século XIX acaba, por linhas tortas e em detrimento do argumento central da sua tese, reforçando a consistência do testemunho de Damião de Góis. Para ele, os fenícios talvez até tivessem chegado aos Açores muitos séculos antes dos portugueses. Mas os árabes é que não podiam ter conhecido previamente as ilhas Canárias!

Ali, nas suas barbas, nos limites da navegação costeira! — ironizou o americano, caricatural.

O portulano dos Pizzigani voltou à função de hospedeiro anônimo do *Tratado* de Antônio Galvão. Comprovada a sua utilidade, o precioso documento merecia um descanso no sonolento armário entre os outros documentos. Apaziguados pela manhã tão produtiva, os dois historiadores abandonaram a fortaleza barroca de Mafra mais seguros nas suas razões. Na despedida, não economizaram elogios pela sagacidade e pelos préstimos do sobrinho de Adriana Sampaio.

A tarde se anunciava seca e abafada. O sol, que já ultrapassava o ponto do meio-dia entre as nuvens altas, exasperava a brancura das fachadas pela ausência das sombras. Uma vez na rua, Lúcia ligou para Sara e para o tio, comunicando-lhes a alegria do achado, o pequeno triunfo. O trabalho na Torre do Tombo, esse continuava, moroso e entediante, maços desvendados a fio sem descanço... E, dos Açores, as novidades demoravam a chegar...

A esta altura, o apetite reivindicava atenções. Num restaurante das proximidades, os dois pesquisadores premiaram o cansaço e os resultados da manhã. Falaram de assuntos diversos, frivolidades, numa catarse inconsciente para aliviar o excesso de tensões.

No final, de volta ao carro, Michael estava colocando a mochila no banco traseiro do veículo quando o celular de Lúcia tocou de novo. Número desconhecido. *Hum... quem será...?* — a jovem apertou a tecla verde. *Alô...?* Do outro lado, a voz masculina era pausada e grave. Poderia se dizer que era até mesmo insinuante...

A jovem ouviu em silêncio, concordando com a cabeça enquanto caminhava de um lado para o outro perto do automóvel. Um minuto depois desligou o aparelho.

— Quem era? Sara? — perguntou o americano.

A jovem acenou negativamente. Pensava numa avalanche de suposições, cenários, ...

— Não, Mike. Você nem imagina: é alguém que afirma ter importantes pistas sobre o paradeiro da estátua equestre do Corvo...

— Como?! Mas... quem é ele? — perguntou Michael afoito.

— Não faço ideia... Não se identificou. Disse apenas que estava nos oferecendo uma última oportunidade de conhecer a verdadeira história do que se passou há cerca de cinco séculos... Mas disse que eu tenho que ir sozinha. É uma condição *sine qua non*... Ah, mais uma coisa: nada de celulares.

— Pelo amor de Deus, Lúcia! E você vai confiar assim, num desconhecido? Não se esqueça de que já experimentamos alguns problemas... É prova de que tem gente disposta a tudo... O seu tio não ia gostar nada... Lúcia, eu não acho prudente.... — obstinou-se Michael, em tom severo.

Um curto silêncio deixou ouvir o sopro do vento e o vai e vem dos passos nervosos da jovem na terra solta do estacionamento.

Lúcia deteve-se e cravou os olhos no americano:

— Eu vou, Mike. Sozinha, se for preciso. Eu tenho que ir, entende? — disse ela, convicta e abandonando a postura rígida dos braços sobre o peito. — Não sei...tenho que aceitar a proposta. Este é um desafio que eu sei bem, meus pais aceitariam. Sim, faço isso em nome deles. Claro que pode ser arriscado... sei lá... mas algo me diz que precisamos dar este passo em frente e quem sabe sair deste labirinto!

A determinação da sua voz não deixava dúvidas. Michael abanou a cabeça, encostou-se na capota do carro e suspirou fundo. Agitou ambas as mãos, vencido.

— Ok, como quiser. Mas eu vou com você até o limite. Ficarei por perto. E dou quinze minutos para você voltar. Inteira e em perfeita saúde. Onde é o encontro?

— Na Quinta da Sibila, em Sintra. Conheço bem o local. O tio Martin me levou lá várias vezes. Olha Mike, eu te digo que é um lugar encantador, parece um sonho...

Michael fez uma cara de enfado:

— Espero que desta vez não seja de pesadelo... Mesmo assim, devemos avisar o seu tio. Se alguma coisa der errado...

A jovem concordou e selecionou o número no celular. Depois de alguns segundos, a voz de Katherin surgiu, doce e arrastada no seu toque britânico. Não, Martin já não estava em casa. Tinha acabado de sair para o seu habitual passeio digestivo pela mata da propriedade. Pelo sim, pelo não, a inglesa tomou nota do nome: *Sim, certo. Quinta da Sibila*. Apreensiva, Lúcia tentou o celular de Martin, mas não obteve resposta. Sabia que o tio fazia do descanso um exercício religioso...

A decisão estava tomada. Quando pôs o carro a caminho, não percebia que poderia estar também acionando o início da desordem de uma imagem do mundo.

Tinham atingido um ponto sem volta.

Perto dali, dentro de um outro carro, no anonimato do estacionamente e na sombra majestosa do Convento de Mafra, o motorista tamborilava com a ponta dos dedos no volante...

38

LISBOA
ARQUIVOS NACIONAIS DA TORRE DO TOMBO
9 de maio, 15:00 horas

Um minuto foi gasto por Sara para se recuperar do espanto. Parecia ter consumido todas as palavras disponíveis do seu vocabulário. O que mais vinha à sua mente era uma anarquia de imagens, frases, personagens, todas elas dispensáveis e ridículas diante da chocante carta de Pedro Velasco.

O ar parecia escasso nos seus pulmões e o corpo tremia como um canavial batido pelo vento agreste. Apontou para Daniel com um gesto em direção à saída e encaminharam-se discretos para o corredor. Sentaram-se num banco corrido. A imagem da grafia do piloto de Palos permanecia com ela. Daniel adivinhou a sua dúvida:

— Estranho, não é? Por que diabo escreveria um castelhano a D. João II?...

— Talvez por gratidão a Portugal. Não se esqueça de que Pedro Velasco ou Vasquez recebeu em 1453, do nosso D. Afonso V, a carta de doação da ilha das Flores... — precisou a jovem assistente. — E assina *escrita em Palos de la Frontera*... Caprichos da História, não é? O porto que viu partir em 1492 a expedição de Colombo às Antilhas... E lá está o velho Velasco, de novo, a capitanear algumas das naus da frota. Homem de vontade forte... — E repara em mais este detalhe: Colombo assentou o quartel-geral no mosteiro franciscano de La Rábida, tendo frei Antonio de Marchena, também astrólogo e cosmógrafo, como mentor, e que faria fé no que um membro da mesma ordem religiosa, o maiorquino Ramón Llull, havia escrito, no século XIII: que, do outro lado do nosso continente, existiam terras desconhecidas...

Daniel cortou a inspirada evocação da colega:

— Espere, espere... Tem lógica supor que o ano de 1486 foi um *annus magnificus* para o navegador: já sabendo da pista do Corvo, vai até sua casa em Porto Santo, onde recolhe como hóspedes o piloto e três ou quatro marinheiros náufragos de uma nau de Biscaia, ou castelhana, e que *"viram pelos olhos terras nunca vistas nem ouvidas".* Segundo o nosso Gaspar Frutuoso, o mesmo piloto, antes de morrer e em retribuição pela boa vontade de Colombo, deu-lhe então certos papéis e cartas de navegação e uma relação muito particular do que tinha visto na sua viagem...

Mas Sara tinha deixado de ouvi-lo. Levantara-se como uma mola, nervosa:

— Que estúpidos! Nós aqui falando e Lúcia e Mike sem saber de nada!... — empertigou-se ela, sacudindo Daniel por um ombro. — Vamos lá embaixo, rápido, precisamos telefonar para eles!

Que chatice, a porcaria dos regulamentos e os celulares... — pensou.

Apressaram o passo e desceram correndo as escadas até a recepção. Era proibido usar celulares ali. No piso inferior, o telefone fixo estava desocupado. Sara discou um número e aguardou. O toque insistiu. Os segundos consumiram-se lentos. Por fim, a jovem conformou-se. Deixou uma mensagem de voz e desligou. Supôs que Lúcia e Mike deviam estar trabalhando com os celulares desligados...

Mais estranho foi o mesmo silêncio da parte do tio Martin, para quem ela tinha ligado em seguida.

— Onde é que ele se enfiou?... Hum... que estranho. Nem Katherin atende... — disse Sara, apreensiva. Procurou eliminar o incômodo que a situação subitamente lhe causara. Imaginou Katherin totalmente enlevada e distante, dialogando com a sua mandrágora em algum lugar do frondoso jardim... Esta ideia apaziguou-a.

Sara e Daniel retornaram rapidamente para o primeiro piso e para a sala de leitura. Era urgente e fundamental pedir uma cópia microfilmada da carta de Pedro Velasco...

Mas assim que entraram, os seus olhos testemunharam a mais inconcebível e brutal das notícias:

A carta do piloto castelhano desaparecera!

39

Quinta da Sibila, Sintra
9 de maio, 15:30 horas

A entrada da Quinta da Sibila surgiu para eles no meio de um bosque exuberante. Poderia se dizer que era como um local subitamente perdido e logo achado num ermo da serra, um corpo estranho encravado nos limites do mundo real. Apresentava sinais de abandono, marcas do tempo no portão alto e entreaberto. No longo muro vestido de líquens, um véu pudico entre o olhar mundano e um espaço-tempo imóvel.

Lúcia Lacroix poderia se sentir na pele de Ifigénia, filha de Agamenon, no tempo da Guerra de Tróia, trocando a fúria dos deuses pelos ventos amenos e a saída da armada grega para o mar. Como a personagem de Eurípides, a jovem parecia ter sido designada pelos oráculos para subir ao altar da imolação...

Antes de sair do carro, a jovem permaneceu sentada durante alguns segundos em silêncio, olhar vago, desfocado na opacidade dos objetos e das sombras em frente. Omitira dos seus sentidos os sons e as cores, ausentes da sua consciência. Tinha se fixado apenas no sentido daquilo que estava fazendo, algo que encarava agora como uma espécie de revanche em relação a vários personagens, conhecidos e anônimos, pelas omissões que tinham feito à verdade histórica.

A jovem sentiu os olhos de Michael fixos nela. Voltou-se para ele.

Agarrou as mãos do parceiro entre as suas. Olhou bem nos olhos dele, segurou o seu rosto e deu-lhe um beijo rápido, como se fosse uma despedida indesejada. Ou de uma fatalidade irreversível. O americano recompôs-se do gesto e disse:

— Teimosa... Você tem quinze minutos! Nem mais um segundo.

Lúcia concordou sem palavras.

— *Alea jacta est*[36] — disse, determinada. Abriu a porta do carro e saiu. Procurou pelas brechas do azul do céu entre o verde das copas acima. Por entre elas, estendiam-se fachos de luz coalhados de poeira e danças de insetos.

Depois avançaram pelo umbral da quinta com passada firme. Seguiram por uma alameda ascendente e guarnecida de tílias e plátanos, guardas atentos e elegantes que se curvavam ao sabor do vento. Lúcia estava disposta a enfrentar o medo, o desconhecido, e combatia esse sentimento na intimidade de cada uma de suas células. Num relance, divisou a seu lado, na contra-luz, a silhueta do americano, como um anjo da guarda...

O caminho continuava pelo âmago de um bosque ostentando abetos, cedros e pinheiros esguios, local de pouso para aves e palco de seus mais diversos cantos. Poucas dezenas de metros adiante, a alameda virava com inclinação crescente para a direita onde abundavam espécies exóticas, como sequoias e zimbros da China, entremeadas por carvalhos locais. Naquele bálsamo floral, resinoso e doce, que encantava os olhos e puri-ficava a alma, a jovem se sentia quase tentada a esquecer o objetivo que a trouxera ali, naquele território desconhecido que ela sabia, poderia trazer ameaças.

De acordo com as instruções do misterioso anfitrião, Lúcia precisava

---

36 Dito latino: "A sorte está lançada".

identificar numa plataforma ajardinada da alameda, a entrada de uma galeria subterrânea, semiencoberta pela folhagem. Ela rapidamente encontrou o lugar. Uma rápida inspeção mostrou uma porta de pedra.

O americano segurou Lúcia pelos ombros e disse:

— Lembre que eu estarei aqui. À menor suspeita, ao menor sinal, eu vou entrar. Quinze minutos, *ok?*

— Está tudo bem. Eu confio no meu destino — sussurrou a jovem. Voltou-se e estendeu as mãos para a textura fria da rocha, como que querendo adivinhar a bondade e as intenções do lugar. Respirou fundo várias vezes e se concentrou de novo, músculos e sentidos alertas e prontos para enfrentar ameaças.

Conforme as indicações recebidas, ela sabia que o anfitrião desconhecido estava em algum lugar para além daquela abertura tosca, nos meandros obscuros da Quinta da Sibila. Decidiu-se sem mais demora. Despediu-se da luz exterior e penetrou meia-dúzia de passos no colo da terra. Uma obscuridade fria a envolveu imediatamente, num abraço úmido de húmus intenso. A jovem demorou alguns segundos até se situar. Quem se comprazera em convidá-la tinha gostos incomuns. Bizarros mesmo. Um ligeiro calafrio percorreu-lhe o corpo enquanto uma vertigem de imagens em sua mente evocava os rostos dos pais, do tio, de Mike, dos amigos, todos que partilhavam esta verdadeira odisseia em que tinham embarcado. Deixou que os olhos se sintonizassem com a informação visual, lentamente injetada no seu cérebro: um ambiente de espectros, ângulos e formas inéditas. Depois, abriu a boca de espanto: estava na borda de um poço subterrâneo, com mais de 25 metros, rodeado por uma escadaria em espiral, sustentada por colunas esculpidas. Do topo que se abria para o céu, infiltrava-se um pouco de claridade coada por tonalidades verdes. Gradualmente, a visão se acostumou e pôde perceber os nove patamares circulares que levavam até o fundo do poço, numa escuridão crescente.

Foi do interior dessa luz espectral, que pairava nesse estranho local, que subitamente irrompeu uma voz poderosa, amplificada pelo poço que parecia conduzir aos domínios subterrâneos de Hades e Perséfone. A jovem aguçou sua audição. A voz parecia ter vindo do interior das colunas do lado oposto de onde se encontrava, no primeiro patamar do interior do poço.

Ecoou pesada. Poderia se dizer até que numa reverberação típica de efeitos especiais:

— Está num local que simboliza a crença na terra como o útero materno de onde provém a vida, mas também a sepultura para onde voltará.

A recepção não podia ser mais atemorizante, emitida como uma espécie de preceito de boas-vindas. Pensou: *cão que ladra...*

— Quem... está aí? — arriscou ela disfarçando o tremor da voz. A visão de Lúcia se acostumava gradualmente à penumbra e permitiu que antevisse os contornos de alguém entre duas colunas na beirada do poço.

Um encapuzado... — avaliou ela apertando os olhos e lutando para contrariar o medo físico, o apelo interno da desistência. Ganhou coragem e repetiu:

— Quem é o senhor?

— Digamos que sou apenas um amigo da verdade — foi a resposta, seca e imediata, vinda do outro lado.

A voz prosseguiu no mesmo tom imperativo.

— Sabemos o que pretendem com a vossa investigação. Mas a História, por muito que vos custe, está traçada desde há muito. Os livros já escritos vão continuar a ser lei e assim deverá continuar. Para as gerações presentes e futuras...

— Tem certeza? Acho isso uma falta de senso e de perspectiva...

— Não me interrompa, por favor! — ordenou o anônimo encapuzado, erguendo a mão direita por entre as abas de uma capa tão negra quanto o fundo do poço.

Nas mãos do anfitrião surgiu um pequeno livro que ele trazia embaixo das longas vestes que desciam até os pés. Adoçando o tom de voz, dirigiu-se à convidada:

— Deixe-me lembrar-lhe a antiquíssima profecia da Sibila Cuméia encontrada aqui mesmo, em Sintra, em certas pedras no subsolo, poucos dias antes de se saber em Lisboa da chegada de Vasco da Gama à Índia. Ora, esta profecia antecipou em séculos a missão dos portugueses como futuros descobridores da rota marítima para o Oriente.

Lúcia não demorou a perceber que o desconhecido se referia à obra de Fernão Lopes de Castanheda e a uma suposta profecia que faria parte do Livro I, Capítulo XXVIII, da sua *História do Descobrimento e Conquista da Índia pelos Portugueses*. Lembrava-se também de Sibila Cuméia, popularizada por Virgílio na IV Bucólica, e que escrevia suas profecias em folhas de palmeira no retiro de uma caverna: o próprio padre Antônio Vieira se referiu a ela na sua *História do Futuro*, o breviário messiânico da *forma mentis*[37] do português do século XVII, quando menciona o advento de um novo rei e de uma era de ouro...

A voz do desconhecido interrompeu seus pensamentos. Emergiu de novo, teatral e grandiloquente, na leitura de um trecho:

— *"...O invictíssimo rei D. Manuel para quem a divina providência tinha guardado o efeito dele que era a Índia, cujo descobrimento estava profetizado dantes pela Sibila Cuméia, segundo se conta num autêntico livro que anda impresso em latim que se intitula da sagrada antiguidade em que se contam muitos letreiros antigos que foram buscados e achados*

---

37 Concepção de mundo.

em muitas partes da Asia, África e Europa por mandado do Papa Nicolau V (...). E entre estas foi achado um letreiro, segundo no mesmo livro conta um Valentino morávio, por ser natural da Morávia, o qual diz que no ano de mil e quinhentos e cinco, que foi seis anos depois deste descobrimento, aos nove dias de Agosto nas raízes do Monte da Lua, a que chamamos agora rocha de Sintra, junto da praia do mar, foram achadas debaixo da terra três colunas de pedra quadradas e cada uma das quadras cortados nas mesmas pedras, umas letras romanas das quais estas que se leram foram as pedras em que estavam cozidas com grande arte.

— E havia uma regra como título que dizia em latim: "*Sibile vaticinium occidius decretum*", que na língua portuguesa significa "*Profecia da Sibila determinação aos do ocidente*". E abaixo desta, quatro versos em latim, que traduzidos, diziam:

Serão revoltas as pedras com as letras direitas e em ordem
Quando tu ocidente vires as riquezas do oriente
O Ganges, Indo e o Tejo será coisa maravilhosa de ver
Que cada um trocara com o outro as suas mercadorias.

"*E ainda dizem alguns, que poucos dias antes de Nicolau Coelho chegar a Sintra, foram achadas estas colunas e foi dito a el Rei D. Manuel por cujo mandato Rui de Pina, que a esse tempo era cronista, tirou em linguagem estes quatro versos e o título. E quando o Rei Manuel viu o que diziam, ficou muito espantado com todos os da sua corte, e houve sobre isso diversos pareceres, porque uns criam outros diziam que por nenhum modo podia ser e que aquilo eram gentilidades a que não se devia de dar nenhum crédito. E estando a coisa assim em dúvida dizem que chegou Nicolau Coelho que a desfez com a nova que deu do descobrimento da Índia. E foi a profecia ainda por verdadeira e como* quer que os Portugueses sabem melhor pelejar que granjear antiguidades não houve quem fizesse caso daquela e as pedras ficaram na praia do rio de Maçãs (...)".

— Curiosa profecia de um fato consumado, diga-se de passagem... — retorquiu Lúcia, com ironia. — Obrigaram o cronista a incluí-la na segunda edição do seu livro, *depois* de Nicolau Coelho ter chegado a Lisboa e anunciado o êxito da viagem de Vasco da Gama...

— Cale-se! Não diga essas indignidades! — gritou o oponente do outro lado das sombras.

Lúcia contabilizou por alto quanto de tempo teria passado. Talvez uns dez minutos...

Mas o encapuzado se adiantou. A voz declamatória ribombou pelas fendas de pedra:

— A nossa missão é fácil de entender. O significado da estátua encontrada na ilha do Corvo foi rapidamente apreendido ao mais alto nível das Cortes de Portugal e de Espanha. A admissão da existência do monumento se chocava com os pressupostos da nossa civilização e da religião que professamos. Surgiu a necessidade de uma convergência de ações: assim, surgiram os Cristóforos, soldados de Cristo, defensores da supremacia do Ocidente sobre a barbárie do Oriente remoto. Os seus membros foram sendo recrutados no interior das academias de Espanha e Portugal. Desde logo, o seu objetivo primordial foi o de preservar a todo custo a imagem pioneira de Cristovão Colombo como primeiro desco- bridor da América, redentor de povos pagãos e restaurador do Jardim do Paraíso bíblico; depois, defender a ideia da primazia absoluta das viagens marítimas portuguesas no Atlântico. No fundo, impedir que os *povos sem Cristo* tomassem na História o lugar de pioneiros na descoberta do Novo Mundo...

Só falta um rufar de tambores — pensou a jovem.

— Pois é. Só que na História não existem primazias nem méritos absolutos. Além do mais, a visão do mundo que vocês possuem teima em ser contrariada por investigações recentes — respondeu Lúcia elevando a voz na direção do encapuzado.

— A vossa opção é simples — vociferou o anônimo anfitrião. — Ou vocês desistem da investigação ou usaremos argumentos convincentes. Lembrem-se dos familiares, dos amigos. Somos fortes. Temos boas relações com os poderes instituídos... — disse o desconhecido, alardeando segurança.

Então o jogo era este: pura chantagem — deduziu mentalmente Lúcia. Ela e Michael deveriam abandonar tudo o que tinham descoberto até aquele momento. Encerrar as buscas e seguir cada um o seu caminho. Caso contrário...

Um silêncio mortal pairou entre as duas bordas do poço.

— Então? Qual é a resposta?

— Se era esta a sua oferta de informações sobre o paradeiro da estátua, confesso que estou completamente desiludida. Além do mais, as suas ameaças só têm uma consequência imediata: passam a ser um caso de polícia.

A voz do encapuzado impôs-se, mais dura:

— Ah, é? Então você se dispõe a experimentar a nossa determinação, a testar as nossas convicções, não é? Muito bem...

O homem bateu palmas:

— Tragam-no aqui!

Dois homens aproximaram-se da borda amurada do fosso. Traziam alguém que se debatia. A tênue luminosidade proveniente do teto permitiu que ela visse os traços da figura, corpulenta mas incomunicável. Tinha a boca selada com uma fita adesiva.

Mas eram inconfundíveis os traços de Martin Lacroix.

40

LISBOA, PARQUE DAS NAÇÕES
9 de maio, 15:45 horas

De volta ao apartamento, Sara e Daniel tentavam ainda entender e assimilar o surpreendente incidente da carta do piloto castelhano. Abalados e incrédulos, recordavam as meias-palavras e as absurdas explicações que tinham obtido dos funcionários do arquivo. Em especial, o homem franzino com o seu bigode anacrônico, dava o que pensar. Uma boa meia-hora havia sido gasta em exigências de explicação sobre o destino do documento. Em cinco minutos apenas, a carta de Pedro Velasco passara da existência objetiva, palpável, a uma virtualidade inexistente num país imaginário. Ninguém se recordava dela. A única coisa que os dois pesquisadores conseguiram foi deixar registrado o seu protesto no livro de reclamações do arquivo.

— O imbecil daquele funcionário... Viu a cara dele, Daniel? Amanhã vou tomar satisfações com o diretor. Ah, se vou! — reclamou Sara. — E ainda por cima, nem Lúcia, nem Martin, atendem os celulares!... O que diabos está acontecendo? Logo os dois... — desabafou enquanto entrava nos aposentos. Furiosa, atirou a bolsa em um sofá e foi logo abrindo a janela, de par em par. Lá fora, o sol acendia no leito do Tejo cintilações de prata. Durante alguns segundos, a jovem ficou de braços cruzados escutando o som estridente das gaivotas, contemplando as suas trajetórias desordenadas...

Daniel olhou o relógio:

— Descanse um pouco — sugeriu enquanto se descontraía num sofá, as mãos na nuca. — É melhor se acalmar, respire fundo... Daqui a pouco eles devem telefonar. É bem possível que tenham ficado mais tempo em Mafra...

Sara saiu e momentos depois voltou com dois copos altos. Um chá frio de menta ajudaria a fazer o discernimento voltar.

Minutos depois, a jovem estava postada diante do computador, vagueando de texto em texto. Fixara os olhos na tela, mas as letras pareciam estranhas, distantes... Como as letras da laje onde estivera a estátua do Corvo e que tanta estranheza causaram a Pedro Fonseca e aos seus homens...

41

QUINTA DA SIBILA, SINTRA
9 de maio, 15:45 horas

— Tio Martin! Oh, não... Deixem-no, por favor — suplicou Lúcia em desespero. Apanhada de surpresa, não tinha dúvidas de que Martin Lacroix estava ali, refém dos seus adversários. Para ser usado como moeda de troca. Agora percebia por que o tio não tinha atendido o celular.

Mas a resposta veio da sua retaguarda, da figura de Michael que apareceu num rompante das sombras para o cenário do confronto.

— O tempo acabou. *You bastards*! — gritou ele para o outro lado do poço. A ameaça bilingue soou tão espontânea quanto inócua. Inclinou-se para Lúcia e sussurrou:

— Então era este o tal encontro desinteressado, pelo amor à História? Que ingenuidade, menina...

— Vi o meu tio... — conseguiu articular a jovem, num gemido vago.

O americano fez uma expressão de desagrado. Sabia que o fanatismo proliferava como fungos no terreno da intolerância. Mas nunca poderia imaginar que viajara de Boston, com escala pelos Açores dos seus antepassados, para conhecer esta faceta tão deprimente do espírito humano.

Mas a voz do encapuzado interrompeu a sua breve avaliação:

— Muito bem. Se é a sua a derradeira palavra... Traçou o destino de

Martin Lacroix. Pode agradecer ao seu *cowboy* aí...

Ato contínuo, as sombras desapareceram do lado oposto. Um breve tropel de passos foi se diluindo nas entranhas do espaço vertical.

Lúcia sentiu a lividez pintando o seu rosto e a angústia dilacerando o seu peito. Ainda gritou para o interior das colunas, xingando os inimigos já invisíveis.

Michael puxou-a para si e disse:

— Chega. Vamos sair daqui! Precisamos avisar a polícia. Isto é sequestro puro.

Pegou a mão de Lúcia e mergulhou pelo estreito corredor de acesso ao exterior. O bafo úmido resfriou as suas faces. A saída estava logo ali, a meia dúzia de passos...

O problema é que o curto corredor não tinha saída. Ou melhor, ela tinha sido fechada.

— Mas... o que diabo está acontecendo? Era aqui... Eu acabei de entrar, faz poucos minutos... — exclamou Michael surpreso, batendo com os punhos numa barreira de pedra. Por várias vezes tentou derrubá-la com os ombros. Mas a sua destreza atlética, comprovada nos embates da NCAA americana, na dureza do futebol do seu país, esbarrava inutilmente contra aquele obstáculo frio e inerte. A verdade era que algo como uma porta rochosa tinha sido deslocada e fechava a entrada do poço vertical.

— E agora? E o tio Martin? — murmurou Lúcia, confusa. Sentia-se fraca. A imagem fugaz do tio, neutralizado pelos adversários, tinha abalado profundamente a pesquisadora. — Mike, temos que encontrar o meu tio. Eu não posso deixá-lo aqui... — gesticulou, insistente.

— O celular? — perguntou o americano sacudindo a jovem pelos braços.

— Tente ligar para Sara ou para Katherin. Ou para a polícia. Depressa!

O sinal era fraco demais. *Vamos! Anda, atende...* Para completar, a bateria estava acabando. Uma, duas, três tentativas depois e o aparelho emudeceu.

Michael não esperou mais um minuto. Puxou a colega, levando-a de volta para o patamar superior do poço. Experimentavam agora o que sente um animal acossado. Começaram a descer a espiral de degraus que levava, de patamar em patamar, até o fundo. Primeiro aos tropeções, pouco a pouco os seus pés foram ganhando uma inusitada habilidade tátil, compensando a ausência de luz. A descida circular era apertada e as saliências da parede viscosa iam fazendo do percurso uma via dolorosa para a pele. Michael recriminou-se por ter deixado a mochila no porta-malas do carro. O quanto não seria útil a sua pequena lanterna...

Ofegantes, chegaram ao fundo do poço e não demoraram para perceber que dali partiam três estreitos corredores. Lúcia tinha ouvido de seu tio lendas sobre passagens sem saída. Resolveram optar por um dos caminhos. O do meio. Não que esperassem encontrar nele alguma virtude em especial. Porque, de fato, a escuridão tinha se acentuado. A sombra de Hades e dos seus gênios infernais eram cada vez mais imagens atordoantes e próximas. Na escuridão, os demais sentidos pareciam ganhar um inesperado destaque, e Lúcia podia jurar que estava ouvindo ecos de passos atrás deles. Se a tática era aterrorizar, os resultados começavam a funcionar.

De repente, meia dúzia de passos adiante, deram de cara com uma clareira de luz pálida, mais intensa no lado oposto àquele em que eles se encontravam. O espaço em volta foi se definindo. Era semelhante a uma cripta, baixa e escavada no solo rochoso. Um vago rumor percorria os seus pés apoiados no chão irregular.

— *Será um rio?...* — pensou Michael.

— Escute — disse Lúcia, detendo Michael com o braço. Ela teve a impressão de ouvir um murmúrio sincopado. Ali perto. Aguçou os ouvidos. Não. Parecia mais a um arfar regular, uma respiração forçada. *Alguém...*

No momento seguinte, viram-se rodeados de sombras que pareciam ter saído das paredes em volta. Então, um súbito véu noturno e denso desceu sobre as suas consciências...

42

EXTERIOR DA QUINTA DA SIBILA, SINTRA
9 de maio, 15:55 horas

O motorista do automóvel estacionara a uma certa distância da entrada da Quinta da Sibila, abrigado no acostamento da estrada. Observou com interesse a saída dos dois ocupantes do veículo e observou-os desaparecer nas sombras protetoras do arvoredo esguio e denso.

Os dedos retomaram tranquilamente o batuque no volante. Mas os olhos permaneceram vigilantes. De vez em quando, interrompia o divertimento com os dedos, olhava o relógio e logo voltava para o passatempo percussionista.

Subitamente, um ruído de motor poderoso fez com que os dedos se imobilizassem, esticados no ar. Das sombras da entrada da quinta, faiscou ao sol o brilho metálico de uma carro de luxo. O apressado motorista alcançou o asfalto fazendo um cavalo de pau e acelerou fundo entre uma nuvem de pó.

A imagem fugaz que o motorista do carro estacionado conseguiu reter foi a de quatro homens no seu interior afastando-se velozmente. Como quem foge do diabo...

Ou seriam eles o Diabo?

43

QUINTA DA SIBILA, SINTRA
9 de maio, 16:00 horas

O despertar foi lento. Lúcia percebeu que estava deitada e que suas roupas estavam molhadas. Sentiu um arrepio desconfortável, misto de frio e medo.

— *Meu Deus! Estou cega...* — mas logo descobriu que estava com os olhos vendados e as mãos amarradas nas costas com uma fita plástica. Ouvia nitidamente alguém, muito próximo, num gemido queixoso, persistente. Com algum esforço, conseguiu se colocar em pé. O rumor contínuo que tinha sentido antes, era agora bem audível.

A historiadora sentia os pés ensopados.

— *É água! Será que estamos num... poço?* — perguntou a si mesma.

— Lúcia? Você está aqui...? — soou uma voz familiar, do seu lado.

— Mike? — perguntou a jovem, tentando aliviar o terror que a transpassava. Sentia gotas de suor escorrendo-lhe pela face.

— É você de verdade! — confirmou num risada nervosa. Lúcia sentiu enfim a respiração do colega, depois o toque molhado das calças, da camisa do americano. E a respiração pesada e contínua prosseguia insistente nos seus ouvidos.

— Onde estamos? — perguntou. — Mike, tem mais alguém aqui... —

sugeriu, hesitante. Deu dois passos e esbarrou num obstáculo.

— Estamos mesmo num poço, Mike. E ele está enchendo...

— Você acha que está? Ajude-me a tirar a venda — pediu o americano.

— Vou me colocar de joelhos na altura dos seus dedos. Combinado?

Os passos de ambos provocavam já pequenas ondas.

Depois de um rápido jogo de cabra cega e de desencontros táteis, a tira de pano soltou-se num derradeiro golpe dos dedos.

— Linda menina... — disse, eufórico. Michael estava recuperando o sentido do espaço. Esfregou os olhos e agradeceu pelos resquícios de claridade que chegavam até ali. Depois, devolveu também à colega o reino do visível e avaliou rapidamente que o fosso não era tão profundo quanto parecia. Mesmo assim, tinha cerca de dois metros e meio de altura por uns quatro de diâmetro. *Para que serve isto?* — pensou.

Era fundamental libertar as mãos. Tentou, machucando a pele, mas o plástico continuava rígido e tenso...

As pernas já sentiam uma maior resistência da água.

O americano começou a tatear pela parede circular. Três passos em frente e tropeçou em algo mole. Ouviu uma queixa prolongada e abafada. Olhou.

Era Martin Lacroix.

O grito da sobrinha ecoou pela cripta.

— É o tio Martin! Eu não disse? — clamou a jovem, abaixando-se até o ex-legionário, para reconhecê-lo. Na escuridão, pode ver que o tio abanava a cabeça, murmurando furiosamente sob a mordaça. Estava sentado, com as mãos atadas e já com a água chegando no queixo. Michael conseguiu colocá-lo rapidamente em pé e tirou a tira adesiva de sua boca. Martin deu um berro e tossiu impetuosamente.

— Cretinos... bandidos! — protestou entre espasmos. Erguera-se contra a parede lodosa, respirando com dificuldade. Sentia Lúcia a seu lado, num amparo precário.

— E você, mocinha? Como está se sentindo?

— Não fale, tio... Sossegue. Vamos tirá-lo daqui. Então, Mike?

O nível da água começava a lamber-lhes os joelhos...

O americano tinha feito uma rápida inspeção tátil usando o corpo e as extremidades dos dedos.

E não gostou: a parede era escorregadia demais pela acumulação de limo.

— *Excelente fim de carreira...* — pensou.

Precisavam urgentemente soltar as mãos.

— É mesmo... um poço... E está enchendo! — exclamou Martin. Perceberam de imediato que, sem as mãos livres, dificilmente conseguiriam se manter à tona, *caso a água os submergisse*. O ex-legionário enfrentava a mais cruel das ironias. *Adequada e requintada* — pensava. Logo para ele que enfrentara armadilhas de todo tipo, tinham reservado o chamado *banho francês*: o poço, suficientemente profundo, cheio de água, obrigava a vítima a nadar se quisesse sobreviver. Caso contrário se afogava.

Lúcia suspirou. Encostou-se em Michael, o rosto pousado no ombro do americano. Os olhos deixaram-se ir, perdidos e vagos, pelos limites do fosso. Lembrou do aviso prévio, ao recém-entrar no poço: "*...a terra como útero que dá a vida, mas também a sepultura*"...

Que triste fim tinha trazido a sua confiança em Damião de Góis, ele próprio alvo dos algozes da Inquisição — pensou ela. Agora era uma historiadora participante à força numa réplica dos castigos medievais, naquele tempo metodicamente aplicados nos domínios católicos: era assim que se fazia a chamada *limpeza da alma*, antes do castigo final, pela tortura da água introduzida à força na boca das vítimas. Fatalmente afogadas.

A maré turbulenta tinha ultrapassado a cintura de Lúcia.

— Há quanto tempo estamos aqui, Mike? Três, quatro minutos? Que droga, esta fita não cede...

Michael continuava torcendo os pulsos até sentir dor, tentando diminuir a pressão. De repente, tocou em algo duro...

— Esperem! Como pude esquecer? — alertou o americano. O meu canivete, no bolso de trás da calça! Lúcia, tente apanhá-lo com as pontas dos dedos. Pelo amor de Deus... — disse ele, animado.

Costas com costas, iniciaram ambos um novo jogo de delicados equilíbrios, agora subaquáticos. Os dedos da jovem conseguiram chegar à borda do bolso felizmente largo da calça. Sentia as escápulas cravadas na lombar do americano.

— Como está indo, minha pequena? — perguntou Martin mais tranquilo, remexendo-se na água.

Segundos depois, os dedos dela tocaram um objeto metálico. Tentou segurá-lo com toda a firmeza possível e rangeu os dentes, como se dependesse deles o êxito da operação. Tateou com o canivete pelas mãos do colega, num diálogo de epidermes.

— Peguei! — exclamou o americano.

As marolas de água assediava o seu peito.

Quando o canivete passou para as mãos de Michael, ele rezou para que a lâmina não escorregasse. Segurou-a o melhor que pôde entre os palmas e começou a cortar rapidamente a tira de plástico. A lâmina, tão incerta quanto ele, cortava também a sua carne, várias vezes. Mas o americano oferecia de bom grado essa dor já bastante forte em troca da luz que os esperava lá fora. Finalmente, conseguiu se soltar dos restos da fita.

Lúcia, assustada, percebeu a água tocando-lhe os lábios.

Sentiu o americano baixar a lâmina até às suas costas e, no momento seguinte, respirou de alívio. Tinha as mãos livres e podia flutuar. O mesmo aconteceu, logo depois, com Martin. Ele era pesado e menos ágil, mas conseguia ainda assim manter-se à tona.

Michael decidiu que o melhor era fazer com que Lúcia saísse dali e fosse buscar ajuda. O ex-bibliotecário começava a dar sinais de fraqueza.

— Rápido — disse o americano. Cruzou as mãos na frente e Lúcia se agarrou no seu pescoço. O trampolim perfeito ergueu a jovem até a beira do poço, empapando a terra. Por alguns momentos, Lúcia recobrou forças. Em seguida, debruçou-se para a escuridão de dentro do poço.

— Mike, empurre o meu tio que eu consigo puxá-lo para fora!

— Nem pense nisso! Você não pode nem com o meu peso, quanto mais o do teu tio! — respondeu o americano, boiando na superfície.

— Vá buscar... alguém... lá fora... — pediu o tio, entre golfadas de água.

Aparentemente, o nível da água tinha parado de subir cerca de dois metros acima do fundo. Mas ainda faltavam infindáveis quarenta, talvez cinquenta centímetros...

— Não seja teimoso. Precisamos tentar! Força! — insistiu a jovem.

Martin se viu levantado pela força dos ombros do americano. Os braços da sobrinha estavam a poucos centímetros. As mãos de Martin tocaram as de Lúcia... mas a pele dela, enlameada, fez com que a tentativa falhasse. Um novo impulso vindo de baixo levou Martin novamente mais acima. Os braços de Lúcia, desta vez, ajustaram-se às axilas do tio, de costas para a borda do poço. Mais próximos...

— Já o tenho, Mike... — avisou. — Você consegue erguê-lo mais um pouco?... Mais, se der — pediu a jovem, bufando. Estava no limite das suas forças, perto de desistir...

De repente, viu um cone de luz avançar pelo chão até a borda do poço. Sentiu que o peso do tio tinha diminuído. Dois braços fortes surgiram ao lado do seu braço franzino.

— Alfredo! — gritou ao reconhecer o vulto vindo do lado oposto da cripta, onde um feixe claro denunciava uma provável saída.

— Deixe comigo, menina — disse o recém-chegado.

O vigor do transmontano sustentou Martin Lacroix e colocou-o de volta no solo, exausto, numa poça. Depois, com a ajuda de Lúcia, dedicou-se a resgatar Michael da armadilha líquida. O americano deixou pender a cabeça e fechou os olhos. Das suas mãos escorriam pequenos fios pastosos, vermelhos. *Marylin nem vai acreditar quando souber...* — pensou.

O ruído aquático do subsolo dera lugar agora a uma confusão de respirações ofegantes. Quando o ex-bibliotecário se sentou, ajudado pela sobrinha, levantou o braço escorrendo água e apontou o dedo indicador para o ex-subordinado:

— Alfredo! Isto são horas de aparecer? Na próxima, você vai ser despedido! — disse, antes de irromper num riso nervoso com que exorcizava um fim que julgara iminente.

44

LISBOA, PARQUE DAS NAÇÕES
9 de maio, 16:15 horas

Sara decidiu não esperar mais. Anotou o número do telefone de Martin.

— Alô, Katherin? Aqui é a Sara. Posso falar com Martin? Estou preocupada, porque...

Do outro lado da linha, emergiu uma voz adocicada, com sotaque britânico. Primeiro, num lamento crescente; depois numa toada chorosa, intermitente.

— Sara?... Estou desesperada. Não. Não sei do Martin... Saiu depois do almoço... Já o procurei pelos jardins, e nada. Alfredo também desapareceu. É muito estranho... O que eu vou fazer? Lúcia? Ah! Sim... Ela telefonou depois de almoço... Disse que ia ter um encontro na Quinta da Sibila. Só isso. Você conhece?

Sara respondeu que sim. Tinha visitado uma vez a quinta com a amiga e conhecia o que se dizia a respeito do lugar na tradição dos mistérios locais. Pressentia do outro lado uma Katherin confusa, entre lágrimas. Acalmou-a o melhor que pôde. Afinal, pelo menos Michael estava com ela. Sim, iriam imediatamente para Sintra. Informariam a polícia se, entretanto, nenhum deles desse sinais de vida.

Sara desligou o celular e pegou a bolsa de pano. Verificou se estava com as chaves do carro.

—Vamos, Daniel. Está acontecendo alguma coisa fora do normal... Estou com um pressentimento terrível... — disse ela, encaminhando-se para a saída.

Inesperada e triunfal, a música de Beethoven ecoou pelo apartamento. As notas da popular abertura da Quinta Sinfonia repetiram-se antes que Sara pudesse acionar a tecla verde do celular.

— Lúcia?! Até que fim, mulher!... Onde você se meteu? — sobressaltou-se a jovem assistente, espantada com a premonição reforçada pelo clássico fragmento musical.

Calou-se. Ficou escutando, boca entreaberta e coração em disparada. As palavras fluíam do outro lado, descritivas e assustadoras. A amiga estava fazendo um resumo do episódio dramático que tinham recém-protagonizado na Quinta da Sibila. *Meu Deus... Que loucura, que perigo...* — reconhecia mentalmente, enquanto o seu rosto imprimia, em transfigurações sucessivas, máscaras de incredulidade e impaciência, de repulsa e de medo.

Daniel tentava, em vão, saber o que estava acontecendo. Mas Sara permaneceu impassível. Por fim, assegurou com voz trêmula:

— Sim, sim...vamos já para aí — e conservando o olhar vago, desligou o celular.

— Conto tudo no carro — disse, com ar preocupado, abrindo a porta.

45

ARREDORES DE SINTRA
9 de maio, 16:15 horas

Com a oportuna ajuda de Alfredo, os três ilesos protagonistas da reclusão forçada no interior úmido da Quinta da Sibila foram recobrando as forças. Davam graças ao motorista, que conhecia bem os meandros da propriedade: ali ele tinha obtido o seu primeiro emprego, depois que os sonhos juvenis o desligaram da terra natal transmontana.

Quando entraram novamente na residência de Martin Lacroix, foi sem grandes surpresas que se depararam com uma Katherin inundada em lágrimas a recebê-los num comovido pranto. A sensível britânica correu para eles, seguida pela seu efusivo cortejo de *Basset Hounds*, como se fossem náufragos que acabaram de chegar na praia. De fato, a imagem do trio não era das melhores. Mas em breve, a combinação de roupas secas e chás de tília e passiflora instilaram uma alma renovada no grupo.

Martin, assim que pôde, subiu até a biblioteca e foi telefonar para a polícia judiciária e denunciar o caso. O sagaz Alfredo tinha conseguido ver a placa do carro de luxo que saíra a toda velocidade de dentro da Quinta. *Crime grave*, reconheceu o agente que atendeu a queixa. Martin teria que fazer um depoimento formal para o prosseguimento das investigações.

A opinião predominante era a de que o desfecho do incidente iria desmobilizar as iniciativas dos Cristóforos, desde que as autoridades policiais começassem logo a agir. Todavia, os acontecimentos da Quinta da Sibila requeriam uma ponderada reflexão sobre os passos seguintes da pesquisa. As maiores esperanças estavam concentradas no farto espólio da Chancelaria Régia, possível sede das ordens de D. Manuel a Duarte Darmas, ao mestre-pedreiro... e a incógnitos agentes.

O meio da tarde seguia abafado, tingido de nuvens altas. Martin, com aplausos da sobrinha e de Michael, optou por recuperar-se ao sol, em local coberto e servido por uma brisa que ia subindo do mar.

— Ar puro! Preciso de ar puro. Ainda me sinto suja, desrespeitada... — reclamou Lúcia, lembrando a rejeição orgânica da claustrofobia.

Saíram para o terraço em frente à casa, no topo da encosta que se abria para o horizonte enevoado, lá longe. De pé, junto a um muro guarnecido de musgo, o ex-legionário encarou o tapete verde que se estendia pelo anfiteatro a seus pés. Depois, inspirou profundamente e foi se sentar numa cadeira de balanço, na sombra generosa de acácias e carvalhos.

Martin estava preocupado e aborrecido com a sobrinha por ter se arriscado no encontro. O ex-soldado, que escapara do fogo em campo aberto, tinha enfrentado pela primeira vez uma conspiração subterrânea e anônima.

— Você foi imprudente, mocinha — censurou ele para se enternecer logo em seguida, ao sentir que a sobrinha se aproximara e lhe dera um beijo fugaz e cheio de ternura na testa. — E a você, Mike, que cabeça a minha! Quero agradecer pelo que fez por nós esta tarde.

— Ora essa. Agradeça ao Alfredo por ter nos salvado desta absurda imitação de *waterboarding*, um método usado pela CIA em interrogatórios de prisioneiros. Vocês sabiam? — respondeu o americano.

— Sim, vocês foram sempre muito convincentes — observou Martin, com um ar de zombaria na voz. — E o Edgar Allan Poe? Não foi ele que se lembrou do poço, símbolo do inferno ou, como ele dizia, a *Última Thule*[38] das suas punições?

— Você tem razão. Mas então: de onde veio aquele delírio fundamentalista, aquela espécie de ópera bufa com pretensões de História? — perguntou o americano, passeando num curto vai e vem, as mãos nas costas. Lúcia, reparando na sua postura, podia vê-lo num auditório repleto de alunos, em Boston...

— Ah! A história da Sibila? Muito simples: Colombo tinha encontrado no coro da *Medéia*, de Sêneca, a profecia da descoberta de um novo mundo; para compensar este feliz encontro, era necessário uma profecia a favor de Portugal. Foi por isso que Lopes de Castanheda introduziu o capítulo vinte e oito, totalmente novo, na segunda edição do livro sobre o descobrimento e conquista da Índia, citado na fala dos nossos artistas de capuz...

— Foi muito provavelmente esta apaixonada concorrência que levou os portugueses a inventarem a descoberta de inscrições lapidares em Sintra, nas quais a Sibila Cuméia teria profetizado a descoberta da Índia pelos portugueses — esclareceu Lúcia, sentada ao lado do tio.

O americano abanou a cabeça em ar de dúvida e propôs:

— Deixe que eu defenda um outro cenário possível, típico de um advogado do diabo: os mesmos que adornaram a história pátria com as fabulosas inscrições de Sintra, não deixariam igualmente de aproveitar o primeiro ensejo favorável para promover a existência da fabulosa estátua da ilha do Corvo que, apontando para o novo mundo, não só mostrava

---

38   Ilha mítica medieval citada em textos da Antiguidade clássica. Por derivação, qualquer lugar que se situaria além das fronteiras conhecidas.

o caminho aos navegantes, mas igualmente revelava o conhecimento prévio da sua existência. A empresa gloriosa de Colombo ficava assim reduzida e portanto os ressentimentos portugueses estariam satisfeitos... — rematou, detendo-se na sua exposição peripatética.

— Ora, meu caro Mike! — sorriu Martin. — Esta é a chamada hipótese do *tiro no pé*. Vencidos no Atlântico, vencedores na secretaria! — contrariou, com ironia. — Peço desculpas, mas não consigo ver ninguém na Corte e nas elites mentoras da expansão marítima portuguesa em condições de comungar semelhantes planos...

O erudito ergueu-se da cadeira. Estendeu o braço para um ramo de acácia e retirou uma folha que foi enrolando entre os dedos. Suspirou e prosseguiu:

— É um assunto sério e preocupante demais. A investigação de vocês abriu uma caixa de Pandora no reino da historiografia ibérica — sentenciou Martin, circunspecto, ainda triturando a folha entre os dedos e de olhos fixos em Lúcia. — Uma querela que remonta, pelo menos, ao destino do padre Florez com a marca dos Cristóforos, autores mais que prováveis do envenamento. Uma espécie de castigo por traição. É fácil perceber que os objetivos destes sectários se inscrevem na lógica de fundamentação da chamada *missão sublime*, para a qual Colombo se achava pessoalmente predestinado: ele, o *portador de Cristo*, "*Christum ferens*", que vai até o novo continente e quer fazer dele um novo Paraíso, um retorno ao Éden do criacionismo bíblico.

— Isso se ajusta perfeitamente na tradição messiânica judaico-cristã, tantas vezes ensaiada ao longo dos tempos. O cronista Bartolomeu de Las Casas escreveu que a missão de Colombo significava "*o cumprimento da vontade divina*". — lembrou Lúcia, apoiada no tio.

— Tem lógica. É aí também que se percebe a relação, proposta por Podolyn, no artigo sobre a estátua do Corvo, entre a desmontagem do monumento e o eventual excesso de zelo católico da época, suscitado pelo receio de se tratar de um ídolo pagão. Nesta perspectiva, a questão da estátua assumiria, de fato, contornos de um confronto cultural, religioso, no quadro dos Descobrimentos do Ocidente cristão e dos seus valores civilizatórios — sustentou o americano.

O barulho de um carro estacionando no cascalho se fez ouvir do lado de fora da residência. A conversa parou ali. Lúcia brincou:

— Aí vem a cavalaria...

46

ARREDORES DE SINTRA
9 de maio, 17:00 horas

O reencontro entre as amigas e os demais serviu para diluir meia dúzia de horas de incertezas e angústias. O abraço coletivo traduzia uma injeção de perserverança para os próximos passos.

— Então, e vocês lá na Chancelaria de D. Manuel? Nada muito promissor, para variar? — perguntou Lúcia, fingindo-se de exigente.

— Nem me fale no raio do Tombo! — resmungou a amiga, visivelmente irritada. O episódio do desaparecimento da carta de Pedro Velasco, descrito em detalhe, provocou o espanto geral.

— Incompetentes! — acusou Martin, do seu jeito. — Mas, isso é uma maldade, uma irresponsabilidade...

— Ou foi mais um ato de toda essa intriga — sugeriu Michael, sentindo os olhares se voltarem para ele. — De qualquer maneira — continuou — É obrigatório que amanhã sejam pedidas explicações ao diretor da Arquivística.

Martin já estava subindo as escadas e clamando por justiça.

— Não perdem por esperar. Vou marcar já uma entrevista com o responsável.

Todos concordaram. O júbilo redobrou quando Lúcia os informou do achado do mapa dos Pizzigani, que comprovava a tradição da estátua como marco ou limite das fronteiras marítimas.

A tardinha serviu para sarar as feridas, físicas e emocionais, e para o merecido repouso destes verdadeiros guerreiros-pesquisadores em tempos de lutas tão insanas. Só a enorme persistência concedia a eles o ímpeto de prosseguir com a investigação, a tortuosa leitura de centenas de papéis dilacerados pelos séculos. E a prova régia do destino da estátua do Corvo estava demorando para aparecer...

O jantar prolongado e leve, de acordo com os mandamentos alimentares de Katherin, serviu de ritual de celebração pela união do grupo diante das vicissitudes dos últimos dias.

O rumor descontraído que marcava o ritmo da sobremesa foi subitamente perturbado por uma melodia suave do folclore celta.

Lúcia atendeu o celular. O número era familiar, mas a ligação estava difícil.

— Alô... Alô? É você, Sérgio? Sim, pode falar... Sim... O quê? Repita, por favor... Não entendi... Ver o quê? — gritava ela. — É o Sérgio Furtado... — disse para os restantes ao redor da mesa. A atenção do grupo aumentou rapidamente.

A voz do jovem assistente em Angra do Heróismo parecia um código morse, uma jangada em sobressalto no mar que os separava. Apesar das indesejáveis falhas na comunicação, Sara conseguiu ouvir, *vejam o e-mail... vejam o e-mail!...*

A ligação caiu.

Abandonaram a mesa e correram escada acima até a biblioteca onde Martin tinha o computador. Abriram o *e-mail* e nunca a caixa de entrada pareceu tão desesperadora. Uma, duas, três... dez mensagens. Os dedos ágeis sobre o *mouse* selecionaram a mensagem de Sérgio. Trazia um anexo em formato .jpg de oitenta kb. Lúcia teve um pressentimento.

Sentiu os joelhos, as mãos, todo o corpo trêmulo como uma flâmula numa festa intensa. Os outros cercaram-na, com enorme expectativa.

Primeiro, leram o *e-mail*. Sérgio Furtado localizara uma cópia da inscrição em cera, recolhida da laje que suportara outrora a Estátua do Corvo. Encontrava-se no espólio do corrregedor Luís da Guarda, contemporâneo de Pedro da Fonseca no povoamento da pequena ilha. O dever de preservar aquela misteriosa inscrição tinha ficado a cargo deste homem curioso e culto, como justificava numa curta nota manuscrita.

O anexo foi aberto como se fosse o túmulo de Tutankhamon. Mas, passada a excitação inicial, sucedeu uma gradual perplexidade, próxima da decepção. É que da curta sequência de traços, muito desgastados e ambíguos, destacavam-se três caracteres:

— Então, Sherlocks? Alguma pista? — ouviram a voz pausada de Martin Lacroix, na entrada da biblioteca.

Sem dizer palavra, Lúcia apontou-lhe a tela onde estava a estranha legenda. Martin avançou. Sentou-se na frente do computador do lado da sobrinha, rodeado pelos demais. Após uma breve avaliação silenciosa, propôs que as letras mais legíveis seriam dois "*T*" e um "*N*".

— TNT? De trinitroglicerina? — soltou Daniel, numa gargalhada.
— Já sabia que este assunto era explosivo, mas não tanto...

Michael pediu explicações sobre o trocadilho e sorriu.

— Daniel, não seja bobo — censurou Sara, incomodada.

Não, não era a sigla óbvia e usual do famoso explosivo. Intrigados, questionavam-se sobre o significado de semelhante charada gráfica...

— TNT... Humm... — murmurou Martin entredentes. Depois de

uma pausa para preparar um dos seus famosos cachimbos, voltou a se concentrar. E assim ficou, entretido com as baforadas de fumaça que se dissolviam no ar.

Michael, que parecia um pouco ensimesmado, quebrou o silêncio:

— E se nos colocássemos na pele de eventuais navegantes longe de casa? Quando chegássemos na pequena ilha, na ida ou na volta do Ocidente, sabe-se lá como os nossos viajantes iriam oferecer as suas preces às divindades protetoras. Talvez com uma dedicatória esculpida na pedra...

— Como os ex-votos dos nossos pescadores — acrescentou Sara.

O tio de Lúcia ergueu o indicador direito:

— Boa pista, meus caros. Sugiro que façamos uma revisão da iconografia das nove moedas do Corvo, a partir do estudo do padre Flores — propôs, fleumático. Dirigiu-se às estantes onde guardava a preciosa revista da sociedade numismática do século XVIII, onde o sueco Johann Podolyn publicara as gravuras das moedas.

Não demorou para localizá-la. Apanhou também o dicionário de Richard Carlyon, A Guide to the Gods, e se sentou na sua cadeira preferida como um mestre rodeado de discípulos atentos ou a um Diógenes transportando a lâmpada. As imagens estavam reproduzidas em um fac-símile, no fim do texto do numismata nórdico.

— Aqui estão. Vejamos — começou a contá-las. — Nove moedas. Que elementos comuns podemos identificar nelas?

Debruçaram-se para uma análise minuciosa das gravuras.

Michael se adiantou:

— A figura da mulher. Uma deusa, claramente.

— E o cavalo. Curioso, não é?... — reparou Daniel. — Vejam a frequência com que ele é representado neste período.

As mãos de Martin folhearam rapidamente os tratados da especiali-

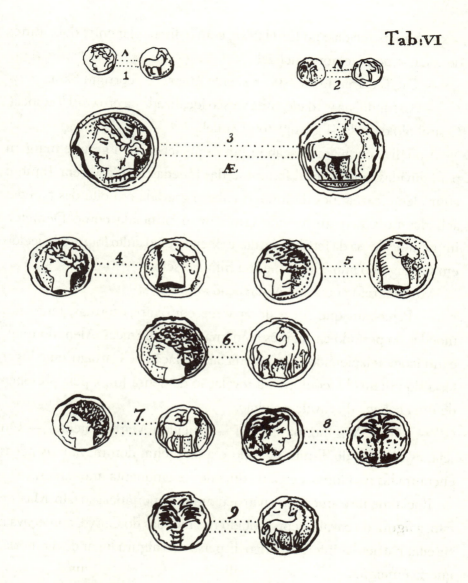

Tab. VI

dade. O perfil feminino era inconfundível. Lúcia e Sara acompanhavam a busca. Os traços gerais surgiram, rapidamente.

— As deusas predominantes nesta conjuntura são variantes de Astarte... — começou a dizer Martin, apontando o diagrama da pedra cônica de Astarte coroada, no livro de Carlyon.

— Sim, parecida com Isis Hathor, com o disco solar entre dois chifres de vaca — acrescentou Michael.

— Ou às extremidades do crescente lunar... — corrigiu Sara.

— No fundo, na verdade, uma versão idealizada da cruz *ankh* egípcia. O símbolo da vida — completou Daniel.

A análise comparada acabou por estabelecer, sem grande margem para dúvidas, que o perfil feminino das moedas do Corvo era Tanit, o equivalente cartaginês de Juno. A cabeça gravada em oito das moedas achadas no Corvo tinha sido também identificada como Deméter, importante deusa da fertilidade, das colheitas, cujo culto fora estabelecido em Cartago no ano 396 a.C, e sua filha Perséfone.

Michael reforçou a sua observação anterior:

— Percebam que o cavalo aparece com várias formas, tanto nas moedas do período cartaginês como nas siculo-púnicas. Além do mais, é um ícone relacionado com a lenda da fundação de Cartago, cujo lugar teria sido marcado, conforme a revelação da deusa Juno, pela presença de uma cabeça de cavalo no chão.

— Leia-se Virgílio, na *Eneida* — elucidou Martin, atento. — Ou seja, as cabeças de Tanit, o cavalo e a palmeira, dominavam as peças encontradas no Corvo, cerca de duzentos e cinquenta anos antes...

Inicialmente o americano não deu muita importância ao fato. Mas, de fato, a figura do cavalo, representado nas moedas do Corvo, começava a suscitar particular interesse. Algo disperso, em algum lugar da memória, queria emergir...

Mas o quê? Que significado especial isso poderá ter... — questionou-se. A informação se recusava a aparecer claramente, num emaranhado caótico de referências. Passeou agitado, passando as mãos pelo rosto e cabelo.

Subitamente parou e pediu a atenção dos colegas, ocupados em listar o panteão fenício-cartaginês:

— Esperem. É isso. O cavalo e o mapa!

Pela cara dos companheiros, parecia que ele tinha falado em chinês.

O historiador explicou aos seus espantados parceiros: a imagem do cavalo trouxera à sua mente a leitura de um artigo da revista *The Numismatist*, de 1996, especializada no estudo de moedas. Nela, um conterrâneo seu, o geólogo Mark McMenamin, tinha utilizado o computador para analisar moedas de ouro cunhadas na cidade de Cartago entre 350 e 320 a.C., ou seja, da mesma época dos exemplares encontrados na ilha do Corvo. Numa das moedas estudadas por McMenamin, aparecia um cavalo posicionado sobre vários símbolos na borda da moeda antiga.

O americano dissecou a ousada hipótese.

— Usando um computador para aumentar os detalhes das imagens, o geólogo interpretou esses desenhos na parte inferior da moeda como sendo uma representação do Mediterrâneo cercado pela Europa, África, tendo na parte superior esquerda as Ilhas Britânicas e ainda mais à esquerda, a América. Ora, McMenamin propõe que a estátua equestre do Corvo representaria uma marca do meridiano púnico, que atravessa a bacia do Mediterrâneo na latitude dos quarenta graus. A ilha do Corvo está situada na latitude de trinta e nove e quarenta...

Sara sinalizou que concordava.

— Tem alguma lógica, Mike. O fenício Marinus de Tyro, no século I da era cristã, fez uma primeira sugestão para que o mundo fosse dividido numa rede de latitudes e longitudes. Depois, Ptolomeu de Alexandria refinou estes conceitos essenciais do cartógrafo fenício — acrescentou ela.

— Muito bem. As peças começam a se encaixar — admitiu Daniel. Mas, essa do TNT...

Um curto silêncio introduziu a voz de Martin, retumbando do fundo da sala para onde tinha caminhado com passos largos e meditativos:

— Quão limitado é o nosso entendimento... Anotem, meus amigos: em fenício, as vogais não são escritas e o texto lê-se da direita para a esquerda! TNT só pode significar TANIT, eliminadas as vogais e em qualquer dos sentidos! — proclamou o erudito, usando o cachimbo como se fosse uma batuta.

Os demais ouviram e compreenderam: era mesmo ela, Tanit, uma deusa púnica, avatar de Astarte, modelo de Maria.

— Fantástico! Que maravilha... — sussuravam Lúcia e Sara assombradas, os olhos vidrados na tela do computador. O americano tinha se sentado, boquiaberto, os cotovelos nos joelhos, queixo apoiado nas mãos; Daniel, debruçado no encosto da cadeira, por trás dos colegas, coçava o lóbulo da orelha...

Pouco importava, agora, a tradução completa da legenda da Estátua: *Tanit dizia tudo o que os investigadores poderiam querer.*

Michael não andava, portanto, longe da verdade: o fato de Tanit ser uma deusa protetora dos navegadores e pescadores fenícios e cartagineses acrescentava mais verdade ao propósito e significado da Estátua equestre da pequena ilha do Marco...

Pouco depois, os quatro desceram da biblioteca para a noite morna, confraternizando no jardim externo por aquela pequena vitória da luz sobre as sombras. Lá fora as estrelas tinham tomado conta do firmamento sob a música animada e ininterrupta das cigarras. E em cima da montanha, um obejto celeste singular despontava sobre a crista rochosa de Sintra. Uma lua redonda e enorme, com matizes cor de pérola tinha surgido, lucífera, na vertical do monte que levava o seu nome.

No jogo de penumbras regido pela claridade que escapava da varanda, o perfil de Lúcia projetou-se, por breves segundos, contra o círculo lunar.

Michael poderia jurar para si mesmo que tinha vislumbrado, nessa feliz posição, o rosto sereno e imperial de Tanit, a senhora de Cartago...

47

ARQUIVO NACIONAL DA TORRE DO TOMBO
10 de maio, 9:30 horas

Os passos de cinco figuras subiam precipitados numa cacofonia que ecoava nos degraus da escadaria do Arquivo. O seu reflexo disforme deslizava pelas paredes de mármore, acentuando a urgência do grupo. Tinham ultrapassado com ansiedade as sempre morosas exigências do controle de identidades e da justificativa da visita, na recepção. Seguiram a sinalização interna dos corredores e pouco depois detiveram-se diante de uma porta, no primeiro piso. A placa informava: Diretor da Arquivística.

A secretária de Francisco Andrade não esperava nada muito diferente da rotina habitual de todos os dias. Entreabrira a janela por onde se infiltrava um odor de relva fresca e estava verificando a agenda. Por isso, ficou um pouco aturdida com a rompante entrada de cinco visitantes com ar decidido e cara de poucos amigos, no seu gabinete.

— Gostaríamos de falar com o senhor diretor. É um assunto bastante sério e urgente — disse Martin Lacroix, com gravidade.

A secretária de meia-idade, cabelos curtos pretos e de aspecto irrepreensível, tentava se recuperar da surpresa:

— Por favor, têm hora marcada?

— Sim, minha senhora. Sou Martin Lacroix e lhe telefonei ontem à tarde. A senhora se lembra? — perguntou Martin num crescendo de impaciência.

— Ah, sim... Tomei nota. Mas os senhores terão de aguardar, enquanto tento falar com o senhor diretor. Não sei se...

— Por favor. O assunto é grave e diretamente relacionado com o funcionamento dos serviços do Arquivo. Estes pesquisadores estão comigo — frisou Martin, voz pausada, balançando o corpo e com as mãos nas costas. A sobrinha e os restantes permaneciam em silêncio.

— Só um momento, por favor — pediu a secretária. Pegou o telefone interno e em voz baixa resumiu a pretensão dos visitantes, mencionando o nome do ex-diretor.

O ato de colocar o telefone de volta no gancho quase coincidiu com a abertura da porta do gabinete contíguo. Uma figura relativamente alta e fisicamente consistente encheu a soleira. Ar altivo, feições duras, Francisco Andrade aparentava cerca de cinquenta anos envoltos num terno cinzento e antiquado, camisa azul celeste adornada por uma gravata borboleta com bolinhas cinza. Os cabelos, pretos e lisos, espelhavam um excesso de fixador. No bolso pequeno do casaco, junto à lapela, despontava o bico de um lenço imaculadamente branco.

— Pois não? Posso ajudá-los? — perguntou, sem brilho na voz.

Martin repetiu a justificativa que já tinha dado. O diretor abriu os braços, condescendente:

— Bem... Tenham a bondade de entrar.

Assim fizeram. Francisco Andrade indicou-lhes um sofá longo de couro bege na parede à direita da porta. Sentaram-se, com exceção de Martin, que agradeceu e permaneceu de pé.

O gabinete era amplo, aberto à luz exterior e mobiliado com duas compridas estantes de mogno abarrotadas de volumes encadernados de despachos e legislação. A decoração era espartana, com uma única serigrafia de mau gosto pendurada atrás da cadeira de encosto alto do diretor.

Francisco Andrade encostou-se na escrivaninha, dispondo-se a ouvir as reivindicações. Ficou logo sabendo que o episódio do desaparecimento da carta do piloto castelhano Pedro Velasco estava no centro das queixas.

Martin não escondeu a sua irritação ao descrever o episódio, apoiado aqui e ali por curtos acréscimos de Sara e Daniel. Manteve um tom incisivo ao expor o seu desagrado.

— O senhor certamente tem noção de que se tratou de uma falta grave. Os seus funcionários precisam conhecer os seus deveres de proteger o acervo documental e propiciar o seu estudo em boas condições aos investigadores. Este lamentável desleixo tem de ser comunicado às instâncias superiores. E sabe por que estou dizendo isto desta maneira, senhor diretor? — questionou o tio de Lúcia, reforçando o ar inquisitivo.

Francisco Andrade coçou o queixo. Esboçou uma negativa e ouviu sem demora a resposta:

— Porque eu próprio dirigi estes serviços, durante algum tempo, no passado.

— O senhor? Ah, sim... — balbuciou o outro.

O diretor não escondia uma certa inquietação. Deu alguns passos ao longo da mesa e parou. Respondeu como pôde, de forma pouco convincente.

— Acreditem que o que ocorreu... não foi por culpa dos funcionários. Mandei fazer um inquérito e o que apuramos, infelizmente, não nos permite dizer quem... tirou o documento em questão — disse, voltando-se subitamente para trás. Consultou alguns papéis em cima da mesa, ao lado do computador. Quando virou novamente, Lúcia percebeu uma mudança no brilho dos seus olhos e na face, agora contraída. O diretor esfregou nervosamente as mãos e colocou-as nas costas. Deu mais uma pequena volta sobre si e rebateu, limpando repetidamente a garganta:

— Se os senhores querem saber a minha opinião, o documento de Pedro Velasco é... era... uma fraude. Foi uma brincadeira de mau gosto, provavelmente forjado... — disse, hesitante, voltando o olhar para o chão.

Michael interrompeu-o, perplexo:

— Então a Torre do Tombo disponibiliza documentos fraudulentos?

Sara, até então calada, não se conteve:

— Ao que parece, tudo o que tem a ver com a estátua da ilha do Corvo está corrompido de falsidade, senhor diretor. Que maldição será esta? E se é assim como o senhor diz, poderia nos dizer que exames periciais foram feitos na carta do piloto espanhol? Onde e quem fez o relatório?

O diretor não respondeu, agitando os músculos dos maxilares de forma contínua. Recuperou a postura, mais agressivo:

— Não sei em que possa interessar à História uma divagação lendária, sem fundamento. Os historiadores não podem ficar cuidando de uma total ausência de respostas...

— Respostas essas que dependem das nossas perguntas aos documentos — atalhou Michael.

Num gesto de ilusionista, um papel dobrado passou da bolsa para as mãos de Lúcia. A jovem levantou-se, avançou dois passos, braços estendidos à frente, e aproximou o documento dos olhos do director. Este recuou instintivamente, sentando-se na borda da mesa.

— E isto? O senhor acredita que estas letras fazem parte da legenda da estátua do Corvo, recolhida por Pedro Fonseca em 1529? Ou ainda acha que é uma ilusão?

A historiadora observou-o enfiar os dedos entre o pescoço e o colarinho e reajustar o laço da gravata. A testa de Andrade exibia já gotículas de suor, apesar do ar-condicionado da sala. O diretor contra atacou com gestos teatrais, massacrando em passos miúdos e nervosos o carpete da sala:

— Bah! O que importam três letras? A academia vai rir dessa ficção. Como riu de outros pretensos legados da antiguidade, desmascarados como fraudes! Desde a piedosa lenda do rei de Tiro, na Pedra da Gávea, no Rio de Janeiro, às alegadas inscrições da Paraíba, de 1874, entre outras piadas do sertão brasileiro. Tudo fraudes. Lixo da História... Artifícios delirantes de sobreviventes da Atlântida e marinheiros perdidos da fenícia Sídon!

Lúcia, que ouvira num crescendo de raiva, não se conteve:

— Artifícios, não. Letras, sim. Mas letras documentadas como sendo originais do século XVI, meu caro senhor — replicou, enquanto batia com o indicador direito na folha que segurava diante do diretor.

— Provada pela assinatura de Luís da Guarda, corregedor dos Açores. Foi ele que guardou e atestou a cópia da legenda em cera que ficava na base do monumento equestre da ilha do Corvo — explicou a jovem, destacando cada palavra com um timbre convicto.

— Existem cópias desse documento nas mãos de vários colegas nossos da Universidade dos Açores. E o original está bem guardado... — esclareceu Martin, rodando lateralmente sobre si e piscando o olho direito para Sara e para os colegas. Eles se entreolharam e mantiveram um ar convenientemente sério.

Um inofensivo e útil blefe — pensou Michael, agarrando o cabelo da nuca entre os dedos. Não entendia ainda aonde Martin pretendia chegar, nem se aquela estratégia de afrontamento surtiria algum efeito.

O diretor voltara a levar o lenço à testa ensopada de suor. Aparentou estranheza com a alusão de Martin.

— Por que me diz isso? — respondeu.

— Apenas porque nos últimos tempos tem ocorrido estranhas

coincidências sempre que a investigação encontra uma nova pista neste assunto do Corvo — insinuou o ex-bibliotecário, numa cadência propositadamente pausada.

O diretor pigarreou novamente entre duas interjeições de irritação, parando a marcha um pouco à frente da escrivaninha.

— Não sei do que o senhor está falando — replicou, com evidente azedume.

Martin prosseguiu a discussão.

— Não? Então eu posso lhe dizer. Anda por aí um bando de *clowns*, disfarçados de zeladores da História culturalmente correta, atentando contra a integridade física e moral de quem quer ir mais além dos equívocos e lacunas documentais. Felizmente, este desagradável ciclo de acontecimentos já é do foro da Polícia...

Francisco Andrade ficou pensativo. A sua respiração acelerada dominava o insuportável silêncio que se formara na sala. O sangue tinha tomado o seu rosto e a jugular tornara-se uma corda subindo pelo pescoço até a crânio. Em silêncio, deu meia-volta e foi até a escrivaninha. Tirou chaves do bolso do casaco e se abaixou. Abriu um fichário metálico com gavetas que ficava inserido na mesa.

Andrade endireitou-se. Tinha uma velha pasta de cartolina nas mãos que atirou em cima da escrivaninha. Abriu a capa e retirou dela uma folha larga, amarela e encarquilhada pelo tempo.

Lúcia pressentiu algo de especial. Sara e Daniel inclinaram-se no sofá. Michael levantou-se. A folha nas mãos do diretor mostrava tonalidades e desgastes suspeitos. Soltava um odor invulgarmente antigo que só os devotos da paleografia[39] reconhecem e admiram. A pátina única e característica da História.

---

39 Estudo das antigas formas de escrita, incluindo sua datação, decifração, origem, interpretação etc.

— Aqui está, meus senhores! — declarou o diretor, com um brilho estranho nos olhos, tingidos de vermelho. Michael arrepiou-se. Aquela postura evocou-lhe Nero, em flagrante delírio incendiário da cidade de Roma.

O diretor agitava entre as mãos o tão desejado desenho da Estátua equestre do Corvo, da autoria de Duarte Darmas!

A seleta plateia emudeceu diante da magnitude do tesouro, o Shangri-Lá da sua missão.

Meu Deus! Devo estar sonhando. Não pode ser... — foi o pensamento fugaz que passou pela consciência alerta de Lúcia.

Inacreditável! — pensou repetidamente o americano.

Os poucos segundos em que a folha ficou no ar pareceu uma eternidade. Um quadro histórico suspenso no tempo, digno da maestria de um Ingres ou Delacroix, ou talvez de um Jacques David.

Ironia das ironias. Afinal, o testemunho gráfico de Duarte Darmas sempre estivera ali, a uma pequena distância dos seus perseguidores, escondido por quase meio milênio...

Francisco Andrade colocou o precioso desenho sobre a mesa. Contemplou-o por alguns momentos numa atitude ambígua de fascínio e temor. Por fim, sentou-se e se recostou na cadeira. Mantinha o ar afogueado e tenso. Abanava a cabeça, que mantinha baixa, lançando olhares furtivos aos visitantes. Parecia esgotado...

— Sim. Fui eu quem deu instruções para que retirassem de vocês a carta de Pedro Velasco — reconheceu o diretor, depois de se recuperar por alguns momentos. A voz tinha se tornado pastosa.

Martin Lacroix reagiu prontamente. Dirigiu-se a ele ameaçador, mas Michael agarrou-o. O ex-bibliotecário não se conteve.

— Você? Seu... seu irresponsável! O senhor é um... um criminoso... — vociferou o antigo diretor do Arquivo. — Tem ao menos consciência de que manipulou bens patrimonais, históricos, sem a menor justificativa? Seu... — exclamou, erguendo o punho cerrado.

— E agora? Podemos ter acesso ao desenho? — perguntou Lúcia, junto à escrivaninha.

O diretor suspendeu a resposta. Passou de novo o lenço pela testa suada e suspirou fundo:

— Vocês acham que eu iria ceder de mão beijada o que tanto me custou para descobrir e guardar, ao longo destes anos? Além do mais, há princípios que...

O grupo começava a reclamar em uníssono quando, subitamente, o telefone tocou sobre a escrivaninha de Andrade. O diretor tirou o telefone do gancho. A sua mão tremia.

— Sim... Quem? Para quê? — perguntou sobressaltado, pondo-se de pé. — Mande entrar — disse, contrariado.

A porta do gabinete se abriu para dar passagem a um homem com estatura média e cabelo de corte militar. Envergava uma jaqueta de couro fechada até o pescoço. Com um *bom dia* cortês, saudou os demais. Aproximou-se da mesa e estendeu a mão a Francisco Andrade.

— Álvaro Mendes, da Polícia Judiciária. Peço desculpas, mas precisamos confirmar algumas informações relativas a um veículo utilizado numa tentativa de sequestro, ontem à tarde, em Sintra.

Martin e os restantes agitaram-se num burburinho. Sara e Daniel levantaram-se do sofá, murmurando entre si. O agente retirou um papel do bolso do casaco e o mostrou ao diretor.

— O senhor pode me confirmar se possui algum carro com essas referências, incluindo a placa?

— Impossível! — recusou Andrade, devolvendo o papel. — A placa confere, mas o resto não. O meu carro não é esse. Com toda a certeza. Podem verificar facilmente...

O diretor ficou lívido, escondendo a face entre as mãos. Deixou-se escorregar na cadeira.

— Mas... como é possível? Não vão me dizer que... — sussurrou, com ar incrédulo.

O agente ponderou a resposta durante alguns segundos. Acenava levemente a cabeça, como que antevendo a solução.

— Bem. A explicação não é assim tão difícil. Tudo leva a crer que o senhor foi usado como bode expiatório. Em bom português: uma armadilha. Usaram uma placa falsa: a do seu carro — sugeriu o agente, batendo com o papel numa das mãos.

Martin advertiu, com o dedo em riste e fingida compaixão:

— E vão andar por aí, na sua sombra...

O que aconteceu no segundo seguinte, nenhum dos seis presentes na sala conseguiu prever. Enquanto Martin reclamava aos ares, atraindo para si a atenção dos demais, Francisco Andrade habilmente surrupiou o desenho, dobrou-o e enfiou-o no bolso do paletó. Num ímpeto de pantera interceptando a presa, saltou da cadeira na direção de Lúcia, agarrou-a por um dos braços e puxou-a para a porta do gabinete, que abriu com violência. Atravessou a recepção, empurrando a aturdida secretária que, nesse meio tempo, viera em socorro procurando saber as razões de tão repentino tumulto.

Michael foi o primeiro a se recuperar da surpresa. Ouviu os gritos irados de Lúcia — Me largue! Me largue — e correu para fora da sala a tempo de ver o diretor com a jovem pelo braço, corredor afora, desviando de leitores e funcionários pregados no chão de espanto. A última imagem que o americano guardou na memória era assustadora: Andrade exibia uma pistola na outra mão.

O que fazer quando um homem atinge o limite do desespero? — perguntou-se.

Quando Martin e os outros reagiram, os dois tinha desaparecido no clamor caótico em que se transformara o corredor e as escadas que conduziam ao patamar da entrada. O homem da Polícia Judiciária pegou o celular e fez um rápido resumo da situação. Quando soube da arma na mão de Andrade, o tio de Lúcia sobressaltou-se e imediatamente informou o fato ao agente. O policial tranquilizou-o. Tinha acabado de dar o alerta.

— Vamos! Não podemos perder os dois de vista! — gritou o americano para os amigos. Correram desesperadamente para a rua, com Sara e Daniel à frente. Quem cruzasse com eles naquele momento pensaria que faziam parte da cena de um filme de ação, com os perseguidores do vilão e da vítima saltando os degraus de dois em dois. Quando os quatro atingiram a saída do edifício, viram que os dois estavam prestes a chegar ao automóvel de Lúcia.

No estacionamento, o diretor ordenou à jovem que fosse dirigindo. Ameaçada pela arma, Lúcia não teve alternativa. Sentou-se, enquanto o diretor ocupava o lugar a seu lado, com a arma apontada. A historiadora fitou-o nos olhos abertos, de animal assustado. Tentou manter o sangue frio. Ligou o motor e arrancou.

48

REGIÃO DE BELÉM, JUNTO AO TEJO
10 de maio, 10:30 horas

— Vamos para o Padrão dos Descobrimentos! — disse Andrade, autoritário, sem olhar para Lúcia, assim que saíram do estacionamento nas imediações da cidade universitária.

A jovem obedeceu, mantendo a frieza possível. Procurou o percurso mais adequado até a região de Belém. Ansiava por algum sinal do tio e dos colegas, atrás dela. De vez em quando, olhava furtivamente o retrovisor. *Parece que são eles ali... ou não? Não são. Meu Deus...* Mas o trânsito não facilitava muito a avaliação. Pelo contrário, podia perceber sem esforço, de relance, que a arma repousava na perna esquerda de Andrade, voltada para ela.

Percorreram um labirinto de ruas sempre povoadas por um trânsito frenético, sem chances para que Lúcia tentasse algo. O aroma do Tejo foi se acentuando e ainda de longe, Lúcia começou a vislumbrar partes do monumento entre os espaços abertos pelas construções ao longo da marginal. Aproximava-se do fim da linha determinada pelo homem que a ameaçava.

— Pare ali, perto da pracinha. Depressa... — disse o fugitivo desesperado, apontando o local com a arma. Mal Lúcia parou o carro, o diretor abriu a porta. Com um pé no chão antes de sair, virou-se e entregou à jovem um envelope que levava no bolso.

— Não. Não abra agora. É só o que peço a você... — disse numa voz subitamente submissa. E se afastou, apressado.

Lúcia ficou sentada em seu lugar, imóvel. *O homem está desnorteado. Mas o que ele irá fazer, meu Deus?*

Viu Francisco Andrade atravessar rapidamente o imenso pátio da rosa-dos-ventos feito de mármores multicoloridos, ignorando os pequenos grupos de turistas. No seu passo decidido poderia até se dizer que seguia alguma das rotas dos navegadores traçadas no chão, cruzando com as naus, galeões e as sereias num rumo misterioso que só ele conhecia. Lúcia tinha acabado de ver o diretor entrar no Padrão dos Descobrimentos.

Um barulho de freios acordou a jovem de sua apatia. Viu Michael surgir a seu lado, do lado de fora da sua janela. Ele se inclinou e perguntou sem demora:

— Onde é que ele está, Lúcia? — inquiriu o americano, erguendo o olhar ao redor da praça.

Lúcia apontou em silêncio o monumento diante de si.

Michael já estava no meio da pracinha, correndo, quando a porta do carro foi aberta pela mão de Martin Lacroix, com Alfredo a seu lado. Lúcia saiu do carro e respirou fundo.

— Você está bem, menina? — perguntou carinhosamente o tio. O seu olhar se voltou para o Padrão. — O que esse maluco está querendo?

Os sons das sirenes ficaram mais audíveis e próximos. Viram Sara e Daniel passar correndo por eles. Segundos depois, eles se perdiam na entrada do Padrão.

Francisco Andrade tinha desprezado o elevador, ocupado demais no seu sobe e desce. Optou pelas escadas do edifício que foi subindo, cada vez mais lento. Encharcado de suor, ofegante, atingiu finalmente o sexto e último piso do monumento e continuou por uma escada até o topo. Emergiu num mirante relativamente estreito e comprido. Abriu os braços, rendendo os sentidos e a alma aos horizontes que se prometiam para além do rio.

Michael entrou no edifício a tempo de reconhecer o perfil do diretor que desaparecia na curva das escadas do primeiro piso. O americano ultrapassou os degraus em largas passadas, mérito da sua boa condição física. Os poucos visitantes com que cruzou olharam para trás com ar de espanto. Ao correr escada acima, conseguiu manter a atenção, ainda que fugaz, no homem que perseguia. De relance, viu as pernas de Andrade nos últimos degraus da escada de acesso ao mirante. Seguiu-o e se sentiu subitamente banhado por uma luz clara, cristalina, como nunca sentira.

O topo do monumento, cinquenta metros acima da superfície, estava estranhamente deserto. Ele próprio, como estrangeiro, estranhou a solidão do espaço naquele momento. Como se fosse um palco reservado para um ato solene. Na sua frente, viu o homem. Leu nos seus olhos uma mensagem de solidão. Não apenas física. Francisco Andrade sustentou o olhar. O cabelo, agora desalinhado pelo vento forte que soprava pelo rio, a camisa sem a gravata, entreaberta, tudo traduzia um ar de abdicação e desleixo.

— Bem-vindo ao meu último ato de dignidade. Quiseram matá-la pela chantagem. Mas também não vão corrigir a História — articulou o diretor, voz embargada, numa careta entre o riso e o desespero.

Andrade agitava na mão direita a folha com o desenho de Duarte Darmas. Desafiava o americano, instigando-o a dar o próximo passo. Michael, de braços abertos, numa atitude de apaziguamento, foi repetindo.

— Ouça, por favor. Tenha calma. Não cometa nenhuma estupidez...

Mas Andrade reagiu com uma verborreia desconexa, de frases soltas. Movia-se, os braços gesticulando, no canto extremo do mirante, soltando palavras aos quatro ventos. Pretendia talvez, ser ouvido pelos eméritos heróis que repousavam na pedra, metros mais abaixo. Que os Cristóforos iriam regressar, atentos e vigilantes; o seu papel de guardião falhara; preferia morrer, levando com ele o derradeiro testemunho que colocaria em questão a legítima cronologia da civilização mundial, a memória honrosa dos seus verdadeiros pioneiros dos mares. Contra os povos sem Cristo... Contra...

Michael não aguentou ouvir mais. Cerrou os dentes pela raiva incontida e se atirou sobre o insano orador. Agarrou o diretor pela cintura, atirando-o no chão. A sua mão direita subiu à procura da mão esquerda de Andrade, que mantinha o documento como que grudado entre os dedos...

O homem libertou a mão direita e socou o queixo do americano. Michael fraquejou, soltando o adversário. De relance, Michael viu Andrade subir até o limite do mirante e se virar para encará-lo. Michael ficou em pé e correu, tentando agarrar o diretor pelas pernas. Mas o que conseguiu, apenas, foi a imagem de olhos desmesuradamente abertos, espelho de um delírio incontido e brutal.

No segundo imediatamente seguinte, o corpo do diretor se precipitou para a queda. A curta trajetória terminou abruptamente, com um baque seco, num colo de arestas do friso do monumento, muitos metros abaixo. Era onde Francisco Andrade tinha preferido terminar os seus dias: junto dos notáveis navegadores que aparecem ali, na ponta mais elevada da simbólica quilha do Padrão. Uma mancha vermelha foi crescendo embaixo do corpo, maculando rapidamente a brancura da pedra de lioz.

Um vento mais forte de noroeste tinha libertado um pouco antes o desenho da mão que o prendia numa rigidez de quase mortal. Michael, impotente na extremidade do mirante, viu-o desaparecer cada vez mais distante, pequeno e inatingível.

O retrato secreto, silenciado por uns, cobiçado por outros, perdia-se para sempre.

Quando Sara e Daniel chegaram ao mirante, restou-lhes acompanhar o desolado americano, que em vão tentava vislumbrar no espaço em volta um último sinal do ignorado desenho de Duarte Darmas.

Dispersos os curiosos em volta do monumento e restaurado o sossego, a polícia requisitou os depoimentos de todos os presentes no dramático desfecho. Retirado o cadáver, satisfeitas as burocracias, Lúcia se lembrou do envelope que o diretor jogara no banco traseiro do carro, logo que ela parou nas imediações do Padrão dos Descobrimentos.

Os outros se colocaram à sua volta, ainda atordoados. Tentaram reordenar as ideias, atenuar o choque, recuperar-se de tanta adrenalina. Sentaram-se no sopé do monumento, na sombra protetora dos trinta e dois personagens da História marítima portuguesa, sob os gritos sofridos das gaivotas. No céu, afastadas as nuvens, o sol dardejava impiedoso a sua luz, acentuando a brancura dos perfis hieráticos da suntuosa estatuária.

Era como se um ciclo da História da Europa e do Mundo se fechasse sobre si mesmo. Uma volta às origens na forma de tragédia, no mesmo lugar onde (quase) tudo havia começado. Há mais de quinhentos anos. Para quem aceitava como certa a existência da estátua da ilha do Corvo, os Velhos do Restelo[40] eram agora outros: aqueles que, cientes das suas contribuições certamente relevantes, preferiam inibir novas indagações

---

40 Personagem criado por Luís de Camões no Canto IV de Os Lusíadas. Simboliza os pessimistas, conservadores e reacionários que não acreditavam no sucesso das descobertas e empreendimentos marítimos de Portugal.

sobre o lugar de cada povo na História.

Lúcia se lembrou de algo e correu até o carro. Voltou trazendo a carta que o diretor deixara. Abriu o envelope e começou a ler.

"Faço este depoimento porque chegou o momento de me confessar exausto pelas sucessivas exigências e ameaças dos Cristóforos. Sem forças para suportar a sucessão de agravos pessoais e familiares, mesmo que em nome de princípios que partilho.

De início cheguei a pensar que alguém, antes de mim, retirara algumas páginas do Livro das Fortalezas do Reino, sugerindo que entre elas poderia estar o desenho da estátua. Depois, estudando mais detalhadamente a obra de Duarte Darmas, concluí que o desenho da estátua nunca poderia constar da edição original do livro, que foi impresso entre 1509 e 1516, ou seja, antes da ida do desenhista à ilha do Corvo. Assim, fui estudando pacientemente a própria obra de Duarte Darmas, na tentativa de encontrar — quem sabe? — alguma pista que me levasse ao documento referido por Damião de Góis. Ao longo de muitos dias e noites, durante mais de um ano, estudei o livro, usando o melhor das minhas capacidades. Comecei essa pesquisa pouco depois de assumir funções de chefia aqui na Arquivística. Um dia, recebi um longo telefonema anônimo, de alguém que falava, com acento castelhano, em nome dos Cristóforos. Fiquei a par da sua missão: preservar, a todo custo, o pioneirismo dos povos ibéricos nas Descobertas marítimas dos séculos XV e XVI."

— Coincidências... Devo ser bruxo. O que foi que eu disse para vocês? — comentou Martin, sibilino. A sobrinha retomou a leitura.

"Sou filho de família aristocrática, com elevado senso de patriotismo, educado nos princípios religiosos tradicionais, no respeito pelas raízes fundadoras da civilização cristã europeia. Neste pano de fundo, os ideais dos Cristóforos faziam sentido e as suas mensagens foram se renovando. Começaram por solicitar a minha colaboração na vigilância sobre certos

documentos mas, em breve, começaram a exigir outro tipo de fideli-
dade, sob a forma de juramento formal. Logo as instruções passaram a
ameaças. Foram subindo de tom e puseram em causa a segurança da
minha família."

Martin explicou:

— Ameaçaram denunciá-lo com provas de corrupção na gestão do
Arquivo. Reais ou forjadas, não sei...

A carta prosseguia.

"Depois, a coerção, a chantagem foi se acentuando. Por outro lado,
a minha faceta de historiador continuava a me impelir na procura dos
fundamentos da descrição de Damião de Góis. Assim, graças às pistas
do cartógrafo Armando Cortesão — e a alguma intuição da minha parte
- percebi que, em algumas páginas do Livro das Fortalezas, o desenhista
acrescentou aos desenhos dos castelos e fortalezas, em folhas devidamente
anotadas por José Leite de Vasconcelos, duas figuras sempre juntas, um
cavaleiro e um peão, que seriam o próprio Duarte Darmas e um moço a
pé. As duas figuras vêem-se em dezessete das cento e trinta e nove folhas
do volume."

— Excitante... — deixou escapar Michael.

— Incrível... — corroborou Daniel.

O diretor detalhava.

"Ora, se o artista não incluiu o desenho da estátua do Corvo no seu
livro, o mais plausível seria ele ter ficado isolado entre os documentos da
época. Muito provavelmente, Damião de Góis teria localizado tal esboço.
Deve-se perceber quão difícil foi para mim resolver o conflito pessoal entre
a curiosidade e o dever do historiador e o respeito pelos sagrados princípios
em que havia sido severamente educado... Optei, pelos motivos já expostos,
pela segunda alternativa.

Assim pensei que Damião de Góis poderia ter guardado com ele a folha com o desenho original de Duarte Darmas. E o melhor lugar seria esconrê-lo no lugar... mais procurado: na Torre do Tombo da época.

A dedução parecia lógica, mas... qual seria a melhor pista? Um dia, tive um lampejo de inspiração: é um detalhe ainda pouco divulgado que o nosso polifacetado humanista e cronista compôs algumas peças musicais. Uma das composições polifônicas de Góis — o motete a cinco vozes, intitulado 'Surge, propera' — foi inspirado numa passagem do 'Cântico dos Cânticos' bíblico (2.14), cujos versos dizem o seguinte: "vem pomba minha, nas fendas da pedra, na cavidade da parede".

— Notável... — aprovou Sara.

O texto prosseguia:

Ora, acabei por descobrir que Damião de Góis inscrevera o título dessa sua canção 'Surge, propera' sob todos os desenhos do cavaleiro e do peão, no exemplar original existente na Torre do Tombo, com uma escrita transparente, muito discreta. Apressei-me a verificar o texto da composição e a suspeitar da correlação entre os versos e o local onde o desenho pudesse estar escondido. Ainda por cima com a alusão ao cavaleiro... Coloquei-me na cabeça de Damião de Góis, tentando adivinhar as opções do cronista. O local mais óbvio deveria ser o próprio edifício da Torre do Tombo, à época de Góis, instalado numa torre do Castelo de São Jorge.

"Com a ajuda de antigas plantas da torre original consegui situar o local provável onde o então guarda-mor trabalhava no início da segunda metade do século XVI. Devem imaginar a minha alegria quando, depois de persistentes inspeções na parede exterior de uma das torres, acabei localizando algumas aberturas que ainda hoje dão guarida a ninhos de pombas. E foi assim que numa delas, quatro século depois, quis a sorte e a intuição que eu viesse a recuperar um fino rolo de metal, alojado no fundo de uma fenda dessa parede!

"Ao abri-lo, não consegui evitar um grito abafado de vitória: o invólucro *revelava, finalmente e ao cabo de quatro séculos, o tão procurado desenho da Estátua do Corvo! Muito desgastado pela umidade, mas legível."*

— Isto é surreal... — considerou o americano.

A confissão incluía um derradeiro parágrafo justificativo:

"Se o mundo acadêmico ficasse sabendo da existência deste documento em particular, a História de um período tão significativo para a civilização e cultura europeia correria o risco de ser minimizada em face de outros feitos, no mínimo similares, num passado tão longínquo que não é fácil de integrar na nossa percepção do Tempo. Senti que estava sendo usado pelos Cristóforos, sem dúvida. Mas também concordava que esta revelação seria um rude golpe, uma nova e inquietante afronta aos nossos pioneiros que 'abriram novos mundos ao mundo."

Lúcia dobrou a carta e guardou-a na bolsa. Na ausência de outras palavras, sobressaiu a sinfonia do vento, o respirar das águas do Tejo a caminho do mar profundo.

49

AEROPORTO DE LISBOA
13 de maio, 12:00 horas

Diluída, pelo menos por enquanto, a onipresença sufocante dos Cristóforos, a hora era de fazer um balanço. Lúcia, Michael e os amigos de campanha gastaram os dois dias seguintes considerando os frutos de uma busca tão incansável. O saldo da investigação nem sequer era negativo, excetuando a incógnita sobre o paradeiro da estátua do Corvo, ou melhor, dos destroços testemunhados por Damião de Góis: o sugestivo mapa dos Pizzigani tinha sido resgatado, assim como a cópia da legenda do monumento e as implícitas leituras que isso tinha proporcionado. Infelizmente, a insanidade e o destempero de Francisco Andrade tinham posto a perder uma prova cabal da existência do monumento.

Sobre isso, Michael citou um historiador, Paul Zumthor:

— *"O que transforma o documento em monumento é a sua utilização pelo poder"*. Podemos dizer, neste caso, que o poder não permitiu o uso do monumento como documento. Enfim, a busca irá recomeçar, em algum lugar — rematou, conformado.

Lúcia elogiava a intuição do infeliz diretor.

— Que destino cruel para um homem tão sagaz. Apesar de tudo, precisamos louvar a sua persistência. Cumpriu o conselho do padre Antônio Vieira, no sermão da *Quinta Quarta Feira da Quaresma*: "Não *basta ver para ver; é necessário olhar o que se vê".*

Mas o que Sara procurava compreender era a estratégia de Damião de Góis.

— Não é fácil perceber os motivos que o levaram a esconder o documento, fora dos arquivos...

Daniel adiantou uma explicação:

— Talvez uma solução de compromisso entre o universalista, o historiador e o português: o desenho significava algo que ele partilhara como infante, na intimidade régia. Ao escondê-lo, preservava o documento da ira dos adversários, em busca do menor pretexto para atacarem. Já sabemos o que tanto ele como Galvão pensavam dos antigos descobrimentos. Depois, sob a ótica de uma história pátria um tanto forçada, o documento era nocivo, inconveniente, com os Cristóforos sobressaltados nos bastidores...

— O que me parece, além disso, é que ele se divertiu pondo a sua inteligência a serviço do futuro, aguardando que alguém pudesse decifrar a sua charada cripto-musical — contemporizou Martin.

Tiveram ainda tempo para falar dos sonhos e projetos de vida pessoais. Da verdade e das conveniências. Das ilhas de conhecimento e dos continentes de ignorância. Das personagens que revisitaram em séculos de História. Das etapas seguintes da investigação. Fatalmente de Damião de Góis, preso pela Inquisição em 1571, possivelmente por denúncia do genro, Luís de Castro, mais sedento das riquezas do humanista do que da pureza da sua fé. Imaginaram-no velho e doente, arrastando-se até o Mosteiro de Alcobaça, no fim de 1572; reviveram o seu fim dois anos depois, na sua casa de Alenquer, talvez vítima de uma síncope, talvez assassinado, por conjecturas de uma suposta fratura do crânio revelada quando foi transladado para a capela de São Pedro, na terra natal.

Michael levava para Boston a aprendizagem de algumas pequenas e preciosas informações, quase sempre desvalorizadas pela historiografia dos descobrimentos marítimos: por exemplo, para um escritor como Duarte Galvão, que dominava bem a língua, a palavra *achamento* poderia significar uma espécie de *descobrimento* secundário, ou seja, de uma terra cuja existência era conhecida, mas cujo caminho por mar se desconhecia ou tinha se perdido. Por outro lado, compreendeu que Pero Vaz de Caminha, ao empregar o termo *achamento*, utilizava a palavra mais corrente do seu tempo para designar um descobrimento, independente de ser, neste caso, primário ou secundário.

Para o americano, não havia razões para ressentimentos. Afinal, ficou para as gerações futuras, na saga dos Quinhentos, a tarefa de herdar o facho da ousadia antiga, dos primeiros *senhores dos mares*. Foi dado prosseguimento e coerência ao que outros entreabriram, concretizando a primeira globalização do planeta.

Já na babel do aeroporto, na algazarra poliglota das partidas, Martin achou que tinha chegado o momento oportuno para as últimas confidências.

— Não existe mais nada que nos espante, depois desta odisseia. Mas sempre posso informar a vocês que graças a bons amigos que tenho na sede da Interpol, em Lyon, ninguém ali conhece os tais agentes interessados em antiguidades. Sabemos agora para quem trabalhavam... O mais importante de tudo, confesso, foi o anjo da guarda de vocês — melhor dizendo, o nosso anjo da guarda — o fiel Alfredo. Foi ele que denunciou a presença dos motoqueiros para Daniel e Sara...

— Sim, Martin sabia que nesse dia fazíamos ali o nosso treino semanal de equitação e informou Alfredo — admitiu Sara. Logo que ele percebeu a saída de Sintra dos indesejáveis acompanhantes, pediu que ficássemos atentos nas imediações do trajeto na floresta.

Dianta da surpresa de Lúcia e Michael, Daniel confessou.

— Usamos bestas como armas. Pretendíamos apenas detê-los, é óbvio...

— Apesar da besta ter esse nome por causa da proibição papal de utilizá-la contra outro cristão, os amigos de vocês não hesitaram na hora de flechar certos cristãos degenerados — ironizou o tio.

Lúcia ficou com ar de indignada, arregalando os olhos. Para alegria de todos, sacudiu os ombros da amiga.

— Eu sempre achei que vocês eram reencarnações de cavaleiros da Távola Redonda...

— Ou de Guilherme Tell — apoiou o americano, entre o riso dos restantes.

A última chamada para o voo selou as despedidas do americano. Com Lúcia, foi o prolongado abraço entre almas gêmeas. A jovem se comoveu com o pequeno ramo de flores silvestres que o amigo deixou inesperadamente em suas mãos. Partindo, um pedaço dele ficava. No gesto e em uma memória simples de pétalas, cardos e aromas selvagens.

A Michael Serpa restava iniciar a rota inversa da longa travessia, entre dois continentes. No meio, como traço de união, no oceano imenso, a pequena ilha do Corvo, sentinela e marco de mistérios, continuaria a justificar o que dela disse, um dia, Vitorino Magalhães Godinho: "*O ponto de encontro (e passagem) de todos os regressos.*"

Já no avião, olhando a pista como um tapete em fuga acelerada, o americano voltou o olhar para a cópia da inscrição da estátua da Ilha do Corvo, que Lúcia oferecera a ele, momentos antes. Como incentivo para continuar na busca da sua matriz original. Ou como pretexto para o regresso. Talvez mesmo para mais do que prováveis cumplicidades na outra margem do Grande Oceano. Agora era tempo de intervalo antes de voltar ao caminho já percorrido.

À procura da *sua* própria História.

50

EM ALGUM LUGAR NOS AÇORES
TEMPOS ATUAIS

Um carro para na estrada de cascalho poeirenta. Lá embaixo, semioculta no colo da cratera extinta, aloja-se uma pequena lagoa. Uma fina neblina escorre entre as margens ornadas pelo mato verde e rasteiro. O motorista sai e desce a encosta. É um homem vestido com um sobretudo sóbrio, comprido. Tem uma moeda na mão direita. A efígie é de Tanit, a deusa. O homem chega até a margem da lagoa, um espelho de águas paradas emitindo resplendores verde-prata. Atira a moeda no ar em direção ao centro da mancha aquática.

O círculo metálico rodopia lentamente até rasgar a superfíce líquida. Desce vagarosa, como folha morta, até repousar no fundo lodoso e imemorial. Mais acima, a neblina, ciosa, vai se adensando e cobrindo tudo.

A moeda vai permanecer assim, depois de acalmada a leve turbulência das águas, abrigada entre curiosas pedras de caprichosas formas. Do seu lado, a mão direita de um braço esculpido em pedra. O indicador aponta para algum lugar...

Agradecimentos

Aos leitores que testaram o interesse do tema e do enredo, em especial à minha colega Fina d'Armada pelas prudentes e detalhadas sugestões em diferentes aspectos do texto; à realizadora Elsa Wellenkamp e a Luís de Lima pelas significativas sugestões em torno dos personagens e do argumento desta obra; por fim, à minha família pela paciente ajuda durante o processo criativo.

Ilustrações

São devidos os créditos a Rainer Daehnhardt pela reprodução do amuleto da ilha de São Miguel; à Doutora Antonieta Costa pelos desenhos dos petróglifos da ilha Terceira e ainda à Biblioteca Pública Municipal do Porto pelo mapa Pizzigani de 1367 e as restantes imagens aqui inseridas.

Bibliografia

Esta reconstituição histórica romanceada pretende ser mais do que uma recriação fabulosa e livre, apenas alimentada pela imaginação do autor. De fato, apenas a suposta carta de Pedro Velasco é criação integral do autor. A legenda da estátua foi também livremente recriada, enquanto o esboço de Duarte Darmas foi resgatado de um trabalho de Antônio Ferreira Serpa. Os demais documentos — independentemente dos juízos que deles se possam fazer — existem realmente. Como se depreende, a elaboração desta obra exigiu a consulta de um apreciável suporte documental. A lista que segue, não sendo exaustiva, permite avaliar o grau de envolvimento da investigação que o tema da Estátua da Ilha do Corvo suscitou ao longo do tempo.

Livros

A. Ferreira de Serpa, *O Descobrimento dos Açores*. Porto, 1925

A. Magalhães Basto, *Apontamentos para um Dicionário de Artistas e Artífices que trabalharam no Porto do século XV ao século XVIII. Documentos e Memórias para a História da Cidade do Porto*. Porto, 1964.

A. Raczynski, *Dictionaire Historico-artistique de Portugal*. Paris, 1847

Acúrcio Garcia Ramos, *Notícia do Arquipélago dos Açores*. 1871

Aires de Sá, *Frei Gonçalo Velho*, 2 volumes. Lisboa, s/d

Ana Maria Alves, *Iconologia do Poder Real Manuelino - à procura de uma linguagem perdida*. Lisboa, INCM, 1985.

André , *Cosmografia Universal*, Tomo 2. Paris, Guilaume Chaudiere, 1575

Antonieta Costa, Herbert Sauren, Francisco Rodrigues, *Fenícios nos Açores?*, comunicação pessoal, 2005

António Augusto Mendes Correia, *Da Biologia à História*. Porto, 1934

António Cordeiro, *História Insulana das Ilhas a Portugal sujeitas*. Volume I. Lisboa, 1717

António Dámazo Castro e Sousa, *Carta dirigida a Salústio, amador de antiguidades pelo abade A.D.de Castro e Souza, académico honorário da Academia das Belas Artes de Lisboa e de outras*. Lisboa, Tipografia de A.S.Coelho, 1839

António de Portugal de Faria, *Christophe Colomb et les écrivains gaditans*, Paris, Ernest Leroux, 1891

António Ferreira Serpa, *Confirmações Históricas*. Lisboa, 1930

"António Ferreira Serpa". *Enciclopédia Portuguesa Brasileira*. Lisboa/Rio de Janeiro

António Ferreira Serpa, *Açores e Madeira*. Lisboa, I.N., 1929

António Ferreira Serpa, *Arquivo das Colónias*, Volume V. Lisboa, I.N., 1930

António Galvão, *Tratado dos descobrimentos antigos e modernos feitos até à era de 1550*. Lisboa, 1734

António Ribeiro dos Santos, Memórias da Literatura Portuguesa, Tomo VII - parte II. Lisboa, Academia Real das Ciências, 1814

Armando Cortesão, *Cartografia e Cartógrafos portugueses dos séculos XV e XVI*, Volume II. Lisboa, Seara Nova, 1953

Armando Cortesão, *The Nautical chart of 1424 and the early discovery and cartographical representation of America*. Coimbra, Universidade de Coimbra, 1954

Armando Cortesão, *Pizzigano's Chart of 1424*. Coimbra, Junta de investigação do Ultramar, 1970

Armando Cortesão, *D. João II e o tratado de Tortesilhas*. Coimbra, Junta de investigação do Ultramar, 1973

Arthur Morelet, *Îles Açores. Notice sur l'histoire naturelle des Açores, suivie d'une description des mollusques terrestres de cet archipel, avec cinq planches gravés et coloriées*. Paris, J.B.Baillière et Fils, 1860

Bernardino José de Senna Freitas, *Memória Histórica sobre o intentado descobrimento de uma suposta ilha ao norte da Terceira*. Lisboa, 1845

Capitão Boid, *O distrito da Horta que compreende Faial, Pico, Corvo e Flores*. Londres, 1852

Cardeal Saraiva, *Índice Cronológico das Navegações*. Lisboa, Imprensa Nacional, 1841

Cardeal Saraiva, *Obras completas*, Tomo V. Lisboa, Imprensa Nacional, 1875

Carlos A. Medeiros, *A Ilha do Corvo*. Lisboa, Livros Horizonte, 1987

Cyrillo Volkmar Machado, *Colecção de memórias relativas às vidas de pintores e escultores, arquitectos e gravadores portugueses e dos estrangeiros que estiveram em Portugal*. Coimbra, Imprensa da Universidade de Coimbra, 1922

Damião de Góis, *Crónica do Príncipe D. João*. Nova edição prefaciada por A.J. Gonçalves Guimarães. Coimbra, Imprensa da Universidade, 1905

Damião de Góis, *Crónica do Felicíssimo Rei D. Manuel*. Introdução e Prefácio de David Lopes. Coimbra, Imprensa da Universidade de Coimbra, 1926

Damião de Góis, *Opúsculos históricos*. Prefácio de Câmara Reis. Porto, 1945.

Ernesto do Canto, *Biblioteca Açoriana*. Ponta Delgada, 1890

Esteban de Garibay y Zamalloa, *Compendio historial de las crónicas y historia universal de todos los reynos de España, Tomo I*. Barcelona, 1628.

F. S. Constâncio, *Armazém de Conhecimentos Úteis nas Artes e Ofícios: colecção de tratados e invenções de utilidade geral*. Paris, Livraria de J.P.Ailland, 1838

Ferdinand Denis, *Une fête brésilien célebrée a Rouen en 1550 survie d'un fragment du XVI Siécle, roulant sur la théogonie des anciens peuples du Brésil*. Paris, J. Techeuer, Lib., 1850

Fernando Portugal, *A chancelaria de D. Manuel* , Lisboa, 1970

Fernão Lopes de Castanheda, *História do Descobrimento e Conquista da Índia pelos Portugueses*, Livro I -Capítulo XXVIII. Lisboa, 1833

Francisco Adolfo Varnhagen-Visconde de Porto Seguro, *História Geral do Brasil antes da separação e independência de Portugal*. Rio de Janeiro, E.& H. Laemmert, 1854-1857

Francisco Leite de Faria, *Estudos bibliográficos sobre Damião de Góis e a sua época*. Lisboa, 1977.

Francisco de Borja Garça Stockler, *Memórias sobre a Originalidade dos Descobrimentos Marítimos*, Tomo I. Lisboa, 1805

Francisco de S. Luís, *Obras completas do Cardeal Saraiva*, Tomo V. Lisboa, 1875

Francisco de S. Luís, *Lista de alguns artistas portugueses*. Lisboa, Imprensa Nacional, 1839

Francisco de Sousa, *Tratado das Ilhas Novas* (1570). Ponta Delgada, 2ª. Edição, 1884

Francisco Pimentel Gomes, *A Ilha das Flores: da Redescoberta à Actualidade*. Lajes das Flores, Câmara Municipal das Lajes das Flores, 1997

Francisco Santa Maria, *O Céu Aberto na Terra*, Livro IV - Capítulo VII. Lisboa, 1697

François René Chateaubriand, *Mémoires d'Outre Tombe*. In Ouvres Complètes de Chateaubriand, Tomo I, Volume VI. Annotées par Sainte-Beuve de l'Académie Française. Introduction, Notes et Appendices de M. Ed. Biré. Paris, Garnier Frères, Libraires-Éditeurs, 1904

Frederic Marjay, *Açores, arquipélago místico*. Lisboa, Bertrand, 1956

Frei Diogo das Chagas, *Espelho cristalino em jardim de várias flores*, capítulo X e XIX. Ponta Delgada, 1989

G.L.Santos Ferreira, *A escrita hierática dos hebreus revelada pela interpretação das inscrições ibéricas*. Porto, 1926

G. Vasconcelos Abreu, *História das relações entre o oriente e o ocidente na antiguidade*. s/l, 1881

Gaspar Frutuoso, *Saudades da Terra*, Capítulos XXVI-XXVII. Ponta Delgada, Instituto Cultural de Ponta Delgada, 1966

Gil Vicente, *Auto da Barca da Glória. Os Autos das Barcas de Gil Vicente*. Prefácio, notas e glossário de Augusto Pires de Lima. Porto, Ed. Domingos Barreira, s/d.

Gonçalo Fernandez de Oviedo, *La general y natural historia de las Indias, islas y tierra firme del mar océano* (ed. original, 1535-1557). Madrid, Academia de la Historia, 1851-1855.

Guilherme J. C. Henriques, *Inéditos Goesianos*. Lisboa, Typografia de Vicente da Silva & Cª: LTDª:, 1896

Gunnar Thompsonm, Ph.D., *The Friar'a Map of Ancient America 1360 AD*. Seattle, Argonauts Misty Isles Press , 1996

Gunnar Thompsonm, *American Descovery our Multicultural Heritage*. Seattle, Argonauts Misty Isles Press , 1994

J. Silva Rego (ed.), *As gavetas da Torre do Tombo*. Lisboa, Centro de Estudos Ultramarinos, I a XII, 1960-1977.

João Baptista de Castro, *Mappa de Portugal*, II parte. Lisboa, 1746

João de Almeida, *Livro das Fortalezas de Duarte Damas*. Lisboa, 1943

João de Barros, *Décadas da Ásia. Década I*. Lisboa, 1778.

Joaquim José da Costa Macedo, *Memória em que se pretende provar que os árabes não conhecerão as Canárias*. Lisboa, Tipografia da Academia Real das Sciencias, 1844

Joel Serrão, *Dicionário de História de Portugal*. Porto, Livraria Figueirinhas, 1962

Jordão de Freitas, *As Ilhas do Arquipélago dos Açores na História da Expansão Portuguesa*. Lisboa,s/d

José Agostinho, *Achados Arqueológicos nos Açores*, Volume IV - fascículo 1. Açores, Açoreana, 1946

José Agostinho, *As Moedas Cartaginesas do Corvo*. Angra do Heroísmo, Boletim do Instituto Histórico da Ilha Terceira, 1947

José da Santa Rita Durão, *Caramuru – Crónica do Descobrimento da Baía*. Lisboa, 1781

Júlio de Castilho, *Bibliotheca do Povo e das Escolas*. Lisboa, David Corazzi, 1886

Luis de Albuquerque, *Introdução à História dos descobrimentos portugueses*. Mem Martins, Publicações Europa América, 3ª. Edição revista sem data

Luís Marinho de Azevedo, *Fundação antiguidades e grandezas de Lisboa*, Capítulo XX. Lisboa, 1652

Luiz da Cunha Gonçalves, *Arianos e Semitas nos primórdios da civilização*.Lisboa, Academia de Ciências de Lisboa - Biblioteca de Altos Estudos, 1934

M. De Paravey, *Mémoire sur l'origine japonaise, arabe et basque de la civilization des peuple du plateau de Bogota, d'aprés ce traveaux recens de Humbolt et Siebold*. Paris, 1835

Manuel Faria e Sousa, *História del Reyno de Portugal*. Bruxelas, en casa de Francisco Foppens, 1730

Manuel Monteiro Velho Arruda, *Colecção de documentos relativos ao Descobrimento e Povoamento dos Açores*. Ponta Delgada, 3ª. Edição 1989

Mark McMenamin, *Carthaginian Cartography: A Stylized Exergue Map*. South Hadley, Massachusetts, Meanma Press, 1996

Menasseh Ben Israel, *Esperança de Israel.Trata del esparzimiento de los 10 tribus,com muchos puntos y historias curiosas*. Amesterdam, en casa de Samuel ben Israel Soeiro , (Ano de 5410)1650

Panduronga S.S.Pissurlencar, *Recherches sur la Découverte de lÁmérique par les Anciens Hommes de l'Inde*. Goa, Sanquelim, 1920

R.M. De Jong & J.S. Wakefield, *How the Sun God reached America*. Kirkland, MCS Inc., 2002.

Rafael Bluteau, *Vocabulário Português Latino*, Tomo I. Coimbra, 1712

Richard Hennig, *Erreichnung der Azoren durch die Karthager und die Frage einer Fruher Kenntniss Amerikas, Terrae Incognitae*, Volume III, cap. 19. Leiden, 1953

Silveira Macedo, *História das Quatro Ilhas*, Volume III. s/l, 1871

Sousa Viterbo, *Dicionário Histórico e Documental das Arquitectos, Engenheiros e Construtores Portugueses ou ao serviço de Portugal*, Volume I. Lisboa, Imprensa Nacional, 1899

Sousa Viterbo, *Damião de Góis e D. António Pinheiro - Apontamentos para a biografia do cronista de D. Manuel*. Coimbra, Imprensa da Universidade de Coimbra, 1895

Sousa Viterbo, *Estudos sobre Damião de Góis* - 2ª. Série. Coimbra, Imprensa da Universidade de Coimbra, 1900

T.H. Smart, *Vatican Manuscripts Concerning the Church in America Before the Time of Columbus*. s/l, 1906

Visconde de Santarém, *Recherches sur la priorité de la découverte des pays situés sur la cote occidentale d'Afrique au-delá du cap Bojador.* Paris, Librairie Orientale de VeDondey-Dupre, Libraire des societés asiatique et ethnologique, 1842

Visconde de Santarém, *Atlas composé de cartes des XIVe, XV, XVI et XVII siécles pour la plupart inédites, et devant seuvir de preuves a l'ouvrage sur la priorité de la découverte de la Côte Occidentale d'Afrique au dela du Capo Bojador par les portugais.* Paris, 1841

PERIÓDICOS

Albert F. Porta, "Prehistoric Skyscrapers found in tropic Yucatan jungles ", *The Daily News*, San Francisco, California, 6 Outubro 1919

Alexander von Humboldt, " A respeito dos Açores ", *Arquivo dos Açores*, Volume XII Abril/Julho 1920

Alexander von Humboldt, Exame Crítico da Arqueologia do Novo Mundo, *Arquivo dos Açores*, Volume III, Universidade dos Açores, Ponta Delgada, Ed. fac. pela edição de 1881, 1981

Amilcar Paulo, Tarsis na História e na Tradição Bíblica, *Actas do III Colóquio Portuense de Arqueologia*, Porto, 1965

Alves de Azevedo "D'óu vient l'antique civilization des îles «Bijagos»", *O Instituto*, Volume XIII, fascículo 2, Abril/Junho 1918

Amilcar Paulo, "Tarsis na História e na tradição Biblica - subsídio para o estudo de Portugal Proto-Histórico", *separata das actas do III Colóquio Portuense de Arqueologia*, Volume IV, 1965

Anónimo, "Notícia sobre a obra intitulada Antiquittes Americane sive Scriptores septentrionales rerum ante-columbianarum in America", *Revista trimestral de História e Geografia do Brasil.* Rio de Janeiro, 1858

António Augusto Mendes Correia, "Um Problema Paleográfico", *Revista da Faculdade de Letras da Universidade do Porto*, nº. 1 e 2, 1920

António Augusto Mendes Correia, "Le Serpent dans la lusitaine proto-histoire", *Anais da Fac. Ciencias da Univ.Porto*, Volume XV, nº 3,1928

António Augusto Mendes Correia, "As Novas Ideias sobre a Atlântida ",   A Terra, Nº. 12 e 13, 1934

António Ferreira Serpa, "A Ilha do Corvo e a sua estátua", *Arquivo das Colónias*, Volume V 33, Julho – Setembro, 1930

António Ferreira Serpa, "Dois Inéditos àcerca das ilhas do Faial, Pico, Flores e Corvo", *O Instituto*, LXVII

António José Maya, " O mistério das ilhas fantasmas chave do enigma do Encoberto? ", *Jornal Nostra*, Abril, 1986

António de Portugal de Faria, "Christophe Colomb et les écrivains gaditains", *Archives de la Sociètè Américaine de France*, nº1, 1892.

António Ribeiro dos Santos, " Do conhecimento que era possível ter da existência da América pela tradição dos Antigos e por motivos filosóficos", *Memórias da Academia Real das Ciências*, Tomo V - Parte I. Lisboa, Academia Real das Ciências,1817

António Ribeiro dos Santos, "Memória sobre dois antigos mapas geográficos do Infante D. Pedro e do Cartório de Alcobaça", *Memórias da Literatura Portuguesa*, Tomo VIII, Parte II. Lisboa, Academia Real das Ciências, 1814

António Ribeiro dos Santos, "Memória sobre a novidade da navegação portuguesa no século XV", *Memórias da Literatura Portuguesa*, Tomo VIII, Parte I. Lisboa, Academia Real das Ciências, 1812

Armando Cortesão, " O problema da origem da carta-portulano ", *separata da revista da Faculdade de Ciências*, LXVII, nº. 5-6-8, Maio/Junho/Agosto, 1920

Ayres de Sá, "Gonçalo Velho e Cristóvão Colombo", *III Congres Int.d'Histoire des Sciences*, Volume XXXIX. 1966

B.S.J.Isserlin, " Did Casthiginian Mariners reach of Island of Corvo report on the results of join field investigations undertaken on Corvo in June 1983 ", *Rivisti di studi Fenici*, Tomo XII, 1, 1984

Benigno José de Carvalho Cunha, " Carta ao Instituto, Bahia, 25 de Fevereiro de 1841", *Revista do IHGB*, Tomo III, nº. 9, Abril 1841

Benjamin B. Olshin, "Signs of Pre-Columbian Ventures upon the Atlantic", *Tow lines-a journal of translation*, Março - Junho, 1996

Boletim do Instituto Histórico da Ilha Terceira, I, 5, 1879

Caetano Gonçalves, "Prioridade dos Portugueses no descobrimento da América do Norte e ilhas da América Central", *Boletim da Sociedade de Geografia de Lisboa*, Série 49ª, nº. 5-6, Maio/Junho 1931

"Carta de D. Afonso V", *Arquivo dos Açores*, V, 1819

"Carta de D. João III", *Arquivo dos Açores*, I, 1, Maio 1878

Comércio de Portugal, "Estátua da Ilha do Corvo. Discussão sobre a sua existência", *Arquivo dos Açores*, 1936

D.Leite de Castro, "A Atlântida e as dez cassiterides", *Revista de Guimarães*, Volume XXIX

"Dr. Gaspar Frutuoso - notícias e documentos", *Arquivo dos Açores*, I, 1, Maio,1878

E. Accuaro, "Cartaginess in America: una disputa del XVI Sécolo", *L'homme méditerranéen de la mer*, Tunez, 1985

Ernesto do Canto, "Considerações sobre a descoberta das Ilhas das Flores e Corvo", *Arquivo dos Açores*, II, 1880

Eugénio Vaz Pacheco do Canto e Castro, "Ensaio sobre a bibliografia geológica dos Açores", *Arquivo dos Açores*, 1890

F. Ferreira Drumond, *Anais das Ilha Terceira*, 4 volumes. Angra do Heroísmo, 1850 -1864 (reedição 1981)

Francisco São Luis, "Sobre a estátua equestre da Ilha do Corvo", *Revista Literária, periódico de literatura, filosofia, viagens, ciências e Belas-Artes*, Volume II, Novembro 1838

G. R. Crone, "The Pizigano Chart and the `Pillars of Hercules", *The Geographical Journal*, 109, 1947

Gago Coutinho, "A descoberta dos Açores ", *Boletim da Academia das Ciências de Lisboa*, Nova Série, Vol II, Dezembro 1930

Gago Coutinho, "Actividade da S-G.L.", *Boletim da Sociedade de Geografia de Lisboa*, série 57ª, n°. 3-4, Março-Abril 1939

Henrique Lopes de Mendonça, "Notícia sobre o conto de Irving, relativo à lenda das Sete Cidades", *Boletim da Segunda Classe da Academia das Ciências*, Janeiro, 1960

Hernández - Miranda M., "La navegación fénica hacia el lejano occidente y el estrecho de Gibraltar." *Actas del Congreso Internacional El Estrecho de Gibraltar UNED-Ministerio de Educación*. Madrid 1988

"Inquisição e alguns seiscentistas ", *Arquivo Histórico Português*, Tomo II, 1904

Jaime Cortesão, "A viagem de Digo de Teive e Pero Vasquez de la Frontera ao banco da Terra Nova em 1552", *Arquivo histórico da Marinha*, Vol. 1, n°1, 1933

J. Betencourt Ferreira, "Vestígios do culto da serpente (Ofiolatria) na pré-história lusitânica, *A Águia*, Volume V (XXV), 3ª série, Out/Nov/Dez, 1924

J.l.Sorensen e Mathew Roper, "Before DNA ", *Journal of Book of Mormon Studies*, Volume XII, # 1, 2003

Johann Frans Podolyn, "Algumas anotações sobre as viagens dos antigos, derivadas de várias moedas cartaginesas e cirenaicas que foram encontradas em 1749 numa das ilhas dos Açores", *Göteborgske Wetenskap og Witterhets Samlingar*, Volume I, 1778

Johnni Langer, "A Cidade Perdida da Bahia: mito e arqueologia no Brasil Império", *Revista Brasileira de História*, Volumes 22 e 43, São Paulo, 2002

Jorge de Matos, "Antilia das Sete Cidades: mitologia e hermetismo na geografia açoriana", Discursos e Práticas Alquímicas-Colóquio Internacional III-Lisboa, 2002

José Agostinho, "Achados arqueológicos nos Açores ", Açoreana, IV, fasc. 1. Angra do Heroísmo 1946

Juan Fernandez Amador de Los Rios, "À busca da Atlântida", Trabalhos da Sociedade Port. Antropologia e Etnologia, Tomo VII, 1935

Lionel Casson, "Archaeological Exploration at Corvo", Archaeology, Vol.IV, fasciculo 1, 1946

Luciano Cordeiro, "De la part prise par les Portugaises dans la découverte de l'Amerique", Congrés International des Americaniste, Nancy, 1876
M. de Humboldt, " La statue êquestre de l'île de Corvo", Magazin Pittoresque, Tomo XXIII, 1855

Manuel Pedro Ferreira, " A Música de Damião de Góis ", Actas do Congresso Internacional Damião de Góis na Europa do Renascimento, 2003

Mark McMenamin, "Cartography on Carthaginian Gold Staters", The Numismatist, Volume 109, #11, November 1996

Maximiano Lemos, "Damião de Góis - Na corte de D.Manuel", Revista da História, Volume IX, 1920

"Martim Beheim", Arquivo dos Açores, I, 5, 1879

Padre José António Camões, "Relatório das Cousas mais Notáveis que Havião nas Ilhas Flores e Corvo, por um Indivíduo que Nelas se Achava, e Enviado ao Capitão General. Publicado por José Guilherme Reis Leite: Um retrato da Ilha das Flores no final do antigo regime - a Memória do padre José António Camões", in Boletim do Instituto Histórico da Ilha Terceira, vol. XLVIII (43) - 1990; IHIT, Angra do Heroísmo, 1993

Pedro A. D'Azevedo, "As Ilhas Perdidas", Archivo Histórico Português, Volume II, 1904.

Pedro A. D'Azevedo, "Viagem à Ilha de «solistionis»", Boletim da Segunda Classe da Academia das Ciências, Volume II, 1904

Pedro Batalha Reis, "O Brasil num portulano do séc.XV", separata de Brasília, Volume II, 1943

Rainer Daehnhardt, "Os Açores pilar da Defesa do Ocidente", Açoriano Oriental, 11 de Abril 1986

Sousa Viterbo, "Estátua da Ilha do Corvo", Arquivo dos Açores, Volume II, 12, 1881

Tomé Barbosa de Figueiredo Almeida Cardoso, "Périplo de Hannon" Jornal de Coimbra, II, 12, 1881
Warden, "Pretendido conhecimento da América pelos antigos ", Revista trimestral de História e Geografia do Brasil, Tomo VII, 1843

Esta obra foi composta em Electra por Dora Levy Design e
impressa pela Markgraph Gráfica e Editora em offset sobre
papel Chamois Fine Dunas 70gm² da MD Papéis
para a Editora Bússola em dezembro de 2010